Shannon Greenland

Der beste Sommer meines Lebens

cbj

DIE AUTORIN

Shannon Greenland ist eine Allrounderin: Wandern, Rafting, Schwimmen, Schnorcheln, Segeln, Surfen, Mountainbiking, Kanufahren, Campen, Parasailing – das sind ihre Leidenschaften. Nachdem sie die halbe Welt bereist hat, lebt sie jetzt in Nord-Virginia, immer auf der Suche nach neuen Abenteuern. Als Kind hat sie tatsächlich Lesen und Schreiben gehasst! Nun ist sie eine preisgekrönte Autorin und verfasst Bücher für Jugendliche und junge Erwachsene.

SHANNON GREENLAND

Der beste Sommer meines Lebens

Aus dem amerikanischen Englisch von
Stephanie Lochner

cbj

FSC www.fsc.org
MIX
Papier aus verantwortungsvollen Quellen
FSC® C014496

Verlagsgruppe Random House FSC® N001967

Erstmals als cbj Taschenbuch Juli 2016

Die Originalausgabe erschien 2012
unter dem Titel »The Summer My Life Began«
bei Speak, einem Imprint der Penguin Young Readers Group, USA
Übersetzung: Stephanie Lochner
Cover: Romy Pohl unter Verwendung eines Bildes von
© Getty Images/Kraig Scarbinsky/RF
Umschlagfertigstellung: Init | Kommunikationsdesign, Bad Oeynhausen
jk · Herstellung: wei
Satz: KompetenzCenter, Mönchengladbach
Druck und Bindung: GGP Media GmbH, Pößneck
ISBN 978-3-570-40325-9
Printed in Germany

www.cbj-verlag.de

Für meine wundervollen Leser …

Kapitel eins

Meine Schwester und ich wussten ganz genau, was von uns erwartet wurde. Es war alles vorgezeichnet – eines Tages würden wir auf eine Elite-Uni gehen und entweder Medizin oder Jura studieren. Und heiraten würden wir jemanden mit viel Geld aus einer angesehenen Familie.

Wenn ich heute daran denke, gruselt es mich. Für meine Eltern gab es nichts Wichtigeres als Status. Alle unsere Freunde hatten einen ähnlich hohen Lebensstandard: tolle Häuser, teure Privatschulen, Markenklamotten und Kurztrips nach Paris. Es war keine Frage, wie unser Leben auszusehen hatte.

Den meisten meiner Freunde schien das nichts auszumachen. Warum sollte es auch? Sie fanden es gut, nach Harvard, Yale, Dartmouth oder auf eine andere Elite-Uni zu gehen. Und sie fanden es gut, einen Typen zu heiraten, den ihre Eltern für sie ausgesucht hatten. Außerdem fanden sie es gut, in das Familienunternehmen mit einzusteigen. Sie fanden ihr Leben einfach gut.

Und damals fand ich das Ganze auch irgendwie gut. Ich kannte es nicht anders. Ich wollte meinen Eltern gefallen und ihren Erwartungen entsprechen. Ich wollte, dass sie stolz auf mich waren, und ich wollte erfolgreich sein. Ich sah es als selbstverständlich an, dass man »ein Ziel« haben musste, und ich wusste, was man zu tun hatte, um es zu erreichen. Schließlich war ich nicht umsonst Klassenbeste.

Aber im letzten Jahr vor meinem Abschluss bekam ich plötzlich das Gefühl, als fehlte mir irgendetwas. Es war, als ob es dort draußen noch etwas anderes geben musste. Ich hatte zwar alles, aber ich wollte *mehr*. Ich schob es darauf, dass ich nervös war. Schließlich stand ich kurz vor meinem Abschluss und würde bald aufs College gehen.

Dann kam der Mai, und mir war klar, dass ich in ein paar Monaten meine College-Zeit beginnen würde. Ich würde den Weg beschreiten, der schon seit dem Moment meiner Empfängnis für mich festgeschrieben war: Ich würde auf eine gute Uni gehen und Jura studieren und dann einen Job in der Firma meines Vaters annehmen. Aber jetzt, wo es so weit war, hatte ich plötzlich nicht die geringste Lust, irgendetwas davon zu tun. Ich war mir ganz sicher, dass es noch etwas anderes gab – ich wusste nur nicht genau, was.

»Hey, Em.« Gwyneth, meine jüngere Schwester, ließ sich neben mir auf die Couch plumpsen.

Ich sah von meinem Geschichtsbuch auf.

»Das hier ist für dich gekommen.«

Ich nahm den grünen Umschlag und drehte ihn in der Hand. Es stand keine Adresse drauf, aber auf der Briefmarke war zu lesen »Outer Banks, North Carolina«.

Gwenny rutschte näher an mich heran. »Outer Banks? North Carolina?«

Ich nickte. »Wen kennen wir denn in North Carolina?«, fragte ich, öffnete den Brief und zog eine Karte heraus.

Meine Schwester zuckte mit den Achseln und lehnte sich neugierig vor. Ich hielt die Karte absichtlich so, dass sie nichts sehen konnte.

»Hör auf!«, sagte sie lachend und zog meine Hand mit der Karte zu sich heran. Jetzt konnten wir beide sie ansehen.

Gwenny war die einzige Person, die mich zum Lachen bringen konnte. Sie war zwei Jahre jünger als ich und so ziemlich das Gegenteil von mir. Sie war quirlig, blond, sehr schlank und extrovertiert. So schnell konnte sie nichts aus der Ruhe bringen, und es war einfach, mit ihr auszukommen. Außerdem hatte sie tolle Noten, ohne jemals ein Buch aufzuschlagen. Wie leicht wäre es gewesen, auf sie eifersüchtig zu sein – und trotzdem war ich das noch nie gewesen. Sie war einfach zu … liebenswert. Ich wünschte mir immer, ich könnte mehr so sein wie sie. Ich las die Karte laut vor:

Liebe Elizabeth Margaret,

ich wünsche dir alles Gute zu Deinem Abschluss! Ich bin unglaublich stolz auf Dich.
Gerne würde ich Dich einladen, den Sommer mit mir in meinem Bed &Breakfast, dem Pepper House, hier in den Outer Banks zu verbringen. Deine Mum oder Großmutter können mich gerne anrufen, falls Du Interesse hast.

Alles Liebe

Deine Tante Tilly (Matilda)

Gwenny gab mir einen Schubs. »Ich glaub's nicht. Wir haben eine Tante? Meinst du, das ist die Schwester von Mum oder von Dad?«

»Keine Ahnung.«

Verwirrt las ich die Zeilen noch einmal durch. *Das konnte nicht wahr sein. Eine Chance, von zu Hause wegzukommen?*

Meine Mum spazierte ins Wohnzimmer. Das Klacken ihrer hohen Schuhe auf dem Holzfußboden kündigte ihr Kommen an. Ihre Finger glitten hektisch über ihren Blackberry. Immer musste sie arbeiten. Aber wahrscheinlich war das einfach so, wenn man Leiterin der Kinderstation eines Krankenhauses war.

Sie blickte auf. »Hallo Mädels. Lernt ihr?«

Gwenny riss mir die Karte aus der Hand und hielt sie hoch. »Wer ist Tante Tilly?«

Bei diesen Worten stolperte Mum fast über ihre eigenen Füße und blieb wie angewurzelt stehen. Mit offenem Mund sah sie Gwenny an, ihr Gesicht noch blasser als sonst.

»Matilda?«, flüsterte sie.

Gwennys Augenbrauen hoben sich. Sie wedelte aufgeregt mit der Karte in der Luft herum. »Em hat eine Karte mit Glückwünschen zu ihrem Abschluss von Tante Tilly bekommen.«

Mum starrte entgeistert auf das Stück Papier. Ich hatte sie noch nie so gesehen, und das machte mich neugierig. Gwenny sprang ungeduldig auf und reichte Mum die Karte.

Mum räusperte sich, steckte den Blackberry in ihre Gürteltasche aus Leder und griff nervös nach der Karte. »Ich habe euch schon von Matilda erzählt. Das musst du vergessen haben.«

Gwenny warf mir einen vielsagenden Blick zu, der ausdrückte *Na klar, vergessen!*.

»Sie ist meine zehn Jahre jüngere Schwester«, murmelte Mum.

Mein Herz schlug schneller, als ich ihr beim Lesen der Karte zusah.

»Großmutter kommt heute zum Abendessen«, sagte Mum und wechselte abrupt das Thema. »Seid bitte um sieben Uhr fertig und tragt keine Jeans. Ihr wisst ja, wie sehr sie es hasst, euch in Jeans zu sehen.«

Mit diesem Kommentar stöckelte sie über den Parkettboden aus dem Zimmer, die Karte immer noch in der Hand.

Meine Schwester wirbelte herum. »Was war denn das?«

»Keine Ahnung, aber wir müssen unbedingt herausfinden, wer diese Matilda ist.« Gwenny hüpfte begeistert im Zimmer auf und ab. »Ich bin dabei!«

Eine Stunde später ging ich auf dem Weg zu Gwennys Zimmer am Büro meiner Mutter vorbei. Obwohl eine dicke Holztür mich von ihr trennte, konnte ich ihre gedämpfte Stimme deutlich hören. Sie sprach am Telefon mit jemandem und sie klang ganz und gar nicht begeistert.

Ich drückte mich im Flur herum und hätte am liebsten mein Ohr gegen die Tür gepresst. Wie gerne hätte ich gewusst, ob es bei dem mysteriösen Anruf um meine Tante Tilly ging!

»Elizabeth Margaret?«

Ich fuhr herum. »Oh, hallo Dad!«

Er blickte auf die geschlossen Tür. »Spionierst du?«

»Wie kommst du denn darauf?« Schnell huschte ich an ihm vorbei. »Ich seh dich beim Essen!« Als ich die Treppe zum Zimmer meiner Schwester hinaufstürmte, hörte ich, wie die Tür zum Zimmer meiner Mutter auf- und zuging. Ich fragte mich, ob Dad wusste, wer Matilda war, oder ob Mum ein Geheimnis daraus gemacht hatte. Es wäre nicht das erste Mal.

»Hey, ich bin es«, sagte ich und öffnete Gwennys Tür.

»Rate mal«, sie drehte sich um, zeigte auf ihren Laptop und flüsterte: »Ich habe Matilda gefunden.«

»Was? Wirklich?« Ich lief zu ihr herüber. »Mum redet unten am Telefon mit jemandem. Ich glaube, es geht um Matilda.«

Gwenny sah mich erstaunt an. »Echt? Konntest du was hören?«

»Nein. Dad hat mich beim Lauschen erwischt.«

»Oh.«

Gwenny plumpste auf ihren Stuhl und stellte den Laptop so hin, dass ich den Bildschirm sehen konnte. »Schau. Sie sieht aus wie Mum.«

Ich sah über ihre Schulter auf den Bildschirm. Sie hatte die Website der Privatschule gefunden, auf die Mum gegangen war, und sich durch die Links für ehemalige Absolventen geklickt. Mehrere davon zeigten meine Mum in ihrer Robe, wie sie die Abschlussrede hielt, perfekt gestylt wie immer.

Auf anderen Bildern stand Großmutter lächelnd neben ihr – und bei ihnen war ein junges Mädchen. Das war also Matilda. Mit ihren blonden Haaren, blauen Augen und ihrer schlanken Figur war sie das jüngere Ebenbild meiner Mutter. »Das Aussehen hast du definitiv von den beiden geerbt«, sagte ich zu meiner Schwester.

Gwenny lachte. »Und du kommst definitiv nach Großmutter.«

Sie hatte recht. Mit meinem dunklen Teint und meiner Durchschnittsgröße war ich meiner Großmutter wirklich sehr ähnlich.

»Was hast du noch herausgefunden?«, fragte ich und nahm neben Gwenny auf dem Stuhl Platz.

»Na ja.« Sie setzte sich auf. »Ich habe die Seite vom Pepper House gefunden und ein paar Links mit Infos über die Outer Banks.«

Ich sah ihr zu, wie sie die Website des B&B aufrief. Es sah aus wie im Märchen. Efeu und leuchtend rote Blumen wuchsen auf beiden Seiten des Hauseingangs. Auf der Website waren auch Bilder von Räumen im Tropenstil und hinter dem Haus lag eine wunderschöne Bucht. Es gab kein Bild von Matilda, aber einen E-Mail-Link.

»Ich kann nicht glauben, dass sie dich eingeladen hat, den ganzen Sommer bei ihr zu verbringen.« Gwenny sah zu mir herüber. »Ich bin so eifersüchtig. Du solltest mich fahren lassen. Schließlich hast du schon ein Praktikum in der Firma von Dad ergattert.«

Ich kniff meine Augen zusammen. »Keine Chance. Das ist meine Reise. Ich muss hier raus.«

Gwenny hob die Augenbrauen und warf mir einen durchdringenden Blick zu. »Klingt ganz schön rebellisch. Seit wann willst *du* denn von hier weg?«

Ich lachte. »Bitte. Du weißt doch, dass es mir in letzter Zeit … nicht so gut geht. Ich brauche das jetzt echt dringend.«

Sie seufzte. »Für so eine Chance würde ich töten. Schnorcheln, Strand, Wandern, ein cooles B&B und eine mysteriöse Tante. Und dann …«, Gwenny sah mich vielsagend an, »… vielleicht ein heißer Flirt.«

Ich lächelte.

»Ich kann einfach nicht glauben, dass du da echt hingehst!«, fuhr Gwenny fort. »Du hast dich immer an die Regeln gehalten, Miss Jahrgangsbeste. Immer das Ziel fest im Blick, bereit, die Welt zu erobern. Du warst immer viel zu gut. Neben dir stehe ich verdammt schlecht da. Und was machst du jetzt? Das ist dein letzter Sommer in Freiheit, bevor Mum und Dad die Kontrolle über dein Leben übernehmen. Ich bin verdammt stolz darauf, dass du dir diese Chance nicht entgehen lässt.«

»Jetzt muss ich nur noch Mum und Dad überzeugen.«

Jemand klopfte an der Tür und Gwenny klappte schnell den Laptop zu. »Ja?«

Mum steckte ihren Kopf herein. »Macht euch bitte fürs Essen fertig. Großmutter ist bald da.«

Wir nickten.

Sie sah uns mit ihrem »Was heckt ihr beiden schon wieder aus«-Blick an, den wir gekonnt ignorierten. »Fünfundvierzig Minuten«, rief sie uns zu und schloss die Tür.

Gwenny seufzte. »Ich muss mich noch duschen.«

Sie nahm ihre Sachen und verschwand im Badezimmer. Ich setzte mich an ihren Laptop und klickte mich durch die Seite des Pepper House, während sie im Badezimmer war. Dann recherchierte ich die Outer Banks. Je mehr ich herausfand, desto mehr wollte ich meine Tante besuchen. Selbst gegen den Willen meiner Eltern – ich würde schon einen Weg finden.

Siebenundvierzig Minuten später (und ohne Jeans) gingen meine Schwester und ich ins Wohnzimmer, wo meine Großmutter gerade an einem Martini nippte.

Seit ich denken konnte, sah ich sie einmal die Woche. Trotzdem fühlte ich mich in ihrer Nähe nie wohl.

»Meine Enkeltöchter«, grüßte sie uns förmlich. »Ihr kommt zu spät.«

»Aber nur zwei Minuten«, antwortete Gwenny und ich unterdrückte ein Lachen. Ich würde es nie wagen, meiner Großmutter zu widersprechen. Gwenny schon – und irgendwie kam sie damit immer davon.

»Tut mir leid«, entschuldigte ich mich pflichtbewusst und gab ihr einen Kuss auf die Wange.

Großmutter betrachtete zuerst mich und dann Gwenny. »Elizabeth Margaret, du hast zugenommen.«

Ich seufzte. Ich wusste, was jetzt kommen würde. Ich hatte ein Faible für Essen und mein Stoffwechsel war furchtbar. Großmutter wurde nie müde, das zu betonen. Aber, um ehrlich zu sein: Am liebsten hätte ich sie dafür verantwortlich gemacht. Schließlich kam ich nach ihr.

»Großmutter, sie sieht gut aus«, verteidigte mich Gwenny.

Ich liebte meine Schwester aus unzähligen Gründen. Aber dass sie den Mut hatte, sich gegenüber meiner Großmutter zu behaupten, war definitiv ganz oben auf der Liste.

»Mädchen«, grüßte uns Vater aus seinem Ledersessel.

Wir drehten uns um und lächelten.

Unser Vater sah verdammt gut aus. Groß, schlank, braune Haare, eine Brille mit einem dünnen Drahtgestell auf der Nase, immer in langer Hose und mit einem schönen Shirt.

Meine Mum stand auf und glättete ihr Leinenkostüm.

»Wollen wir essen?«

Ein paar Minuten später saßen wir alle um den Esstisch, an jedem Platz Mutters bestes Geschirr, Kristallgläser und Silberbesteck. So war es jede Woche, wenn Großmutter zu Besuch kam.

Navia, unsere Haushälterin, hatte so wie jeden Abend Essen gemacht und auf dem Buffet angerichtet. Ich sah Navia an, lächelte und sie zwinkerte mir zu und verschwand in die Küche.

Ich hatte ihr geholfen – aber keiner außer Gwenny wusste davon. Solange ich denken konnte, war ich immer in die Küche geschlichen und hatte zusammen mit Navia gekocht. Einmal hatte meine Mum mich erwischt und es hatte einen Riesenärger gegeben.

»Ich bezahle Navia nicht dafür, dass du ihre Arbeit machst«, hatte meine Mum mich angeschnauzt. »Du bist nicht hier, um zu kochen. Für dich *wird* gekocht. Hast du mich verstanden, junge Dame?«

Meine Mum wird nicht besonders oft wütend. Aber wenn, dann meint sie es wirklich ernst. Damals war ich etwa zehn Jahre alt gewesen. Ihr Wutanfall hatte mich so sehr eingeschüchtert, dass ich kaum noch fähig gewesen war zu nicken. Erst Monate später traute ich mich wieder heimlich in die Küche, und ohne Gwennys Überredungskünste hätte ich es vielleicht gar nicht mehr gewagt, Navia zu helfen.

Es machte mich glücklich zu kochen. Nur Gwenny wusste, dass ich im Geheimen davon träumte, eines Tages Köchin zu werden. Meine Eltern und meine Großmutter durften das aber auf keinen Fall erfahren. Sie würden total ausflippen.

Wir nahmen uns etwas vom Buffet und begannen zu essen. Normalerweise quetschte Großmutter uns über die Schule aus, aber heute sagte keiner ein Wort. Gwenny und ich blickten in die Runde und sahen uns fragend an.

»Elizabeth Margaret«, sagte meine Großmutter endlich.

Ich sah schnell zu meiner Schwester hinüber und dann zu Großmutter.

»Ja?«

»Deine Mutter hat mir erzählt, dass du von deiner Tante eine Karte mit Glückwünschen zu deinem Abschluss bekommen hast.«

Mein Herz setzte kurz aus. »Ja.«

»Und sie hat dich eingeladen, den Sommer bei ihr zu verbringen.« Meine Großmutter tupfte sich vorsichtig mit der Serviette den Mund ab. »Willst du sie besuchen?«

»Nein, das will sie nicht«, antwortete meine Mutter an meiner Stelle. »Sie hat einen Praktikumsplatz in der Anwaltskanzlei.«

Ich warf meiner Schwester einen Blick zu. Sie nickte mir aufmunternd zu.

»Doch, ich würde meine Tante gerne besuchen«, sagte ich schnell, bevor ich den Mut verlieren konnte.

Meine Mum starrte mich fassungslos an.

»Es tut mir leid«, sagte ich und fühlte die typische Frustration, die immer in mir hochkam, wenn ich meiner Familie mitteilte, was ich gerne machen wollte.

»Elizabeth Margaret«, unterbrach mich mein Dad, »weißt du, wie schwierig es war, dir den Praktikumsplatz zu organisieren?«

»Ja«, antwortete ich und wünschte mir, ich hätte einfach den Mund gehalten. »Ich weiß, aber …«

»Weißt du, wie wichtig das für deine Zukunft ist?«, unterbrach mich meine Mutter. »Harvard erwartet berufliche Erfahrungen wie diese.«

Meine Schultern senkten sich.

»Weißt du eigentlich …«

»Ja«, unterbrach ich meinen Vater, »schon okay. Ich weiß das alles.«

»Nicht in diesem Ton, junges Fräulein«, wies mich meine Großmutter zurecht. Ich seufzte und sah meine Mum, dann meinen Dad und dann meine Großmutter an. Sie blickten mich alle drei zutiefst enttäuscht an. Unter dem Tisch fühlte ich, wie Gwenny meinen Fuß auffordernd anstupste.

Ich suchte Augenkontakt mit meiner Mum, setzte mich aufrecht hin und hob meine Schultern.

»Ich habe alles getan, was ihr von mir verlangt habt. Meine Noten sind gut, ich werde auf eine Elite-Uni gehen und meine Zukunft ist geregelt. Ich bitte euch nicht um viel. Ich will nur ein bisschen Abstand gewinnen, ein bisschen Spaß haben und meinen letzten Sommer vor dem College genießen. Könnt ihr das nicht verstehen? Habt ihr euch noch nie von Ereignissen vollkommen überrollt gefühlt? So, als ob ihr dringend einmal ganz tief Luft holen müsstet? So fühle ich mich seit einer Weile. Und ich werde meine Zeit schließlich nicht bei Fremden verbringen, sondern bei meiner Tante. Was soll denn schon passieren?«

Ich hielt inne und holte tief Luft. Kaum zu glauben, dass ich das alles wirklich gesagt hatte! Aus meinen Augenwinkeln sah ich, dass meine Schwester stolz lächelte und meine Eltern und meine Großmutter beunruhigt Blicke austauschten.

Großmutter nippte an ihrem Kaffee. »Was ist mit deinen Verpflichtungen? Das Praktikum. Denk an das Ansehen, das es dir bringt!«

Ich sah zu meinem Vater hinüber. Ich wollte ihn wirklich nicht enttäuschen. So wie er davon gesprochen hatte, war er über das Praktikum aufgeregter als ich.

Ich wartete auf seine Antwort, aber er sagte nichts.

Schließlich holte ich tief Luft und sammelte meine Gedanken. »Dad, ich weiß, wie viel Mühe es dich gekostet hat, mir diesen Praktikumsplatz zu besorgen. Ich weiß auch, dass ich eine von hundert Bewerberinnen war. Das ist mir klar und ich will dich nicht enttäuschen. Ich hoffe, du verstehst das.«

Mein Vater räusperte sich. »Natürlich.«

»Aber ich will auch nicht die Chance verpassen, die ich jetzt dank Tante Matilda habe. Vielleicht …«, ich sah zwischen meinen Eltern hin und her und hatte plötzlich eine Idee, »vielleicht kann ich einen Monat mit Matilda verbringen und dann zurückkommen und Ende des Sommers noch in deiner Firma arbeiten?«

Das war kein schlechter Einfall. So würde ich das bekommen, was ich wollte, und trotzdem nicht das Versprechen brechen, das ich meinem Vater gegeben hatte. So wären weder meine Familie noch Harvard enttäuscht.

Ich sah, wie meine Großmutter am anderen Ende des Tisches zustimmend nickte.

Meine Eltern sahen sich noch einmal an und schließlich nickte auch mein Vater.

»Also gut«, sagte meine Mutter. »Ein Monat dort und danach kommst du zurück und machst das Praktikum.«

Ich hätte am liebsten vor Freude laut aufgeschrien.

Meine Mutter nahm einen Schluck von ihrem Wein. »Ich werde Matilda anrufen und alles organisieren.«

Kapitel zwei

»Oh mein Gott, ich kann nicht glauben, dass du wirklich gehst. Ich bin so eifersüchtig«, verkündete Gwenny später am Abend, während sie die Tür hinter sich schloss und auf mein Bett sprang.

Ich setzte mich aufrecht hin. »Ich weiß. Ich kann es auch noch nicht ganz glauben. Und ich kann nicht fassen, dass ich beim Essen all das gesagt habe … und das auch noch vor Großmutter.«

»Du warst fantastisch! Was wirst du einen ganzen Monat lang im Paradies machen?«

»Ich habe keine Ahnung. Gerade habe ich darüber nachgedacht. Ich würde wahnsinnig gerne segeln gehen.«

»Ach bitte. Du hörst dich an wie Mum. Segeln warst du schon tausendmal. Versuch mal was Neues.« Gwenny dachte kurz nach. »Oh!« Sie packte meinen Fuß. »Du wohnst doch in einem B&B.«

»Ja, stimmt.«

»Du solltest Tante Matilda fragen, ob du in der Küche mithelfen kannst. Nimm dein Kochbuch mit. Ich wette, du kannst ihrem Koch noch was beibringen.«

Ich schüttelte energisch den Kopf. »Auf keinen Fall. Was, wenn Mum davon erfährt?«

Gwenny stand von meinem Bett auf und ging zu der Schreibtischschublade, in der ich meine Kochbücher versteckt hatte. Mum würde durchdrehen, wenn sie auch nur die geringste Ahnung von meiner geheimen Bibliothek hätte.

»Das ist deine Chance«, sagte Gwenny und blätterte eines der Bücher durch. »Du kochst für dein Leben gern und du hast hier viele großartige Rezepte drin.«

Ich nahm ihr das Kochbuch ab und betrachtete es nachdenklich.

Es stimmte – ich sollte die Gelegenheit nutzen und etwas machen, was ich wirklich gerne tat. »Vielleicht hast du recht.«

Sie hüpfte von meinem Bett herunter. »Klar hab ich recht. Und wir müssen unbedingt noch shoppen gehen. Du brauchst einen Bikini.«

Ich lachte. »Ich habe einen Bikini.«

Gwenny kräuselte die Nase. »Echt? Den blau-weißen?«

Ich schleuderte ein Kissen in ihre Richtung. »Der Bikini ist vollkommen okay.«

Sie seufzte. »Offensichtlich willst du keinen heißen Sommerflirt haben. Mit dem Bikini kann man vielleicht bei einem Triathlon teilnehmen, aber attraktiv ist was anderes.«

»Gwenny!«

»Was? Du brauchst einen knappen Bikini, mit dem du zeigen kannst, was du hast.«

Beim Gedanken an mich in einem knappen Bikini schüttelte ich den Kopf. »Mit so einem Teil könnte ich nur herumliegen. Sobald ich mich bewege, quillt doch alles raus.«

»Und was bitte ist schlimm daran?«

Ich verdrehte die Augen.

»Wie auch immer. Wenn wir dir einen neuen Bikini kaufen, können wir auch gleich nach einem Kleid für Ryans Abschlussparty schauen. Du gehst da doch hin, oder?«

»Hm.« Ich verzog das Gesicht. »Muss ich?«

»Ja. Mum und Dad lassen mich nicht gehen, wenn du nicht auch auf der Party bist.«

»Warum willst du denn unbedingt hin? Die Hälfte der Leute, die dort aufkreuzen, kannst du nicht ausstehen – und ich noch weniger.«

»Tja, aber Logan wird auch dort sein.«

»Ach ja, Logan«, ärgerte ich sie, »dein unwiderstehlicher Schwarm. Okay, dann geh ich eben hin. Das ist das Mindeste, was ich für meine kleine Schwester tun kann.«

Sie umarmte mich und hüpfte aus meinem Zimmer. Ich lächelte. Ich würde sie vermissen.

Am nächsten Morgen saß ich im Wohnzimmer und brütete über meinem Physikheft. In ein paar Stunden war die Prüfung und ich hatte denselben Absatz schon hundertmal gelesen. Ich konnte mich einfach nicht konzentrieren. Ständig musste ich an Tante Matildas Brief denken und all die aufregenden Chancen, die mir der kommende Monat bieten würde. Wie sollte ich mich da noch auf meine beiden letzten Abschlussprüfungen konzentrieren? In nur drei Tagen würde ich in den Sommer meines Lebens aufbrechen. So viele Fragen schwirrten in meinem Kopf herum: Warum hatten meine Mutter und meine Großmutter Tante Matilda nie erwähnt? Wollten sie vor Gwenny und mir etwas verheimlichen?

»Elizabeth Margaret?«

Ich sah auf und entdeckte meine Mutter am Flügel am anderen Ende des Raumes sitzen. Hinter ihr erstreckte sich eine riesige Fensterfront, die den Ausblick auf den Charles River freigab. Mum spielte jeden Morgen Klavier. Auf sie hatte das eine beruhigende Wirkung und sie brauchte das vor dem Start in einen hektischen Tag im Krankenhaus.

Mit einem Seufzer schob sie die Pianobank nach hinten und stand auf. Wie bestellt kam genau in diesem Augenblick ein Sonnenstrahl hinter dem wolkenverhangenen Himmel hervor und ließ alles um sie herum erstrahlen.

Ich fragte mich wie so oft, ob ich jemals so anmutig und stilvoll sein würde wie meine Mum. Sie war perfekt – schlank, schön und diszipliniert. Jeder beneidete sie.

Aber keiner von ihren Neidern musste mit ihrer Vollkommenheit leben.

»Elizabeth Margaret?«

Ich schüttelte meine Gedanken ab. »Ja?«

Sie sah mich an und hob leicht die linke Augenbraue. Diesen Ausdruck kannte ich. Er bedeutete, dass ich alles, was sie jetzt sagen würde, verdammt ernst nehmen sollte. »Du solltest nie vergessen, dass du eine Lady bist. Du bist eine wohlerzogene junge Frau. Matilda lebt … auf ihre eigene Art. Sie ist dramatisch, emotional und unvernünftig. Wenn du bei ihr bist, darfst du nie vergessen, wo du herkommst und wie gut du es hast.«

»Mum, es ist in Ordnung«, beruhigte ich sie. »Ich werde zu Matilda fahren, meine Zeit dort genießen und dann erholt zurückkommen – bereit für mein Praktikum und mein erstes Jahr in Harvard. Ich werde auf keinen Fall vergessen, wer ich bin, und ich werde mich während meiner Zeit bei Tante Matilda auch nicht in einen anderen Menschen verwandeln.«

Ein kleines Lächeln huschte über das Gesicht meiner Mutter. Sie steckte ihre Noten in eine Ledermappe, kam zu mir herüber, beugte sich vor und küsste mich auf die Stirn. »Du bist etwas ganz Besonderes, Elizabeth Margaret. Du wirst Dad und mich stolz machen.«

Ich lächelte. Sie lobte mich nicht besonders häufig.

Ich sah ihr hinterher, wie sie durch das Wohnzimmer schritt, und war froh über das, was ich ihr gesagt hatte – obwohl ich wusste, dass ich es nur ihretwegen gesagt hatte.

Ich wollte den besten Sommer meines Lebens haben, einen, den ich nie vergessen würde.

Zwei Tage später hatte ich meine Abschlussprüfungen mit Bravour hinter mich gebracht und verabschiedete mich von meinen Freunden. Die meisten von uns würden auf unterschiedliche Unis gehen, und ich fragte mich, ob wir wirklich in Kontakt bleiben würden.

»Hab ich dir schon erzählt, dass ich den Sommer in Griechenland verbringe?«, fragte Fiona zum tausendsten Mal.

Ich lächelte. »Ja, Fiona, ich glaube, das hast du schon mal erwähnt.«

»Mein Vater hat keine Ahnung, dass Ryan auch da sein wird«, sagte sie mit einem schelmischen Grinsen.

»Klar«, kommentierte ich ihre Aussage und sah mich nach Gwenny um.

Lilia packte meinen Arm. »Ich wurde in Yale angenommen. Hat meine Mum das deiner Mum schon erzählt?«

»Du hast mir das erzählt«, erinnerte ich sie. Schon vor Monaten, fügte ich in Gedanken hinzu.

»Oh«, kicherte sie, »das stimmt.«

Wir wussten alle, dass sie nur in Yale angenommen worden war, weil ihr Vater eine riesige Summe gespendet hatte. Aber sie tat so, als ob sie es wegen ihrer eigenen Leistungen geschafft hätte.

»Hey!« Gwenny erschien neben mir.

»Hey!«, sagte ich und lächelte sie mit meinem »Gott sei Dank bist du endlich da«-Lächeln an.

Ryan schlich sich von hinten an Fiona an und schlang seine Arme um ihre Taille. Er zog sie an sich und flüsterte ihr etwas ins Ohr. Fiona lachte sexy auf.

Ich sah den beiden beim Flirten zu und wünschte mir, ich hätte einen Freund auf der Schule – oder wenigstens ein Date. Aber die Klassenbeste zu sein, war natürlich wichtiger, also hatte ich mich darauf konzentriert.

Ich würde später viel Zeit für Jungs haben – zumindest hatte ich mir das eingeredet. Aber ganz sicher war ich mir da nicht.

»Ich habe gehört, dass du den Sommer bei deiner verrückten Tante verbringst«, sagte Ryan.

»Verrückt?« Ich sah Gwenny an. »Wer hat gesagt, dass sie verrückt ist?«

Gwenny zuckte mit den Achseln. »Ich war's nicht.«

»Alle weit entfernt lebenden, unbekannten Verwandten sind verrückt«, sagte Lilia. »Das ist allgemein bekannt.«

»Meine ist es nicht«, sagte ich.

»Wie auch immer.« Lilia checkte ihr Handy nach Nachrichten.

»Kommst du zur Abschlussparty heute Abend?«, fragte Fiona. »Wir dürfen in der Bostoner Wohnung von Ryans Vater feiern. Es wird verdammt viel Alkohol geben«, lockte sie mit singender Stimme.

Ich musste lächeln, als ich an Gwennys Schwarm dachte. »Ja, ich werde zumindest kurz hinschauen. Aber ich bleibe nicht lange – ich muss noch packen.«

Fiona schmollte ein wenig. »Na gut. Dann feiern wir eben kurz, aber dafür umso heftiger.«

»Das machen wir«, stimmte ich ihr zu, obwohl Fiona ganz genau wusste, dass ich kein Partytier bin. Sie umarmte mich, nahm Ryans Hand und ging zum Parkplatz.

»Bis dann«, sagte Lilia. Sie starrte immer noch auf ihr Telefon, während sie sich in Richtung Parkplatz bewegte. »Ruf an, wenn ich dich später mit dem Auto mitnehmen soll.«

Gwenny und ich gingen ebenfalls zum Parkplatz. Wir wollten noch einen Abstecher zum Einkaufszentrum machen, bevor wir heimfuhren. Ich brauchte für meinen weißen Rock ein passendes pinkes Shirt. Und ich wusste ganz genau, welches ich haben wollte.

»Oh«, Gwenny zeigte auf einen Laden mit Badesachen ganz in der Nähe des Eingangs zum Shopping-Center, »lass uns da reingehen!«

»Mein Bikini ist total in Ordnung«, versicherte ich ihr und lief schnurstracks in Richtung Einkaufszentrum.

»Hmpf...«, sie schluckte ihren Kommentar herunter. »Ich hole mir ein paar geröstete Pekannüsse. Willst du auch welche?«

»Klar. Sollen wir uns in zehn Minuten beim Kosmetikladen treffen?« Ich wusste genau, wo das pinke Top hing, also schnappte ich es mir aus dem Regal, zahlte und traf mich wieder mit Gwenny. Dann schlenderten wir durch das Einkaufszentrum, aßen Pekannüsse und sahen uns nach einem Kleid für sie um – aber wir konnten kein passendes finden.

Als wir nach Hause kamen, ging ich auf direktem Weg in mein Zimmer und begann zu packen. Zuletzt nahm ich noch ein weißes Baumwollhemd aus meiner Kommode, legte es unter meine karierte Hose und packte noch einen dunkelbraunen Schal dazu. Dann trat ich einen Schritt zurück und betrachtete die ordentlich zusammengefalteten Klamotten.

Schließlich nahm ich von meinem Beistelltisch einen Notizblock, auf dem ich alles vermerkt hatte, was ich für meinen Urlaub brauchte, und begann, die einzelnen Punkte abzuhaken. Dabei musste ich über meine eigene Gründlichkeit lächeln.

Meine Schwester kam ins Zimmer und betrachtete den Haufen penibel gestapelter Anziehsachen. »Ist das dein Ernst? Du bist viel zu ordentlich!«

Ich lächelte. »Ich nehme das jetzt mal als Kompliment.«

Sie gab mir eine Geschenktüte. »Das ist dein Abschiedsgeschenk.«

»Gwenny! Das wäre doch nicht nötig gewesen«, sagte ich und legte meine Liste weg.

»Sei still und pack es aus.«

Ich machte das Geschenk auf und sah in die Tüte. »Was ist das?«

Gwenny grinste.

Ich fasste hinein und zog einen schwarzen Bikini mit goldenem Rand heraus. An einem dünnen Stoffbändchen ließ ich ihn in der Luft baumeln und sah meine Schwester an.

»Lass mich raten. Der ist aus dem Shop mit den Badesachen im Shopping-Zentrum.«

»Na klar. Dein blau-weißer geht einfach gar nicht.«

Im Scherz verdrehte ich die Augen und warf den Bikini in den Koffer.

»Wenn du meinst. Dank dir.«

In diesem Moment steckte mein Dad seinen Kopf zur Tür herein. »Wann gehen die Damen zu ihrer Party?«

»In ein paar Stunden«, antwortete ich.

»Trinkt keinen Alkohol«, warnte er uns, »und seid um Mitternacht wieder zurück.«

Meine Schwester und ich nickten.

Er schloss die Tür wieder und Gwenny setzte sich auf meine Bettkante. Sie schwieg eine Weile und sah mir beim Packen zu.

»Ist alles okay?«, fragte ich besorgt.

Gwenny seufzte. »Ich werde dich wirklich vermissen, Em.«

Ich hörte auf zu packen und lächelte. Es passierte nicht häufig, dass meine unbeschwerte Schwester ernst wurde.

»Ich werde dich auch vermissen.«

Sie sah mich mit ernsten blauen Augen an. »Ohne dich werde ich mich zu Tode langweilen. Und ich werde ganz alleine mit Großmutter zurechtkommen müssen! Du musst mir e-mailen, SMS schreiben, mich anrufen und Rauchsignale senden – alles was geht. Und du musst mir unbedingt erzählen, was du so treibst.«

Ich lachte. »Ja, ich weiß. Ich verspreche hoch und heilig, dass ich dich auf dem Laufenden halte.«

Gwenny stand auf und ging zu meinem Tisch. Sie nahm mein

Lieblingskochbuch und legte es behutsam in meinen Koffer. »Und vergiss das hier nicht.«

Ich lächelte.

»Ach, und bei der Party heute Abend«, sie hob die Augenbrauen, »wollte ich meinen Jeans-Minirock und mein silbernes Top anziehen. Meinst du, das haut Logan um?«

Ich nickte. »Das haut Logan definitiv um!«

Kapitel drei

Auf der Party verstanden sich meine Schwester und Logan prächtig. Er konnte den Blick einfach nicht von ihr abwenden. Für den Bruchteil einer Sekunde war ich eifersüchtig und wünschte mir, dass eines Tages mich jemand so ansehen würde.

Nachdem ich mich bei allen verabschiedet hatte, ging ich nach Hause und packte den Rest meiner Sachen. Es war schon spät, aber ich hätte sowieso nicht schlafen können.

Am nächsten Morgen war ich lange bevor die anderen wach waren schon fertig angezogen und bereit aufzubrechen. Die nächsten Stunden wollten einfach nicht vergehen. Dad packte das Auto und nach einem langen, rührseligen Abschied von Gwenny (und einem kurzen Lebewohl zu Mum) setzte er mich am Flughafen ab.

Endlich konnte meine Reise beginnen – erster Halt: Raleigh, North Carolina. Nach einer nervtötend langen Verspätung setzte ich schließlich mit einem Propellerflugzeug auf die Insel über.

Meine Tante lebte auf einer der abgelegensten Inseln im Atlantischen Ozean, die keine Verbindung zu den Outer Banks hatte, aber trotzdem als Teil von ihnen galt.

Meine Lederreisetasche geschultert, stieg ich aus dem Flugzeug in einen sonnigen Juninachmittag. Ich betrat den kleinen Flughafen und ging zur Gepäckausgabe. Dort stand ich eine gefühlte Ewigkeit und sah dabei zu, wie das Gepäck eine Runde nach der anderen drehte. Mein schwarzer Hartschalenkoffer kam und kam nicht.

Ich seufzte und hoffte auf das Beste. Mit meiner Tasche bewaffnet, ging ich in ein kleines Büro, geradewegs auf den Schalter zu.

»Füllen Sie das aus«, sagte eine Frau, bevor ich auch nur ein Wort herausbrachte.

»Oh, okay.« Ich nahm ein Formular und trug alle relevanten Informationen ein: Größe, Farbe, Marke und Inhalt meines Gepäcks.

»Wir werden es Ihnen bis heute Mitternacht liefern«, sagte die Frau am Schalter, als ich ihr das Formular aushändigte.

Ich seufzte. Die Prozedur kannte ich schon. Ich hatte schon mal mein Gepäck verloren.

»So schnell werde ich meinen Koffer nicht wiedersehen, oder?«

Sie setzte ein falsches Lächeln auf. »Wir rufen Sie an, sobald er ankommt.«

»Danke«, murmelte ich.

Meine Mum hatte mir gesagt, dass meine Tante mich abholen würde. Aber als ich nach draußen ging, war der Parkplatz fast leer. Nur drei Fahrzeuge standen dort. Ich blinzelte gegen die Sonne auf die Autos, konnte aber niemanden erkennen, der dort auf mich wartete.

Ich nahm mein Handy aus der Tasche und rief die Nummer des B&B an.

Es läutete fünfmal, sechsmal. Als ich gerade auflegen wollte, antwortete endlich jemand. »Hallo?«

»Ist da das Pepper House?«

»Stimmt genau«, antwortete eine Männerstimme.

»Hier ist Elizabeth Margaret. Ich rufe an, weil …«

»Oh, Elizabeth Margaret! Wir freuen uns alle schon so sehr darauf, dich kennenzulernen!«

Ich lächelte und seufzte erleichtert. Die Stimme hörte sich freundlich an.

»Ich bin Domino, der Koch des Pepper House. Hat Cade dich gefunden?«

»Wer?«

»Cade. Er arbeitet hier. Deine Tante musste sich in letzter Minute noch um einen Gast kümmern. Irgendwas mit einer Hibiskus-Allergie. Natürlich pflanzen wir hier keinen Hibiskus an. Aber sie – also der Gast – ist der festen Überzeugung, dass die roten Blumen bei ihrem Ferienhaus Hibiskus sind. Wir haben ihr sogar ein Bild von einem Hibiskus gezeigt, aber sie will uns einfach nicht glauben. Oder sie glaubt uns, aber denkt, die roten Blumen sind irgendeine Mutation des Hi…«

»Entschuldige, Domino?«

»…biskus. Ja?«

»Du hast gesagt, dass mich jemand abholen kommt?«, erinnerte ich ihn.

»Ja. Cade. Er sollte jetzt schon bei dir sein.«

»Ich sehe niemanden. Kann ich seine Handynummer haben? Dann rufe ich ihn an.«

»Handy?« Domino brach in schallendes Gelächter aus. »Ach Herzchen, du wirst in diesem Sommer viel lernen. Cade hat kein Handy.« Er musste wieder lachen. »Er wird bestimmt gleich da sein. Mach dir keine Sorgen. Er hat sicher nur irgendwo unterwegs haltgemacht. Hier gehen die Uhren anders, hier gilt die Inselzeit.«

In meinem ganzen bisherigen Leben hatte sich alles um strikte Zeitpläne gedreht. Ich war mir nicht sicher, was ich von der »Inselzeit« halten sollte.

»Kann mich niemand anderes abholen? Oder soll ich vielleicht ein Taxi nehmen?«

»Der einzige Taxifahrer weit und breit hat vor etwa einer Stunde Feierabend gemacht. Abends geht er fischen.«

»Fischen?«

»Ja. Und leider gibt es niemand anderen, der dich abholen kommen kann.«

»Na gut.«

»Wir haben nur einen Transporter, und den hat Cade genommen.« Er machte eine Pause. »Bist du dir sicher, dass er noch nicht da ist?«

»Hmm«, ich sah mich um, »nein, da ist niemand.«

»Na ja, wir sind an einem Ende der Insel und der Flughafen ist am anderen. Dazwischen liegen gute fünfzehn Kilometer. Die Geschwindigkeitsbegrenzung ist siebzig Kilometer pro Stunde. Cade muss also noch irgendwo angehalten haben. Außerdem ist es schon Abend. Wahrscheinlich ist viel Verkehr – besonders wenn der alte Hester seine Ziegen über die Straße treibt …«

Ich sah mich um, während Domino redete und redete. »Schon okay«, unterbrach ich ihn schließlich. »Ich setze mich einfach irgendwo hin und warte.«

»Hört sich gut an, Kleine. Ich seh dich später!«

»Okay.« Ich legte auf und betrachtete einige Minuten lang aufmerksam den Parkplatz. Einen Transporter konnte ich nirgendwo entdecken. Schließlich ging ich zum Flughafengebäude zurück. Bei der Hitze wollte ich lieber in dem klimatisierten Gebäude warten. Ich drückte gegen die Tür, nur um festzustellen, dass sie verschlossen war. Seufzend flüchtete ich mich zu einer niedrigen Betonmauer und ließ mich dort nieder. Beim Klingeln meines Handys schreckte ich auf. Auf dem Display stand die Nummer von Mum. Ich nahm ab. »Hallo Mum. Ich bin angekommen.«

»Gibt es irgendwelche Probleme?«

Ich hatte keine Lust, ihr eine Erklärung abzugeben, und sagte fröhlich. »Nein! Alles gut. Ich warte gerade, dass mich jemand vom Flughafen abholt.«

»Also … hast du Matilda noch gar nicht gesehen?«

»Nein, noch nicht.«

»Sicher ist sie gleich da. Lass uns in ein paar Tagen noch mal telefonieren.«

»Grüß Gwenny von mir.«

»Mach ich. Pass gut auf dich auf.« Mit diesen Worten legte sie auf.

Ich hielt noch ein letztes Mal nach Cade und dem Transporter Ausschau, steckte mein Handy in die Tasche und setzte meinen Schlapphut und meine Sonnenbrille auf. Dann zog ich das Buch *Kulinarische Schule der Welt* aus meiner Reisetasche und begann es durchzublättern.

Meine Gedanken schweiften ab. Ich dachte an mein erstes Jahr an der Uni und die Jurakurse, die ich besuchen würde. Ich würde Anwältin werden. Das war schon immer klar gewesen. Ich hatte schon oft versucht, mir vorzustellen, wie ich in einem Gerichtssaal einen Fall verhandeln würde, aber irgendwie gelang es mir nicht. Ich mochte Konfrontationen nicht, und Diskutieren war auch nicht meine Stärke. Vielleicht war ich für außergerichtliche Verfahren besser geeignet – aber dann würde ich den ganzen Tag am Schreibtisch verbringen. Während ich mir meinen ersten richtigen Job vorstellte, schweiften meine Gedanken immer weiter ab und die Augen fielen mir schließlich zu …

Bist du Elizabeth Margaret?

In meinem traumlosen Schlaf murmelte ich eine Antwort.

Hallo?

Mühevoll öffnete ich die Augen einen Spalt breit. Am Straßenrand stand ein alter, grüner Transporter. Hinter ihm ging gerade die Sonne unter. Ein blonder Typ mit roten Surfer Shorts und einem weißen Tank Top lehnte an der Fahrertür. Seine Augen versteckten sich hinter einer silbernen Sonnenbrille und sein welliges Haar ging ihm bis zu den Schultern.

Seine Bräune verriet, dass er meist draußen war. Als ich ihn ansah, fiel mir die Bezeichnung »sexy loser« ein – einer der Lieblingsausdrücke meiner Schwester.

Ich sah, wie sich sein Mund bewegte, und hörte noch einmal die Worte: »Elizabeth Margaret?«

»Lass mich raten«, ich stand auf. »Cade.«

Er nickte. »Der bin ich.«

Ich schaute auf meine Uhr, blinzelte und sah ihn durchdringend an. »Ist dir klar, dass du zwei Stunden zu spät kommst?«

Cade seufzte. »Yeah.«

Ich erstarrte. *Yeah?* Das war alles, was dieser Typ dazu zu sagen hatte?

Er öffnete die Tür und setzte sich ins Auto.

Ich nahm meine Sachen und ging zu dem Transporter. Cade beäugte hinter seiner Sonnenbrille kritisch meinen Schlapphut.

Schnell nahm ich ihn ab. »Hattest du einen Platten oder so was Ähnliches?«

»Was Ähnliches«, sagte er mit einem Nicken und startete den Motor. »Steigst du jetzt ein, oder was?«

Mir wurde klar, dass der Typ sich für seine Verspätung nicht entschuldigen würde. Er sah sich um. »Wo ist dein Koffer?«

Ich ging um den Transporter herum, öffnete die Beifahrertür und stieg ein. »Der hat den Anschlussflug verpasst.«

»Oh.« Er legte einen Gang ein und parkte aus.

Während er fuhr, musterte ich ihn. Ich kannte solche Typen. Er gehörte zu der Kategorie von Jungs, die unverschämt gut aussehen – zu gut – und die wissen, dass sie gut aussehen. Die arrogant und eingebildet sind. Denen alle Mädchen zu Füßen liegen. Typen, die der Überzeugung waren, ein Geschenk des Himmels zu sein.

Cade wechselte den Gang, schaltete das Radio ein, suchte einen Reggae-Sender und drehte die Lautstärke herunter. Mit einem tiefen Seufzer beschloss ich, mich nicht aus der Ruhe bringen zu lassen. Ich würde einen ganzen Monat hier verbringen und jeden Moment genießen. Ich stützte meinen Arm auf dem offenen Fenster ab, atmete die warme, salzige Luft ein und betrachtete die Landschaft im Licht der Abendsonne.

Rechts erstreckte sich der Atlantik. Die blaue, weite Fläche erinnerte mich an das Wasser auf den Bermudas. Ich hatte dort vor zwei Jahren mit meiner Familie Urlaub gemacht. Gwenny und ich waren geschwommen und hatten geschnorchelt, bis unsere Haut ganz schrumpelig geworden war.

Am Horizont entdeckte ich ein Fischerboot mit ausgeworfenen Netzen.

Ein Moped überholte uns und hupte. Ich fragte mich, wie schnell wir wohl waren. Cade sah hinüber und nickte dem älteren Mann zu, der an uns vorbeizischte.

Wir fuhren auf der Küstenstraße weiter – rechts von uns der Ozean, links von uns wild wucherndes Gestrüpp. Auf dem Weg kamen wir an einem kleinen Ort vorbei, dessen Steinhäuser fast völlig unter dem Grün verschwanden. Ich rutschte auf meinem Sitz nach vorne, um besser sehen zu können.

Schließlich gelangten wir ans andere Ende der Insel und bogen in einen Kiesweg ein.

Wir passierten einen wunderschönen Torbogen aus knallroten Blumen, die an dicken grünen Ranken wuchsen. Das Bild hatte ich schon auf der Website des Pepper House gesehen. Dann kurvten wir um einen steinernen Springbrunnen, der mit vier gemeißelten Ziegen verziert war, aus deren Mündern Wasser spritzte.

Cade hielt vor einem weiß getünchten, mediterran aussehenden Steinhaus, bedeckt von noch mehr roten Blumen.

Er stellte den Motor ab und plötzlich war es still.

»Hier sind wir«, sagte er, machte die Tür auf und stieg aus.

Ich saß einen Moment da und lächelte. *Hier bin ich.*

Kapitel vier

»Elizabeth Margaret!« Die Tür des Pepper House wurde aufgestoßen und heraus schoss ein farbenprächtiger Wirbelwind. »Willkommen!«

Lachend öffnete eine große Frau die Tür des Transporters, zog mich heraus und schloss mich in ihre Arme. Nach ein paar Sekunden packte sie meine Schultern und hielt mich mit einem breiten Grinsen auf Armeslänge vor sich. »Du siehst hinreißend aus!«

Ich blinzelte. »Hmm, danke.« Ich lächelte. »Du musst Tante Matilda sein.«

»Matilda? Mein Gott, seit meiner Kindheit hat mich niemand mehr so genannt. Ich bin Tilly.«

Mit einem Lachen nahm sie mich noch einmal fest in die Arme. So viel zu der förmlichen Begrüßung, die ich aus meinem Elternhaus gewöhnt war. Wenn ich ehrlich war – ich konnte mich nicht erinnern, wann mich das letzte Mal jemand so fest in den Arm genommen hatte.

Mit ihrer großen, schlanken Figur und ihren blonden Haaren war Tilly das Ebenbild meiner Mutter. Ein offenherziges, lebhaftes, jüngeres Ebenbild meiner Mutter.

Sie trug mehrere Schichten aus einem pastellfarbenen durchscheinenden Material. Der Stoff folgte jeder ihrer Bewegungen. Ihre Haare waren locker nach hinten gesteckt. Diese Frau fand mich hinreißend? Sie selber war auf eine natürliche Art wunderschön.

Tante Tilly sah Cade an: »Wo warst du?«

»Das erzähle ich dir später«, sagte er kryptisch und ging ins Haus.

Ich sah ihm nach, und auch Tante Tilly blickte ihm mit einem verdutzten Gesichtsausdruck hinterher. Dann wandte sie sich wieder mir zu. »Es tut mir so leid, dass du warten musstest. Ich hätte dich abgeholt, wenn da nicht dieser nervige Gast gewesen wäre. Und wir haben nur ein Auto …«

Ich lächelte. »Das ist okay. Ich bin hier, und das ist das Einzige, was zählt.«

»Oh«, meine Tante umarmte mich wieder, »du bist so süß.«

Sie deutete in Richtung Transporter. »Lass uns deinen Koffer holen und reingehen.«

Ich schüttelte den Kopf. »Ich habe keinen Koffer – zumindest im Moment nicht. Die Fluggesellschaft hat ihn verloren. Ich hoffe, er kommt morgen.«

»Oh«, sie zeigte wieder in Richtung Auto. »Keine Sorge. Bis dahin kannst du dir Sachen von mir ausleihen.«

Ich verkniff mir den Kommentar, dass ich kleiner und rundlicher war als sie. Sicher würden mir ihre Anziehsachen nicht passen.

Sie nahm meine Hand und führte mich hinein. »Bist du hungrig? Domino hat einen fantastischen Fisch zum Abendessen gemacht.«

»Ja, ich bin am Verhungern. Seit dem Flug von Boston habe ich nichts mehr gegessen.« Ich sah auf meine Uhr. Es war weit nach meiner üblichen Essenszeit.

Tante Tilly schloss die Tür hinter uns, und ich fand mich in dem interessantesten Raum wieder, den ich je gesehen hatte.

Der große Eingangsbereich war in dem gleichen Kalkweiß gestrichen wie die Wände draußen. Dunkle Holzbalken stützten die Decke, an der vier Ventilatoren mit großen Rotorblättern aus Korbgeflecht hingen. Sie drehten sich langsam und wirbelten sanft die Luft herum, die durch das offene Fenster hereinwehte.

An den Wänden hingen farbenprächtige Bilder von der Insel. Blumentöpfe mit exotischen Pflanzen standen in jeder Ecke. Mehrere Couchen und Zweiersofas aus Treibholz, dekoriert mit geblümten Kissen, luden zum Ausruhen ein, zwischen ihnen weitere exotische Pflanzen.

Es gab keinen Fernseher. Nur ein alter Plattenspieler stand auf einem Schrank. Ein Bücherregal, vollgestopft mit abgegriffenen gebundenen Büchern und Taschenbüchern, zog sich über die ganze Rückwand.

In einer Ecke standen Stühle und ein kleiner Tisch mit einem Schachbrett samt Figuren. Ich *liebte* Schach. Ich fragte mich, ob Tilly spielen konnte.

Ich sah zu ihr hinüber. »Die Einrichtung ist fantastisch. Sie ist einzigartig und wunderschön. Fast tropisch.«

Sie grinste. »Genau so soll es auch aussehen.«

Sie deutete mit einer unbestimmten Geste auf den Raum. »Hier entspannen sich meine Gäste, wenn sie sich nicht gerade draußen herumtreiben.« Sie nickte in Richtung eines steinernen Torbogens. »Ich gebe dir eine Führung.«

Wir durchquerten die gemütliche Lobby. Die Sonne war untergegangen und der Raum lag jetzt fast im Dunkeln. Mit all den Fenstern war das Zimmer tagsüber sicher wunderbar hell. Tante Tilly lehnte sich vor und schaltete eine Lampe an. Wir gingen durch den steinernen Bogen Richtung Esszimmer.

Hier sah es genauso aus wie im Eingangsbereich – die gleichen steinernen Wände und hölzernen Dachbalken. Auf der linken Seite entdeckte ich noch einen Durchgang, der nach draußen führte. Auf der rechten Seite war eine Schwingtür, die den Raum wahrscheinlich mit der Küche verband. Auf der Rückwand waren unzählige Fenster, die den Blick auf die Küste freigaben. Sechs Vierertische aus poliertem schwarzem Holz standen im Esszimmer und noch weitere wunderschöne farbenprächtige Gemälde hingen an den Wänden.

Tante Tilly führte mich zu der Fensterfront. Hinter der Meereszunge gingen gerade einige Außenlichter an und beleuchteten Hütten, Häuser und einige andere Gebäude.

Sie zeigte durch das Fenster zu der Bucht hinüber. »Das da drüben sind ein paar der ältesten Häuser der Insel. Sind sie nicht schön?«

»Ja, sehr«, stimmte ich ihr zu.

Sie tippte an das Fenster. »Siehst du die Hängematte zwischen den beiden Palmen?«

Ich nickte.

»Das ist der beste Platz für ein Nickerchen.«

Wir beide lächelten.

»Komm.« Sie führte mich über eine offene Seitentür aus dem Esszimmer. Von Bodenlichtern beleuchtet, ging ein Kiesweg vom Haupthaus weg und verschwand zwischen den Bäumen. »Am Ende des Wegs liegt eins meiner Gästehäuser.« Dann zeigte sie nach rechts. »Und hier hinunter kommt man zu einem weiteren. Morgen können wir sie uns bei Tageslicht ansehen.«

»Für wie viele Gäste hast du denn hier Platz?«

»In den beiden Hütten können jeweils sechs Leute übernachten und im Haupthaus sind vier Schlafzimmer und Bäder. Aber nur in der Hauptsaison ist alles ausgebucht. Im Haupthaus sind normalerweise nur ich und Frederick.«

»Frederick?«

Tante Tilly zwinkerte mir mit ihren blauen Augen zu. »Dein Cousin.«

Ich hob die Augenbrauen. »Ich habe einen Cousin?«

Sie lachte. »Ja, das hast du. Er ist fünfzehn. Und ...«, sie stupste mir auf die Nase, »ich hoffe ihr versteht euch gut. Er ist ganz schön ernst. Vielleicht schaffst du es ja, ihn ein bisschen aufzuheitern.«

Es war alles einfach unglaublich. Dieser Ort. Tilly. Ein Bed and Breakfast auf einer Insel. Ein Cousin namens Frederick. Ich fragte mich, warum meine Mum und Großmutter so ein Geheimnis um Tante Tilly und meinen Cousin gemacht hatten.

»Komm mit. Wir besorgen dir etwas zu essen.« Tante Tilly nahm mich an der Hand und führte mich wieder ins Haus, durch das Esszimmer hindurch und über die Schwingtür in die Küche.«

»Junge«, ein dünner, kahler Mann deutete mit einem Holzlöffel auf Cade, »vergiss es. Du brauchst ihn nicht. Du hast uns. Wann hast du überhaupt herausgefunden, dass er da ist?«

Cade setzte sich auf einen Barhocker. »Erst vor ein paar Stunden«, antwortete er niedergeschlagen. »Kurz bevor ich Elizabeth Margaret abgeholt habe.«

Tante Tilly räusperte sich.

Ich sah Cade an und fragte mich, ob »er« irgendetwas mit Cades Verspätung zu tun hatte.

Der dünne Mann stellte einen Teller mit Fisch und Reis vor Cade und lächelte mich dann mit einem breiten Grinsen an. »Hallo, Elizabeth Margaret. Ich bin Domino.«

Er schlurfte um die Kücheninsel herum und streckte mir seine Hand entgegen. »Es ist so schön, dich kennenzulernen!«

»Hi.« Ich nahm seine Hand und verlor fast das Gleichgewicht, als er sie heftig schüttelte.

Er war nur ein bisschen größer als ich, vielleicht knapp ein Meter siebzig, und er musste wohl so um die sechzig Jahre alt sein.

Domino fuchtelte mit seinem Holzlöffel in der Luft herum. »Willkommen in der Küche. Das ist mein Reich. Dominos Reich.« Er lachte über seinen eigenen Witz. »Und du, meine Süße, bist hier jederzeit willkommen.«

Ich nickte. »Danke, Domino.«

Ich musste an Navia zu Hause denken und die unzähligen Male, die ich mich heimlich in die Küche geschlichen hatte, um ihr zu helfen. Hier würde ich kein Geheimnis aus meiner Leidenschaft machen müssen. Jeder schien willkommen zu sein, und ich konnte mir nicht vorstellen, dass Tilly etwas dagegen haben würde, wenn ich aushalf.

Die Küche sah genau so aus, wie ich sie mir vorgestellt hatte: ein großer Gasherd mit zehn Platten und nebeneinanderliegenden Öfen darunter, ein Kühlschrank aus Edelstahl, der fast bis zur Decke ging, und eine überdimensionierte Spüle, groß genug, ein Kind darin zu baden. Von einem Gestell über der Kücheninsel hingen Kupfertöpfe und Pfannen. Sechs Barhocker standen um die Insel herum und an der Wand waren Schränke. Hier war locker genug Platz für zehn Leute.

Ich atmete tief ein. »Das riecht fantastisch. Machst du Fisch?«

Domino fuchtelte mit seinem Löffel herum. »Als ob ich so was je machen würde!«

Cade rutschte von seinem Barhocker und brachte seinen halbvollen Teller zur Spüle. »Ich seh euch später.«

Er hatte doch gerade erst angefangen zu essen. Im nächsten Moment war er fast schon durch den Torbogen verschwunden, der aus der Küche führte. Doch dann drehte er sich noch einmal um. »Elizabeth Margaret?«

Ich sah zu ihm herüber. »Ja?«

»Es tut mir leid, dass ich dich zu spät abgeholt habe.« Sein Mund verzog sich zu einem kleinen Lächeln.

Ich lächelte zurück. »Schon okay.«

Du brauchst ihn nicht. Du hast uns. Wann hast du überhaupt herausgefunden, dass er da ist?

Während ich Cade hinterhersah, dachte ich an Dominos Worte. Was ging hier vor? Über wen hatten sie gesprochen?

Domino stellte einen vollen Teller vor mir auf die Theke. »Wenn du aufisst, gibt es Limettenkuchen zum Nachtisch.«

Ich setzte mich auf den Barhocker. »Isst du gar nichts?«

»Wir haben schon gegessen. Aber ich leiste dir gerne Gesellschaft.« Tante Tilly holte eine Flasche Weißwein aus dem Kühlschrank und schenkte sich ein Glas ein.

Ich probierte ein Stückchen von meinem Fisch und im nächsten Moment explodierten meine Geschmacksnerven fast. »Oh mein Gott, das ist unglaublich!« Ich lachte kurz auf. Meine Mutter wäre über meinen Aufschrei schockiert gewesen. Aber … dieser Fisch war einfach zu gut. Da musste man einfach begeistert sein.

Domino lächelte. »Danke.«

»Das stimmt wirklich. Ich habe in den besten Restaurants gegessen, und ich schwöre, dieser Fisch ist ganz sicher der beste, den ich je probiert habe. Was für ein Fisch ist das und womit hast du ihn zubereitet?«

»Ah.« Domino spülte eine Schüssel ab und legte sie zum Trocknen zur Seite.

»Der Fisch ist ein Schnapper und ein Koch verrät niemals seine Geheimnisse.«

Ich nahm noch einen Bissen und ließ ihn mir auf der Zunge zergehen. »Meersalz, Ingwer, Zitrone, grüne Zwiebeln, Tomate, Limette und …«, ich nahm noch einen Bissen, »… Soja.«

Domino sah mich überrascht an. Er deutete mit seinem seifigen Finger in meine Richtung. »Du hast einen verdammt guten Geschmackssinn, meine Liebe. Alle Achtung.«

Tante Tilly nahm einen Schluck Wein. »Hast du schon mal daran gedacht, Köchin zu werden?«

Eine Sekunde lang starrte ich sie an. Sie kannte mich gerade mal zwei Stunden und schon wusste sie über meine geheime Leidenschaft fürs Kochen Bescheid.

Ich zuckte mit den Achseln. »Ich werde Anwältin und arbeite in der Firma meines Vaters.«

»Wirklich?«, murmelte sie und nahm noch einen Schluck. »Du

siehst nicht aus wie der Anwalts-Typ.« Dann hielt sie inne und lächelte. »Und du hast meine Frage noch nicht beantwortet.«

Ich betrachtete den Fisch auf meinem Teller. »Und«, sagte ich und wechselte das Thema, »wie lange gehört dir das Pepper House jetzt schon?«

»Fast zehn Jahre.«

Ich nahm noch einen Bissen. »Hast du viele Angestellte?«

»Wir haben eine Facility Managerin«, antwortete Domino und Tante Tilly lachte. »Ihr Name ist Beth und die Bezeichnung Facility Managerin ist nicht so ganz richtig.«

»Ist sie so etwas wie ein Dienstmädchen?«, riet ich und beide nickten.

»Aber nenn sie bloß nicht so«, fügte Domino hinzu, »oder sie wird dich mit ihren Blicken töten. Sie ist der Liebe wegen hierhergekommen.« Er sah Tante Tilly an. »Mit der Liebe hat es allerdings nicht so ganz geklappt.«

Tilly verdrehte Augen. »Beth hat sich schneller davon erholt, als man gucken konnte. Sie ist einundzwanzig und glücklicher als je zuvor.«

Ich lächelte und aß die letzten Stückchen Reis und Fisch.

»Und natürlich gibt es Cade«, fuhr Tante Tilly fort.

»Was macht er?«

»Was gerade anfällt. Gärtnerei, Reparaturen, Transport …«

»Ist es typisch für ihn, andere zwei Stunden warten zu lassen?«, witzelte ich.

Sie schenkte mir ein liebevolles Lächeln. »Nein, überhaupt nicht.«

Ich sah meine Tante an und fühlte, wie eine Welle der Wärme und Zuneigung in mir aufstieg. »Du erinnerst mich an meine Schwester. Deine Art, dein Aussehen …«

Tante Tilly zwinkerte mir zu. »Ich hoffe, ich lerne Gwyneth irgendwann mal kennen.«

Irgendwie war ich überrascht, dass meine Tante den Name meiner Schwester kannte. Schließich hatte ich gerade erst erfahren, dass es sie überhaupt gab. Es kam mir komisch vor, dass ich hier eine Familie hatte, von der ich so gut wie gar nichts wusste. »Ich nenne sie Gwenny.«

»Gwenny. Das ist süß.«

Plötzlich hatte ich das Bedürfnis, Tilly über meine Mutter und Großmutter auszufragen. Ich wollte herausfinden, was zwischen ihnen passiert war und warum sie all die Jahre nicht über Tilly gesprochen hatten. Aber ich hatte Angst, dass mich Tante Tilly dann für unhöflich halten würde. Hoffentlich konnte ich das alles in der nächsten Zeit herausfinden.

»Mum?« Die Stimme eines Jungen schallte durch das B&B.

»In der Küche!«, rief Tante Tilly, bevor sie mich wieder ansah. »Das ist Frederick. Er kommt gerade aus der Bibliothek.«

Neugierig und aufgeregt wartete ich auf meinen Cousin. Ich kletterte auf einen Barhocker und war im nächsten Moment heilfroh, dass ich mich hingesetzt hatte. Denn als er hereinkam, war es mir, als würde ich in einen Spiegel sehen. Er hatte dasselbe dunkle, gelockte Haar, dieselben braunen Augen und dieselbe olivfarbene Haut wie ich. Er hätte mein Bruder sein können.

»Hey«, grüßte mich mein Cousin. »Ich bin froh, dass noch jemand die Gene unserer Großmutter geerbt hat.«

Ich kicherte. »Das Gleiche habe ich auch gerade gedacht.«

Mit einem warmen Lächeln hielt mir Frederick seine Hand entgegen. Seine Begrüßung war definitiv sehr viel förmlicher als die seiner Mutter. Er war gepflegt und gut angezogen. Nur seine Flip-Flops sahen nach Strand aus. Während ich seine Hand schüttelte, sah ich ihm in die Augen und hatte sofort das Gefühl, dass wir gute Freunde werden würden. Ich konnte kaum erwarten, Gwenny davon zu berichten.

Dann fiel mein Blick auf das Buch, das er in der Hand hielt. »Was liest du gerade?«

»Einen Roman von meiner Leseliste für den Sommer. *Frankenstein.*«

Ich verzog den Mund. »Nicht gerade mein Lieblingsbuch. Meine Schwester Gwenny musste das in diesem Sommer auch lesen. Ihr seid gleich alt, stimmt's?«

Frederick sah seine Mutter fragend an. »Ich glaube schon.«

Tante Tilly nickte. »Ja, ihr kommt beide bald in die Elfte. Du bist zwei Monate älter.«

Frederick legte das Buch zur Seite und knuffte Domino verspielt in die Rippen. Dann ging er zum Kühlschrank und holte den Kuchen heraus. »Der Schachabend wurde diese Woche abgesagt.«

Tante Tilly nickte. »Kein Wunder. Schließlich sind die meisten im Sommerurlaub.«

»Stimmt«, er nickte und drehte sich zu mir um. »Spielst du?«

»Ja und ich wäre jederzeit bei einer Schachpartie dabei. Ich war Vorsitzende des Schachclubs in meiner Schule«, sagte ich bewusst affektiert.

Frederick machte die Kühlschranktür zu und lachte.

»Ich akzeptiere die Herausforderung. Ich bin froh, dass du da bist. Die meisten hier können nämlich nicht mal den König von einem Bauern unterscheiden.«

»Oh Mann«, kommentierte Domino. »Jetzt müssen wir uns den Sommer über mit zwei Superhirnen rumschlagen.«

Frederick und ich grinsten uns an. Ich beobachtete ihn dabei, wie er ein Messer und einen Teller aus dem Küchenschrank herausholte. Für einen Jungen war er klein. Und er sah wirklich gut aus mit seinen metallgefassten Brillengläsern.

»Hast du schon dein Zimmer gesehen?«, fragte er mich.

»Noch nicht.«

Tante Tilly nahm noch einen Schluck von ihrem Wein. »Warum zeigst du ihr nach dem Essen nicht den Rest des B&B?«

Frederick nahm einen Bissen vom Kuchen und wischte sich den Mund ab. »Klingt gut.«

Mein Telefon klingelte und ich wühlte es aus meiner Tasche hervor. Es war neun Uhr abends. Vielleicht war es Gwenny. »Großmutter«, sagte ich mit einem Blick auf das Display.

Plötzlich wurde es still. Alle verstummten. Großmutter schien hier nicht gerade besonders beliebt zu sein.

»Hallo?«, begrüßte ich sie und beobachtete meine Tante.

Tilly interessierte sich plötzlich sehr für die Tiefen ihres Weinglases. Ich sah zu Frederick hinüber. Er betrachtete seinen Kuchen, als sei es ein Kunstwerk. Und Domino putzte die Theke ein bisschen zu sorgfältig.

»Elizabeth Margaret, bist du gut bei deiner Tante angekommen?«, fragte meine Großmutter.

»Ja. Ich sitze gerade mit allen in der Küche.«

»Ich habe vorher schon versucht, Matilda auf ihrem Festnetz anzurufen, aber es hat keiner abgenommen. Gib sie mir mal«, bat Großmutter. Sie gab sich keine besonders große Mühe, freundlich zu klingen.

Ich gab meiner Tante das Handy. »Sie will mit dir sprechen.«

Tante Tilly griff langsam zum Telefon und hielt es sich ans Ohr. »Mutter?«

Ich hörte die gedämpfte Stimme meiner Großmutter. Sie klang nicht wütend, aber auch nicht besonders nett. Ziemlich streng und sachlich. Und Tante Tilly verkrampfte sich sichtlich. Ich ließ sie nicht aus den Augen und versuchte so gut es ging zu lauschen.

Tante Tilly seufzte und rieb sich die Schläfen.

Meine Großmutter konnte einem wirklich die Hölle heiß machen.

Ein paar Minuten später murmelte Tante Tilly etwas und legte auf.

Sie sah erschöpft aus und gab mir das Handy mit einem aufgesetzten Lächeln zurück.

»Ich bin froh, dass Großmutter offensichtlich nicht nur mich anschreit«, versuchte ich zu witzeln.

Tante Tilly antwortete nicht. Stattdessen sagte sie: »Frederick, warum zeigst du deiner Cousine nicht ihr Zimmer?« Und mit diesen Worten stand sie auf und verließ die Küche.

Kapitel fünf

Ich unterdrückte ein Gähnen und folgte Frederick die Steintreppe hinauf. Er ging einen langen Flur hinunter. Auf der linken Seite standen zwei Türen offen.

»Das ist das Zimmer von Mum«, sagte Frederick und zeigte in ein Zimmer, in dem das schönste Himmelbett stand, das ich jemals gesehen hatte. Vom Rahmen hing hauchdünner Stoff, der sich leicht in der Brise bewegte, die vom offenen Fenster hereinwehte. Das Zimmer schien zu meiner Tante zu passen.

»Und das ist meines«, sagte er und bewegte den Kopf in Richtung eines Raumes, der aussah wie aus einem Geschichtsbuch. Eine Weltkugel, ein Teleskop und Bücher standen herum – nur Elektroartikel gab es keine. Und plötzlich fiel es mir wie Schuppen von den Augen. »Ich habe noch nirgends einen einzigen Fernseher gesehen.«

Er nickte. »Das stimmt. Hier gibt es keinen.«

»Ist das Absicht?«

»Absolut. Unsere Gäste kommen nicht zum Fernsehen her. Sie wollen sich entspannen. Wenn sie glotzen wollen, können sie zu einer der Ferienanlagen oder zur Sport-Bar gehen.«

»Und das ist für dich in Ordnung?« Ich kannte keinen einzigen Menschen, der damit nicht ein großes Problem gehabt hätte.

Er zeigte auf einen Laptop auf seinem Bett. Ich hatte ihn vorher übersehen. »Das ist meine Verbindung zur Außenwelt. Wir haben hier kabelloses Internet.«

Ich lachte. »Den werde ich mir sicherlich mal ausleihen.«

»Kein Problem.« Er zeigte auf die beiden Räume auf der anderen Seite des Flurs. »Hier sind zwei leere Schlafzimmer – du kannst dir eines davon aussuchen. Jedes der beiden hat ein eigenes Badezimmer.«

Ich lächelte. »Danke.«

»Gerne.« Frederick ging in sein Zimmer. »Ruf einfach, wenn du was brauchst. Ich bin hier und ackere mich durch das erste Kapitel von …«, er hielt das Buch von der Leseliste hoch.

»Okay. Lass es mich wissen, falls du über die Details der Wiederbelebung diskutieren willst.«

Er lächelte, und als er seine Tür halb geschlossen hatte, sah ich mir die beiden Zimmer an. Ich nahm den Raum, der näher bei Fredericks Zimmer lag, ließ meine wenigen Habseligkeiten auf den Boden fallen und plumpste aufs Bett.

Dann holte ich mein Telefon heraus und schrieb Gwenny. *Dir würde es hier gefallen.*

Ein paar Sekunden später kam die Antwort. *Pssst! Ich bin eifersüchtig!*

Unsere Tante ist toll. Sie ist wie du.

Echt?

Ihr seht euch ähnlich.

Sie sieht sicher 1a aus.

Ich lachte über die gespielte Eingebildetheit meiner Schwester.

Sie ist super.

Ich wäre gern da.

Wär toll. Ich gähnte. *Bin müde. GN8. Bis morgen.*

Ich starrte die Holzbalken an der Decke an und dachte über alles nach, was an diesem langen Tag passiert war. Und als meine Gedanken abschweiften, fielen mir die Augen zu …

Als ich am nächsten Tag aufwachte, hörte ich jemanden singen. Der Gesang war laut und unharmonisch. Ich lächelte und erinnerte mich daran, wo ich war.

Jemand hatte eine Decke über mich gebreitet und ich setzte mich auf. Mein Schlafzimmer sah im Morgenlicht anders aus als am Abend zuvor. Sonnig. Warm. Freundlich. Einladend. Über mir zog ein großer Ventilator seine Kreise.

Als ich mich ausstreckte, entdeckte ich ein Bild an der Wand. Eine Familie in einem Segelboot, gemalt in fröhlichen, bunten Farben. Ich musste lächeln. Am liebsten wäre ich in das Bild hineingeklettert und in das klare Wasser gesprungen. Ich musste unbedingt meine Tante fragen, wie der Künstler hieß.

Wieder hörte ich den unmelodischen Gesang. Ich sah aus dem Fenster auf grüne Blätter und rote Blumen. Eine leichte Brise wehte einen süßlichen Geruch zu mir herüber.

Ich hüpfte aus dem Bett und ging durch den Raum zum Badezimmer. Der Waschtisch und die Badewanne mit ihren antiken Krallenfüßen hatten genauso viel Charme wie die übrige Einrichtung des Hauses.

Ich putzte mir die Zähne und ging dann hinunter in die Küche.

»Morgen«, grüßte ich, als ich hereinkam.

Domino stand am Ofen, wirbelte Pfannkuchen durch die Luft und sang.

»Hey!«, entgegnete er und sah auf. »Wir haben uns schon gefragt, wann du von den Toten auferstehst.«

Ich kicherte. »Das riecht wirklich gut.« Ich schnupperte noch einmal. »Du machst doch nicht nur Pfannkuchen. Was ist das?«

Domino verengte seine Augen und wedelte mit seinem Pfannenheber in meine Richtung. »Das verrate ich nicht. Du musst probieren, und dann sehen wir, ob deine talentierten Geschmacksnerven herausfinden, was es ist.«

Ich lächelte. »Ich nehme die Herausforderung an.«

Tante Tilly kam zur Tür herein, in den Händen ein Tablett mit schmutzigem Geschirr. »Die Leute aus Hütte eins checken heute aus.« Sie entdeckte mich und ihre Augen begannen zu strahlen. »Hey Süße!«

Ich begrüßte sie mit einem breiten Lächeln.

Tante Tilly sah fantastisch aus. Sie leuchtete geradezu. Ihre blonden Haare fielen ihr offen über den Rücken, ein wehendes Kleid umhüllte sie und an ihren Handgelenken klirrten dünne Armbänder.

Sie stellte ihr Tablett auf die Kücheninsel. »Du brauchst was zum Anziehen. Schau mal meinen Schrank durch und nimm dir, was du magst.«

»Tante Tilly«, ich hielt inne. Wie sollte ich es ihr sagen, ohne dass es peinlich war? »Vielleicht ist es dir ja noch nicht aufgefallen«, ich zeigte auf meinen Körper, »wir haben nicht wirklich die gleiche Größe.«

»Psst! So ein Unsinn. Geh nach oben. Und falls du nichts findest, haben wir einen guten Grund, shoppen zu gehen.«

Ich zuckte mit den Achseln und drehte mich zu Domino. »Vergiss den Geschmackstest nicht. Ich bin gleich wieder zurück.«

Tilly scheuchte mich aus der Küche und ich trottete lustlos die Stufen hoch – sicher würde ich nichts finden. Ich betrat das Schlafzimmer meiner Tante und ging zum Kleiderschrank. Er war vollgestopft mit einer Unmenge bunter, leichter, fließender Kleider.

Ich sah die Sachen durch. Ein pfirsichfarbenes Sommerkleid fiel mir besonders auf und ich zog es von dem vollgepackten Ständer. Als ich es herauszerrte, fielen einige andere Kleider und ein paar Hüte aus dem Schrank. Zusammen mit einem Bündel von Schals landeten polternd einige Bücher auf dem Boden.

Ich hob alles auf und räumte es wieder zurück. Als ich gerade das letzte Buch zurückstellte, sah ich, dass Familienfotos auf den Buchrücken gedruckt waren.

Ich zog es wieder hervor und öffnete es. Auf der ersten Seite war ein Bild von Tante Tilly und Domino. Sie lieferten sich eine Wasserschlacht vor dem Pepper House. Man konnte ihr Lachen fast hören. Ich musste lächeln. Das nächste Bild zeigte meine Tante, wie sie mit einer jüngeren Version von Cade eine Sandburg baute.

Das nächste zeigte Frederick und Tilly auf einem Moped. Dann kam ein Bild mit meiner Tante, einem dunkelhaarigen Mann und Frederick in der Lobby. Ich fragte mich, ob das Fredericks Vater war. Auf einigen anderen Fotos sah ich meinen Cousin und Cade beim Faulenzen. Cade gehörte offensichtlich zur Familie.

Ich blätterte weiter. Ein Bild zeigte meine Großmutter, Mutter und Tante Tilly. Damals musste sie in meinem Alter gewesen sein, wahrscheinlich ein bisschen jünger. Keiner von ihnen lächelte. Nach allem, was ich wusste, überraschte mich das nicht. Ich schüttelte den Kopf.

In dem Album waren auch Bilder von mir – angefangen von Babyfotos bis hin zu aktuellen Bildern. Manche davon zeigten auch Gwenny.

»Hey«, sagte Tante Tilly und ich fuhr erschrocken hoch. Sie sah das Album und räusperte sich. »Oh, sieh an, was du im Schrank gefunden hast.«

Sie versuchte, fröhlich zu klingen, aber ihr Tonfall war leicht gereizt.

»Es tut mir leid. Ich wollte nicht herumschnüffeln. Der Aufdruck auf dem Einband hat mich neugierig gemacht.«

Sie nahm mir das Album aus der Hand. »Schon okay«, sagte sie. Aber ihre Stimme verriet, dass es alles andere als okay war.

»Woher hast du all die Bilder von mir?«

»Deine Großmutter schickt mir jedes Jahr Bilder von dir und Gwenny.«

»Wirklich? Sie redet nie über dich. Gwenny und ich waren total überrascht, als wir erfahren haben, dass wir eine Tante haben.«

Tante Tilly sah auf das pfirsichfarbene Kleid am Boden und räusperte sich erneut. »Eine gute Wahl«, wechselte sie das Thema. »Ich seh dich unten.« Mit dem Fotoalbum in der Hand ging sie aus dem Zimmer.

Ich fühlte mich grauenhaft. Normalerweise war ich nicht so neugierig. Und jetzt hatte ich meine Tante verärgert, noch bevor ich sie richtig kennengelernt hatte.

Mit einem Seufzen ging ich in mein Zimmer und zog das Kleid an. Ich war überrascht, dass es mir passte. Meine Haare band ich mit einem weißen Schal zurück, schlüpfte in meine Sandalen und ging nach unten.

Auf halbem Weg auf der Treppe sah ich aus dem Fenster und bemerkte, dass jemand im Garten war. Cade stand über einen Busch gebeugt und zog etwas aus der Erde. Obwohl es erst Morgen war, glänzte sein nackter Oberkörper vor Schweiß. Mir fiel auf, dass er dieselben Shorts trug wie am Tag zuvor. Ich seufzte noch einmal und ging in die Küche.

»Wow«, sagte Domino. »Du siehst aus wie ein schönes Stückchen Pfirsichkuchen.«

Ich merkte, wie ich rot wurde. Normalerweise bekam immer Gwenny Komplimente und nicht ich.

Domino stellte einen Teller auf die Kücheninsel. »Jetzt kommt der Geschmackstest.« Auf dem Teller lag ein Soufflé, daneben ein Vollkornmuffin. Ich sah begeistert auf das fantastische Frühstück und konnte kaum erwarten, das Geschmacksfeuerwerk in meinem Mund zum Explodieren zu bringen.

Domino deutete erwartungsvoll auf den Teller. »Ich habe da ein paar Sachen drin versteckt. Mal sehen, was du herausschmecken kannst.«

Ich setzte mich auf einen der Barhocker, zog den Teller zu mir, nahm eine Gabel und probierte. »Eiweiß, natürlich. Schafskäse, Milch, Butter, Mehl.« Ich nahm noch einen Bissen. »Salz, aber kein Meersalz, und schwarzer Pfeffer. Die Grundlage sind Brotkrümel.« Noch ein Bissen. »Und eine kleine Prise Gewürzsalz. Da bin ich mir ziemlich sicher.« Ich sah ihn gespannt an. »Und?«

Er warf sein Geschirrtuch auf den Boden und fuchtelte mit einer überdimensionierten Gabel in meine Richtung. »Mädchen, jetzt ist es offiziell. Du bist meine Herausforderung für den Sommer. Bei Gott: Dich krieg ich noch!«

»Ich kann es kaum erwarten!«

Tante Tilly kam mit einem Eimer und einem Wischmopp zur Tür herein. »Ist das Soufflé nicht der Wahnsinn?«

»Es ist unglaublich«, stimmte ich ihr zu.

Sie stellte den Eimer ab. »Das Kleid sieht toll an dir aus.«

»Danke. Und es tut mir wirklich leid wegen des Fotoalbums. Ich wollte nicht ...«

Sie zwinkerte mir zu. »Du musst dich nicht entschuldigen. Schon vergessen.«

Ich seufzte erleichtert. Aber irgendetwas nagte an mir. Was hatte sie so aus der Fassung gebracht?

Cade kam durch den hinteren Torbogen hereinspaziert und zerstreute meine Gedanken. Er ging zum Kühlschrank, nahm ein Glas von dem Hängegestell und schenkte sich aus einem Krug Orangensaft ein.

Ich versuchte, nicht auf seinen gebräunten Oberkörper zu starren, als er den Saft in einem Zug hinunterschüttete.

Als er fertig war, stellte er das Glas ab, schüttelte sein wirres, blondes Haar und sah mich an. Ich verfluchte mich dafür, dass ich den

Blick nicht hatte abwenden können, und widmete mich wieder meinem Frühstück.

»Ist das ein Kleid von Tilly?«, fragte Cade.

»Ja. Mein Gepäck ist immer noch nicht da.« Ich wartete auf ein Kompliment – aber er sagte nichts.

»Ich dachte, Cade und Frederick könnten dir morgen vielleicht die Insel zeigen«, schlug meine Tante vor. »Na, wie klingt das?«

»Gut«, stimmte ich ihr zu und sah vorsichtig zu Cade.

Er grinste mich an und in meinem Bauch führten Schmetterlinge einen Tanz auf.

»Und heute«, fuhr sie fort, »kannst du einfach hier rumhängen und dir ansehen, was so vor sich geht.«

»Klingt gut.«

Mit einem Lächeln widmete sie sich dem Geschirr und Cade ging an mir vorbei und zur Hintertür wieder hinaus.

Mein Handy klingelte und ich sah auf das Display. Gwenny!

»Das ist meine Schwester. Ich gehe zum Telefonieren nach oben. Ist das okay?«

»Mach schon«, sagte meine Tante und scheuchte mich mit einer Handbewegung aus der Küche.

»Hallo!«, grüßte ich Gwenny, als ich die Hintertreppe hinaufging.

»Hi! Hi! Hi! Hi! Hi!«, zwitscherte sie zurück.

Wir lachten beide.

»Oh mein Gott«, jammerte sie. »Du bist gerade mal einen Tag weg und ich vermisse dich schon ganz furchtbar.«

Lächelnd ließ ich mich aufs Bett fallen.

»Du musst mir alles erzählen«, forderte Gwenny mich auf. »Und lass ja nichts aus.«

In den nächsten zwanzig Minuten legte ich einen ausführlichen Bericht ab.

»Ich kann gar nicht glauben, dass wir einen Cousin haben.«

»Ich weiß.«

»Und Cade hört sich toll an.«

Darüber musste ich lächeln. »Hey, wusstest du, dass Großmutter Tante Tilly seit unserer Kindheit Bilder von uns geschickt hat?«

»Wirklich? Und wir wussten nicht mal, dass wir eine Tante haben!«

»Genau das meine ich!« Ich wälzte mich auf den Rücken und stopfte ein Kissen unter meinen Kopf. »Das alles ist wirklich komisch.« Ich machte eine Pause. »Und was ist bei dir so los?«

Gwenny seufzte. »Nichts. Logan ist mit seinen Eltern weggefahren. Alles ist wie immer. Langweilig. Ich würde am liebsten meinen Kopf gegen die Wand schlagen. Morgen Abend kommt Großmutter zum Essen.«

»Grüß sie von mir.«

»Mach ich«, brummte sie sarkastisch. »Hab Spaß für uns beide.«

»Ich geb mein Bestes.«

»Em?«

»Ja?«

»Vergiss nicht, was Neues auszuprobieren!«

Ich verabschiedete mich von Gwenny und ging nach unten und zur Hintertür des Pepper House hinaus. Dort blieb ich eine Weile stehen und betrachtete die Bucht, die Hütten und die Segelbote, die im Wasser hin und her schaukelten.

Ein kleiner steiniger Strand grenzte an das Anwesen meiner Tante, dorthin spazierte ich. Ich beugte mich hinunter, hob einen Stein auf, rollte ihn in meiner Hand hin und her und sah zum Pepper House hinüber.

Das zweistöckige Haupthaus nahm fast das ganze Grundstück ein. Seine Fenster und Rollläden waren weit geöffnet und ließen die warme Luft herein. Wunderschöne, hochgewachsene, üppige grüne Bäume mit knallroten Blumen säumten das Anwesen. Rechts hinter hoher Vegetation versteckt stand eine weiß getünchte Hütte, auf der linken Seite eine weitere. Ein schmiedeeiserner Zaun grenzte das Grundstück von den Häusern auf beiden Seiten ab.

Ich konnte mich nicht erinnern, jemals etwas so Idyllisches, Charmantes und Schönes gesehen zu haben. Kaum zu glauben, dass ich hier einen ganzen Monat lang sein durfte!

Den Nachmittag verbrachte ich mit meinem Cousin vor einem Schachbrett im großen Zimmer des Haupthauses. Ich konnte kaum fassen, wie gut er war. Ein bisschen zu gut. Gut genug für Wettkämpfe. Es war fast schon furchteinflößend – schließlich war ich daran gewöhnt, beim Schach zu gewinnen. Ich wollte es nicht zugeben, aber in ein paar Zügen würde er mich schlagen.

Frederick rückte seine Dame ein Feld vor.

Ich setzte meine Figur diagonal und schlug einen seiner Bauern. »Wer hat dir das Spielen beigebracht?«

»Mein Dad«, antwortete er.

»Ist ... ist er öfter hier?« Normalerweise stellte ich keine neugierigen Fragen, aber ich wollte am liebsten alles über meine neue Familie erfahren.

Frederick schüttelte den Kopf. »Er ist schon lange tot.«

»Oh.« Ich wusste nicht, was ich darauf sagen sollte.

»Schon okay«, entgegnete Frederick, als ob er meine Gedanken lesen konnte. Am anderen Ende des Raumes ging die Tür auf und ein Pärchen kam hereingestolpert. Beide waren groß und schlaksig und hatten knallrote Haare.

»Die sind in den Flitterwochen«, flüsterte Frederick.

Die beiden lachten hysterisch, hielten sich aneinander fest und durchquerten die Lobby. Der Mann flüsterte der Frau etwas ins Ohr und sie lachte wieder laut auf. Frederick und ich sahen ihnen amüsiert zu. Sie gingen kichernd an uns vorbei, ohne uns überhaupt zu bemerken.

Frederick widmete sich wieder dem Spiel. »Sie sind seit einer Woche hier und das ist ihr Normalzustand.«

Ich lächelte. So wäre ich auch mal gerne mit dem Typen, in den ich mich verlieben würde.

Frederick setzte seinen Läufer diagonal drei Felder weiter – direkt in eine Linie mit meinem Springer. Ich sah auf die Schachfiguren und konnte nicht fassen, dass er wirklich dabei war, mich zu schlagen. Ich studierte sein Gesicht – aber er hatte das perfekte Pokerface. Den Blick auf das Brett gerichtet, versuchte ich seine nächsten Züge zu erahnen. Obwohl mein Bauchgefühl mir sagte, dass ich es lassen sollte, warf ich seinen Läufer mit meinem Springer.

Sofort schlug er meinen Springer mit seinem Turm. Mir fiel die Kinnlade herunter. Wie hatte ich das übersehen können?

Genau in diesem Moment kam Tante Tilly hereingeschneit. »Da seid ihr beiden ja!«

Sie kam zu uns und streichelte mit einer Hand über Fredericks Kopf und mit der anderen über meinen. »Wer gewinnt?«

Ich zeigte auf Frederick. »Dein Sohn ist ein Genie.«

Sie zwinkerte mir zu. »Das sind die Gene. Hab ich richtig gesehen«, sie sah mich an, »in deinem Zimmer liegt ein Kochbuch?«

Unwillkürlich ging in meinem Kopf ein Alarm los. Schnell musste ich mich daran erinnern, dass meine Tante vor mir stand und nicht meine Mutter. »Stimmt. Das ist ein Hobby von mir.«

»Hm, das habe ich mir schon gedacht.« Sie sah mich an. »Warum redest du nicht mit Domino? Vielleicht kannst du ihm ja in der Küche helfen.«

»Wirklich?«, fragte ich ungläubig.

Sie musste lachen. »Wirklich.«

Voller Begeisterung lächelte ich Frederick an.

Er kicherte. »Du musst Kochen aber echt verdammt gerne mögen.«

»Stimmt!« Sofort dachte ich an Navia. »Ich habe jahrelang zusammen mit unserer Haushälterin Navia ganz viele tolle Gerichte gekocht. Sie ist eine fantastische Lehrerin. Sie hat mir beigebracht, die unterschiedlichsten Dinge zu mischen, damit sie ihren wahren Geschmack entwickeln können. Als Kind hat sie mir immer die Augen zugebunden, und ich musste erraten, mit was sie mich füttert.« Beim Gedanken daran musste ich lachen.

»Einmal hat sie eine schwarze Bohne in eine grüne Olive gestopft. Sie war sich ganz sicher, dass das Salzwasser der Olive den Geschmack der Bohne überdeckt, aber ich habe sie erwischt! Ich habe die Bohne sofort rausgeschmeckt.«

Ich grinste Frederick und Tante Tilly an und beide lächelten leicht verdutzt.

»Okay, du kochst wirklich verdammt gerne«, stellte Frederick fest.

Ich fühlte, wie ich nach meinem überschwänglichen Geständnis rot wurde – aber es war mir egal. Hier musste ich meine Begeisterung fürs Kochen nicht verstecken. Und das war unendlich befreiend. Am liebsten hätte ich vor Freude laut aufgeschrien.

Tante Tilly lehnte sich zu mir herab und küsste mich auf den Kopf. »Etwas, das dich so unendlich glücklich macht, solltest du auf jeden Fall ausprobieren.«

Ich seufzte. Sie hatte recht, ich sollte es auf jeden Fall ausprobieren. Hier war ich frei. Frei, Dinge zu tun, die mich wirklich glücklich machten.

Kapitel sechs

Die Vordertür ging auf und Cade kam herein. An seinem Arm hing ein kicherndes Mädchen. Das Mädchen war hübsch. Verdammt hübsch. Klein wie ich, aber ansonsten ein vollkommen anderer Typ. Ihr heller Teint war das Gegenteil meiner olivfarbenen Haut. Mein Haar war lang, ihres kurz geschnitten. Sie war sehr dünn und hatte sich ganz offensichtlich keine Mühe mit ihren Klamotten gegeben. Aber in ihren abgeschnittenen Jeans und dem weißen Tanktop sah sie einfach unglaublich süß aus.

Cade knuffte sie in die Rippen und sie lachten. Ich unterdrückte einen Anfall von Eifersucht. Warum sollte ich auch eifersüchtig sein? Das Mädchen sah auf, entdeckte Frederick und mich und grinste breit. »Hi! Du musst Elizabeth Margaret sein.«

Ihr Lächeln war ansteckend. Ich konnte gar nicht anders, als es zu erwidern. Ihre extrovertierte Art erinnerte mich an Tante Tilly.

Das Mädchen hüpfte zu uns herüber und streckte ihre Hand aus. »Ich bin Beth und die Facility Managerin hier.«

Ich schüttelte ihre Hand. »Hi, ich habe schon viel von dir gehört.«

»Oh nein«, witzelte sie, »die Familie hat gequasselt, oder?«

Ich kicherte. »Nein, da liegst du falsch.«

Beth drehte sich um und gab Frederick einen freundschaftlichen Klaps auf den Kopf. Er schlug ihre Hand weg. Tante Tilly hatte mir gesagt, dass sie einundzwanzig war. Aber sie hätte locker auch mein Alter haben können.

»Hast du schon alle kennengelernt?«

Ich nickte. »Ich glaube schon.«

»Es wird dir hier verdammt gut gefallen, Elizabeth Margaret. Du kannst einen Sommer im Paradies verbringen. Vielleicht können wir ja mal zusammen essen gehen. Ich kenne eine Menge süßer Jungs, die ich dir vorstellen kann.«

»Sicher, das wär toll.«

»Elizabeth Margaret.« Sie murmelte meinen Namen und starrte in die Luft. »Das ist ein verdammt langer Name. Wir sollten uns einen Spitznamen für dich einfallen lassen. Lizzie, Maggie ...«

»Meine Schwester nennt mich Em.« Ich war überrascht, wie leicht mir das über die Lippen kam. Immerhin hatten mich mein ganzes Leben lang alle bei meinem vollen Namen gerufen – bis auf meine Schwester.

»Em.« Beth nickte zustimmend. »Das gefällt mir.«

»Mir auch«, sagte Frederick.

Wir alle sahen Cade an. »Em ist gut.«

Beth verabschiedete sich. »Ich bin dann mal bei der Arbeit. Schön, dich kennenzulernen.« Mit diesen Worten hüpfte sie aus dem Wohnzimmer.

Ich sah zu Frederick hinüber, der sich schon wieder ganz und gar auf das Schachbrett konzentrierte.

Cade nahm sich einen Stuhl. »Wer gewinnt?«

Ich verdrehte die Augen und sah zu Frederick. Cade lachte. »Das glaube ich sofort.«

Er rückte näher heran und sah sich das Spiel genauer an. Ich konnte nichts dagegen tun: Ich musste ihn einfach anstarren. Seine blonden Haare, sein Bartansatz am Kinn, wo er sich nicht rasiert hatte, und der Wangenmuskel, der sich bewegte, während er auf einem Kaugummi herumkaute.

Um seinen Hals hing ein kleiner goldener Ring. Ich betrachtete ihn und erinnerte mich, dass er mir schon auf den Bildern in dem Fotoalbum meiner Tante aufgefallen war. Er musste meinen Blick wohl gespürt haben, denn er versteckte den Ring unter seinem T-Shirt.

»Ich habe ein paar Bilder von euch beiden gesehen«, sagte ich.

»Ach echt?« Cade veränderte seine Sitzposition und sein Knie berührte meines.

Ich schluckte, und plötzlich war meine ganze Aufmerksamkeit vollkommen von unserer Berührung eingenommen. »Ja, in Tillys Fotoalbum. Ihr seid zusammen aufgewachsen, oder?«

Frederick und Cade sahen sich an. »Das kann man wohl so sagen«, meinte mein Cousin. »Cade ist so etwas wie ein Bruder für mich.«

»Das stimmt, ich lebe schon seit ein paar Jahren hier im Pepper House.«

»Aha?« Ich sah zwischen den beiden Jungs hin und her. »Was ist mit deinen Eltern?«

»Ach, die haben mich so gut wie gar nicht vermisst.« Cade rückte vom Tisch weg und sofort fehlte mir seine Berührung. »Ich muss noch einiges erledigen. Ich seh euch beide später.«

Für eine Sekunde blieb ich regungslos sitzen und fragte mich, was gerade passiert war. »Habe ich etwas Falsches gesagt?«

Frederick schlug mit seiner Dame meinen König. »Schachmatt.«

Ich sparte es mir, ihn darauf hinzuweisen, dass er vergessen hatte, zuvor »Schach« zu sagen. »Revanche! Bei der nächsten Partie mache ich dich fertig«, witzelte ich.

Mein Cousin ordnete die Figuren neu. »Du hast nichts Falsches gesagt. Cade hatte verdammt viele Probleme mit seinen Eltern. Er redet einfach nicht gerne darüber.«

»Oh.« Ich half Frederick, die Figuren wieder aufzustellen, und fragte mich, was für Probleme Cade wohl gehabt hatte. Hoffentlich war es nichts zu Schlimmes.

»Wo hast du diese Bilder gesehen?«

»In einem Album, das deine Mum in ihrem Schrank hat.«

Frederick nickte. »Sie hat ganz viele davon.«

»Wusstest du, dass Großmutter ihr jahrelang Bilder von mir und Gwenny geschickt hat?«

»Ja. Sie schickt auch Bilder von mir an Großmutter.«

»Aber warum habe ich dann nichts von euch gewusst?«

Frederick lachte über meine Entrüstung und zuckte mit den Achseln. »Ich weiß nur, dass sich Großmutter und Mutter nie besonders gut verstanden haben. Sie haben sich ständig gestritten.«

»Und trotzdem schicken sie sich Bilder?«

Mein Cousin zuckte wieder mit den Achseln. Er hatte genauso wenig Ahnung wie ich.

»Hörst du ab und zu von Großmutter?«

Frederick setzte seinen Springer über einen meiner Bauern. »Sie schickt mir eine Karte zum Geburtstag und eine zu Weihnachten.«

Ich hielt inne. »Schickt ihr uns auch Karten?«

Er nickte. »Du hast offensichtlich nie eine bekommen, sonst wüsstest du von uns.«

Ich betrachtete ihn und überlegte, wie viel Zeit seit meiner Kindheit vergangen war. Weshalb würden meine Eltern jedes Jahr Geburtstagskarten, Weihnachtskarten und Geschenke verstecken. *Warum?*

Am nächsten Nachmittag kam mein Koffer und ich packte all meine langweiligen Klamotten aus. Meine Mum wollte immer, dass ich solche Anziehsachen trug. Es machte keinen Spaß, sie anzuhaben. Sie hatten absolut nichts Charmantes. Und nachdem ich Kleider von meiner Tante getragen hatte, kamen sie mir noch biederer vor.

Eine halbe Stunde später ging ich in die Küche. Ein herzhafter

Geruch hing in der Luft und ich sah in den Ofen. In einem großen Topf köchelte ein Schmorbraten. Mit einem Blick auf das Thermometer stellte ich sicher, dass der Ofen die richtige Temperatur hatte. Dann nahm ich eine Gabel aus der Schublade, probierte ein bisschen von dem Fleisch und entschied, dass Thymian fehlte. Ich fand etwas Thymian in einem wiederverschließbaren Beutel.

Eigentlich mochte ich getrocknete Kräuter nicht. Es überraschte mich, dass Domino keine frischen hatte. Aber da der Braten definitiv Thymian brauchte, streute ich etwas darüber. Hoffentlich würde das Domino nichts ausmachen. Als Nächstes fiel mir auf, dass er das Beilagengemüse noch nicht geschnitten hatte: Einige Karotten, Zwiebeln und frische Kartoffeln würden zum Braten passen.

Ich durchwühlte den Kühlschrank und die Speisekammer und fand, was ich suchte. Dann machte ich den Herd an und erhitzte Traubenkernöl und Rotwein in einer Pfanne, warf etwas Knoblauch hinein und ließ es ein wenig brutzeln. Danach fügte ich klein gehackte gelbe Zwiebeln hinzu. Während das alles köchelte, viertelte ich die Kartoffeln und die großen Karotten mit einem Julienne-Messer.

Navia hatte mir einen Trick beigebracht: Man musste zuerst das Gemüse anbraten und es dann auf den Braten legen. Dabei musste man darauf achten, dass es nicht in die Soße fiel. Dann wurde das Ganze mit Alufolie bedeckt, und ein paar Stunden später würde der Braten wohlschmeckend und wunderbar aromatisch aus dem Ofen kommen.

Frederick betrat vom Hintereingang aus die Küche. »Wow, das riecht aber gut.«

Ich spülte die Sachen ab, die ich benutzt hatte. »Schmorbraten.«

»Hast du das gemacht?«

»Nein, aber ich habe ein paar Sachen hinzugefügt.« Ich sah meinen Cousin an. »Meinst du, Domino macht das was aus?«

Frederick zuckte mit den Achseln. »Keine Ahnung. Aber es riecht so lecker, ich kann mir kaum vorstellen, dass er sauer wird.«

»Ich hoffe, das stimmt.« Ich trocknete mir die Hände ab. »Hey, ich wollte mal einen Blick in die Hütten werfen. Sie sind gerade nicht bewohnt, oder?«

Er nickte. »Aber heute Abend kommen neue Gäste.«

»Perfekt. Und können wir uns danach mal die Gegend ansehen?«

»Na klar!«

Mein Cousin und ich durchquerten das Esszimmer, gingen durch die Seitentür hinaus und liefen dann den Kiesweg hinunter zu einer der Hütten.

Noch mehr von den fantastischen Bäumen mit den riesigen, knallroten Blüten säumten den Weg. Auf der rechten Seite lag die Bucht und links trennte ein Spalier das Grundstück von der Straße. Ich spä te durch das Gitter und sah, dass der Transporter dort stand. Das bedeutete, Cade war hier irgendwo.

Der Pfad führte zu einem Steinhaus, das wie eine Mini-Version des Haupthauses aussah. Die Tür stand offen. Ich steckte meinen Kopf hinein. »Hallo?«

»Hier hinten«, rief jemand. Es war Beth.

Ich betrat ein kleines, gemütliches Wohnzimmer mit einem riesigen Fenster, durch das man auf die Bucht blicken konnte. An der Wand hing ein Gemälde. Die realistische, bunte Abbildung erinnerte mich an das Bild in meinem Zimmer und die anderen Bilder im Pepper House. Das Gemälde zeigte ein junges Paar, das mit dem Fahrrad die Klippe entlangfuhr. Lachend streckten die beiden die Arme aus und versuchten, sich während der Fahrt mit den Fingern zu berühren. Wieder wäre ich am liebsten in das Bild gekrochen und hätte mitgelacht.

»Hey«, sagte Beth hinter mir und ich drehte mich um. Cade stand neben ihr.

»Hey«, grüßte ich sie.

Sie hatte Gummihandschuhe an, hielt einen Lappen in der Hand und zeigte auf das Bild. »Ist das nicht fantastisch?«

»Es ist unglaublich schön. Ich habe auch die anderen Bilder im Haus gesehen und wollte Tilly schon fragen, wer sie gemalt hat.«

Sie zuckte mit den Achseln. »Keine Ahnung«, sagte sie und sah Cade an. »Hast du 'ne Ahnung?«

Er schüttelte den Kopf und ging hinüber zu dem Werkzeugkoffer auf dem Boden.

Ich drehte mich wieder zu dem Bild. »Wer auch immer das gemalt hat – er ist verdammt talentiert. Es ist einfach toll.«

»Ja, es strahlt eine unglaubliche Energie aus«, stimmte Beth mir zu.

»Auf der Insel findet man noch viele andere Bilder von dem gleichen Künstler«, sagte Frederick. »Du wirst sie auf unserer Sightseeing-Tour sehen.«

Wir alle betrachteten das Gemälde und dann drehte Beth sich um und musterte mich von oben bis unten. Ihr Blick blieb an meinen einfachen grünen Shorts und dem dazu passenden Poloshirt hängen. »Dein Koffer ist angekommen.«

Ich nickte.

»Du siehst nett aus.«

»Danke.«

Cade machte den Werkzeugkoffer zu und ließ den Deckel einrasten. »Apropos Sightseeing. Seid ihr bereit?«

Ich lächelte. »Definitiv!« Dann sah ich zu Beth hinüber. »Kommst du mit?«

Sie winkte ab. »Viel Spaß euch. Ich muss hier noch was fertig machen.«

»Okay«, sagte Cade mit einem Nicken. »Lasst uns gehen.«

Kapitel sieben

Frederick, Cade und ich gingen zur Vordertür hinaus und kletterten in den Transporter. Cade ließ den Motor an und wir fuhren vom Pepper House weg auf die Küstenstraße.

»Was ist der Plan?«, fragte ich.

»Wir fahren an der Küste entlang«, antwortete Cade.

»Und dann zeigen wir dir die Stadt«, warf Frederick ein.

»Und den ganzen Rest«, fuhr Cade fort. »Sag einfach, wenn du was Interessantes siehst, dann halten wir an. Ist das okay?«

Ich lächelte. »Sehr gut.« Ich drehte mich zur Seite und betrachtete aus dem Beifahrerfenster den glitzernden Ozean im Sonnenlicht. Mit geschlossenen Augen lauschte ich dem Wind und dem Schrei der Möwen und hörte zu, wie der Ozean gegen die Küste brandete. »Wunderschön«, seufzte ich.

»Unberührte Natur ist etwas Wundervolles«, stimmte Cade mir zu.

Ich drehte mich um und sah ihn überrascht an. Dass er so etwas Einsichtiges sagen würde, hatte ich nicht erwartet.

»Hier kann man fantastisch tauchen«, fügte Cade hinzu und zeigte an mir vorbei auf das Meer. Etwa zwanzig Meter von der Küste entfernt ragten riesige Felsbrocken aus dem Ozean. Ich entdeckte Schnorchel, die aus dem Wasser ragten. Menschen trieben mit dem Bauch nach unten auf der Wasseroberfläche und starrten auf die Attraktionen unter Wasser.

Ich hatte schon oft geschnorchelt, war aber noch nie getaucht.

»Hast du einen Tauchschein?«, fragte ich ihn.

Er nickte.

Ich drehte mich zu Frederick. »Und du?«

»Nee, aber ich bin ein Meister-Schnorchler.«

»Mir macht das Tauchen ein bisschen Angst«, gab ich zu.

Cade sah zu mir herüber. »Warum denn?«

Ich zuckte mit den Achseln. »Man ist so furchtbar weit unter Wasser.«

»Es ist gar nicht so schlimm«, sagte er und sah nach rechts.

Ich folgte seinem Blick zu einem kleinen Jachthafen. Er ragte ein Stück in den Ozean hinein und war auf drei Seiten von Felsen umschlossen. Ich zählte zwanzig Boote.

»Können wir hier anhalten? Gwenny liebt Segeln und ich will ein paar Bilder für sie machen.«

Cade antwortete zuerst nicht. Wortlos starrte er auf den Hafen und den angrenzenden Parkplatz.

»Cade?«

Er sah mich an. »Hmm, wenn du willst.«

Er fuhr auf den Parkplatz und stellte den Transporter in der Nähe eines kleinen Holzhauses ab, an dessen Tür *Büro* stand. Auf dem Parkplatz waren nur vier andere Autos, die alle Rostflecke von der Gischt hatten.

Frederick öffnete die Seitentür. »Will jemand was zu trinken?«

Ich nickte und stieg aus. »Klar, ich hätte gerne eine Zitronenlimo.«

Mein Cousin ging zum Getränkeautomaten und ich lief Richtung Hafenbecken. Als ich an den ersten Booten vorbeigegangen war, bemerkte ich, dass Cade mir nicht gefolgt war. Er saß immer noch im Van und starrte in meine Richtung.

Kommst du?, signalisierte ich. Er schüttelte den Kopf.

Ich ging den Kai entlang, vorbei an einer Reihe von Segelbooten. Es gab kleine und große. Einige waren gut in Schuss, andere eher heruntergekommen. Auf einigen von ihnen lebten Menschen. Die Boote waren mit Teppichen ausgelegt und auf Deck standen Topfpflanzen herum. Manche kamen von außerhalb, klar erkennbar an den ausländischen Flaggen. Ein paar Besitzer waren mit Reparaturarbeiten beschäftigt.

Mit meinem Handy schoss ich ein paar Bilder und schickte sie Gwenny.

Am Ende des Docks lag eine Jacht. Ich schätzte ihre Länge auf um die dreißig Meter. Ein massiger Mann stand breitbeinig an Bord. Sein enges Shirt spannte über seinen Muskeln. Obwohl er eine dunkle Sonnenbrille trug, hatte ich den Eindruck, dass er mich beobachtete.

»Hallo«, grüßte ich und betrachtete das riesige Boot.

»Keinen Schritt weiter, Fräulein. Das hier ist Privateigentum.«

Ich nickte. »Klar. Ich wünsche Ihnen einen schönen Nachmittag.« Ich drehte mich um und fragte mich, wem das Boot wohl gehörte. Einem Filmstar oder einem Politiker?

Als ich den Steg halb zurückgegangen war, hörte ich jemanden sagen: »Er hat dich nicht aufs Boot gelassen, stimmt's?«

Ich drehte mich nach rechts, wo ein Segelboot im Wasser lag. Es musste etwa zehn Meter lang sein. Zwischen den Masten war eine Hängematte aufgespannt, Segeltücher dienten als Sonnenschutz. Es sah gemütlich aus. Wer auch immer gesprochen hatte, schien auf dem Boot zu sitzen.

Ein großer, dünner Mann mit langen blonden Haaren und sonnengebräunter Lederhaut nickte mir zu. Ich schätzte ihn auf circa vierzig. Er hatte einen kleinen Bierbauch.

Ich hielt mir die Hand vor die Augen, um ihn gegen die Sonne besser sehen zu können. »Hallo.«

»Er hat dich nicht aufs Boot gelassen, richtig?«, wiederholte er seine Frage.

»Oh, ich wollte gar nicht auf das Boot. Er hat mir trotzdem gesagt, dass ich umdrehen soll.« Ich warf einen Blick auf die Jacht. »Wissen Sie, wer auf dem Boot wohnt?«

»Es hat hier erst gestern angelegt. Bisher sind nur Arbeiter geschäftig darauf hin und her gelaufen.« Der Mann strich sich mit den Fingern durch die Haare und band sie mit einem Gummiband zurück.

»Ich geh dann mal wieder«, sagte ich und setzte meinen Weg fort.

»Machst du hier Urlaub?«, fragte er. Ich blieb wieder stehen.

»Ja, Sir.«

Er lachte darüber. »Ich weiß gar nicht, wann mich das letzte Mal jemand ›Sir‹ genannt hat.«

Ich musste lächeln.

Er zeigte zu dem Transporter, in dem Cade noch immer saß. Frederick war wieder eingestiegen. »Wohnst du im Pepper House?«

»Ja, es gehört meiner Tante.«

Der Mann lächelte, und ich bemerkte, dass ihm ein paar Zähne fehlten. Er war noch zu jung für so ein schlechtes Gebiss. »Lass mich raten: Elizabeth Margaret?«

Als er meinen erstaunten Gesichtsausdruck sah, lachte er. »Die Insel ist klein«, erklärte er.

Hier wusste anscheinend jeder über den anderen Bescheid. Ich war mir nicht sicher, wie ich das finden sollte.

»Ich bin übrigens Sid.«

»Schön, Sie kennenzulernen, Sid.«

Er sah den Kai hinunter. »Geh mal besser wieder. Ich bin mir sicher, Cade wartet in dem Transporter dort. Du kannst gerne mal wieder vorbeikommen. Vielleicht habe ich bis dahin auch herausgefunden, wer auf dem Boot wohnt.«

Ich hatte den Mann zwar gerade erst kennengelernt, trotzdem schien mir das Angebot verlockend. Ich wollte schon immer jemanden kennenlernen, der auf einem Segelboot wohnte. Was für ein

Leben so jemand wohl führte, welche Geschichte er hatte, warum er so lebte, wo er arbeitete …

Während ich mir all das durch den Kopf gehen ließ, spazierte ich wieder den Kai entlang zurück zu den anderen.

»Wie ich sehe, hast du Sid kennengelernt«, sagte Cade, als ich die Tür des Transporters öffnete und hineinkletterte.

Ich nickte. »Er scheint in Ordnung zu sein.«

Cade gab ein undefinierbares Grunzen von sich.

Ich warf einen Blick über meine Schulter auf Frederick, für den es auf einmal nichts Faszinierenderes zu geben schien als die Limo in seiner Hand. Was ging hier vor?

Cade legte einen Gang ein und fuhr rückwärts aus dem Parkplatz.

Ich sah aus dem offenen Fenster den Kai entlang. Sid stand regungslos auf seinem Boot und sah uns hinterher. »Kennt ihr euch?«

»Ja, könnte man so sagen.« Cade wechselte den Gang und drückte das Gaspedal durch. »Tu mir einen Gefallen und halt dich von ihm fern.« Auf der Küstenstraße beschleunigte er und fuhr an ein paar Radfahrern vorbei. »Er ist kein guter Mensch.«

Kapitel acht

Cade drehte missmutig die Musik lauter. Der Beat der Reggae-Musik machte ein Gespräch unmöglich. Er hatte ganz offensichtlich keine Lust mehr, sich über Sid zu unterhalten.

Zurück im Pepper House würde ich Tante Tilly auf den Mann auf dem Segelboot ansprechen und fragen, warum ich mich von ihm fernhalten sollte.

Wir fuhren weiter die Küste entlang, bis Cade in einen schmalen, gepflasterten Weg einbog, der links und rechts von dichten Büschen und unzähligen bunten Blumen umrahmt war. Durch die Blätter konnte ich Hütten erkennen. Sie sahen fast so aus wie die Hütten, die meine Tante vermietete.

»Einige der alteingesessenen Familien der Insel leben hier«, erklärte Cade und drehte die Musik wieder leiser.

Die schmale Straße verbreiterte sich. Vor uns lagen Hügel, bedeckt mit rechteckigen Gräbern. Fast jedes Grab sah gepflegt aus und war mit frischen Blumen geschmückt. Auf den Reisen mit meinen Eltern hatte ich schon öfter solche Gräber gesehen – trotzdem bekam ich bei dem Anblick eine Gänsehaut.

Auf dem Rücksitz lehnte sich Frederick nach vorne. »Komisch, aber Friedhöfe haben mich schon immer fasziniert.«

Ich drehte mich um und sah ihn an. »Mich auch. Es ist ihre …«

»Geschichte«, beendete mein Cousin den Satz für mich. »Ist es nicht spannend? Wie die Menschen hießen, wie sie miteinander verbunden sind, wie sie gestorben sind …« Fredericks Stimme verlor sich, während er über Gräber philosophierte.

Und ich hatte gedacht, ich sei der einzige Friedhof-Freak in der Familie.

»Ihr beiden seid echt komisch«, sagte Cade und fuhr weiter den Weg entlang.

Frederick und ich grinsten uns an. Cade deutete nach vorne. »Das solltest du nicht verpassen.«

Ich sah aus dem Fenster, und als wir oben auf dem Hügel ankamen, verschlug mir der Anblick den Atem. »Oh mein Gott! Das ist einfach unglaublich.«

Cade machte die Musik aus und hielt an. Von hier aus konnten wir vom Transporter aus über die ganze Insel blicken. In alle Richtungen erstreckte sich das flimmernde blaue Meer. Um uns herum war alles grün: Bäume, Büsche, Efeu – Pflanzen in den unterschiedlichsten Farbschattierungen.

Eingebettet zwischen dem wogenden Grün lagen Steinhäuser und Gebäude – einige winzig, andere mittelgroß. Ein paar hatten Außengebäude wie das Pepper House. Wie beim Haus meiner Tante zerklüfteten auch hier etliche kleine Buchten die Küste. Mittendrin lag eine Ansammlung bunter Häuser. Das musste die historische Altstadt sein. Zu meiner Rechten erstreckte sich eine riesige Ferienanlage am Strand. Sie passte hier überhaupt nicht hin und dominierte die ganze Umgebung.

Ich konnte keine Straßen entdecken. Vermutlich waren sie hinter dem Dickicht aus sattem Grün verborgen. Wenn ich geradeaus sah, konnte ich in der Ferne den Hafen erkennen, wo Sid und sein Boot lagen, und rechts den Flughafen. Ich lächelte und seufzte zufrieden. »Hier sieht es fast so aus wie auf den Bermudas.«

»Würde die Insel noch weiter im Atlantik liegen, dann wären es die Bermudas«, sagte Frederick.

Cade legte einen Gang ein und fuhr den Hügel hinunter. »Jetzt sehen wir uns mal unsere großartige Metropole an.«

Ich lachte kurz über seinen ironischen Kommentar. Minuten später erreichten wir die Stadt. Es überraschte mich, wie viele Menschen auf den Straßen unterwegs waren. Vom Hügel aus hatte die Stadt menschenleer gewirkt. Jetzt erkannte ich, dass es ein quirliger Touristenort war. Unzählige Geschäfte säumten die Pflastersteinstraßen. Familienunternehmen, wo man hinsah – Restaurants, Klamottenläden, Geschäfte mit unterschiedlichstem Krimskrams. Läden, wohin das Auge reichte, aber ich konnte keine einzige Ladenkette entdecken. Das gefiel mir. Die Stadt wirkte wie aus einer anderen Zeit – bevor die großen Konzerne die Welt übernommen hatten.

»Hier wirst du keine trendigen Markenklamotten finden«, witzelte Cade.

»Hey ...«

Der Kommentar traf mich. Hatte er so ein Bild von mir? War ich in seinen Augen ein snobistisches Modepüppchen? Ich besaß viele Designerklamotten, das stimmte. Aber die meisten Sachen kaufte meine Mum für Gwenny und mich. Wenn es nach mir gegangen wäre – keine Ahnung, was ich dann gekauft hätte.

Ich sah an mir herunter. Meine einfachen Shorts und das passende Poloshirt – plötzlich schämte ich mich dafür. Ich wünschte, ich würde eines der fließenden leichten Kleider meiner Tante tragen.

Ich hörte Gekicher und sah aus dem Fenster. Eine Gruppe von Mädchen – sie mussten dreizehn oder vierzehn sein – stand vor einer Eisdiele.

»Hiii, Cade«, flirtete eine von ihnen und der Rest kicherte. Cade lächelte ihnen kurz zu und winkte.

»Sind die nicht ein bisschen zu jung für dich?«, ärgerte ich ihn.

»Wo auch immer wir hinkommen, die Mädchen flirten mit ihm«, brummte Frederick.

Verdammt, wenn ich noch mal dreizehn wäre, würde ich mich wahrscheinlich auch so aufführen. Die Art, wie Cade schief lächelte, mit einem hochgezogenen Mundwinkel, konnte einen schon um den Verstand bringen. Cade fuhr an den Bordsteinrand und hielt an. Er öffnete die Fahrertür und sprang heraus. »Kommt ihr alleine zurecht? Ich muss noch ein paar Sachen erledigen.«

»Klar«, antwortete Frederick und schob die Seitentür auf.

»Ich treffe euch in einer Stunde bei der Kunstgalerie.«

Ich sah, wie Cade wegging, und wünschte mir ein bisschen zu sehr, dass er bei mir und Frederick blieb.

Frederick zeigte auf eine Lücke zwischen zwei Gebäuden. »Lass uns dort entlanggehen, runter zur Key Street. Da gehen die Touristen immer hin. Wir Einheimischen lassen uns dort zwar kaum blicken, aber du musst schließlich deine Dosis typisches Sightseeing bekommen.«

Frederick ging in ein Geschäft und ich folgte ihm. »Was ist das für eine Geschichte mit Sid?«, fragte ich. »Warum will Cade nicht, dass ich ihn noch mal treffe?«

»Hmmm … das ist echt nicht meine Sache. Ich rede da lieber nicht drüber. Aber Cade hat recht. Du solltest dich besser von ihm fernhalten.«

Ich seufzte. »Mann, ist das alles geheimnisvoll.«

Mein Cousin lachte. »Nicht wirklich. Ist eine alte Familienangelegenheit.«

»Familie – das scheint wohl das Motto des Sommers zu sein.«

Ich hob eine Muschelschale auf, die in einem Regal lag, und betrachtete sie. »Weißt du, ich glaube meine Schwester und du, ihr würdet super miteinander auskommen. Es ist verdammt schade, dass wir nicht alle zusammen aufgewachsen sind.«

Er sah mich an. »Stimmt. Vielleicht verändern sich ja ein paar Dinge – jetzt wo wir uns kennen.«

»Vielleicht«, stimmte ich ihm zu. Aber ich hatte keine Ahnung, wie das funktionieren sollte. Nicht, solange meine Eltern, Großmutter und Tilly so gut wie gar nicht miteinander redeten.

Die nächste halbe Stunde streiften wir durch Geschäfte, unterhielten uns mit den Einheimischen und genossen die entspannte Atmosphäre.

Zu meiner Überraschung wusste fast jeder, wer ich war und dass ich den halben Sommer hier bleiben würde. Ich fühlte mich wie zu Hause. Ganz so, als ob mir diese Kleinstadtatmosphäre auf irgendeine Weise vertraut war.

Als die Stunde fast vorbei war, führte Frederick mich zum letzten Haus in der Key Street, einer Galerie mit Gemälden und Skulpturen. Er sah sich die aktuelle Ausstellung mit Bürgerkriegsgemälden an und ich schlenderte durch die drei übrigen Räume und betrachtete begeistert die Kunstwerke.

Als ich gerade durch den letzten Raum ging, an einer Vitrine mit geschnitzten Sachen vorbei, entdeckte ich ein Bild von demselben Künstler, dessen Gemälde auch im Pepper House hingen.

Ich hatte mich noch nie besonders für Maltechnik, Pinselstriche, Pastell, Ölfarben und Leinwände interessiert. Aber ich konnte gute Kunst erkennen und genießen. Und noch nie hatten mich Bilder so sehr begeistert wie diese.

Ich wusste nicht, was es war – wie die Farben durcheinanderwirbelten, wie gut der Künstler die Szene eingefangen hatte oder die Ehrlichkeit in den Gesichtern der Menschen. Ich wusste nur, dass die Bilder mich bewegten. Sie sprachen direkt zu meinem Herzen. Wer auch immer der Künstler war – er hatte ein unglaubliches Talent.

»Kann ich dir helfen?«, fragte eine Frau hinter mir.

Ich drehte mich um. »Wer hat das gemalt?«

Sie lächelte. »Ein lokaler Künstler.«

Ich betrachtete das Bild. Ein junges Paar sprang Hand in Hand von einer Klippe. Ich konnte beinahe ihr Lachen hören.

»Bist du fertig?«, hörte ich Cade fragen. Ich sah an der Frau vorbei. Dort stand Cade, hinter ihm Frederick.

Ich zeigte auf das Gemälde. »Ist das nicht einfach unglaublich?«

Cade sah das Bild flüchtig an. »Es ist wahrscheinlich ganz gut – zumindest wenn man auf so was steht.« Er ging zum Ausgang. »Ich treffe euch draußen.«

Ich wandte mich an die Frau. »Danke. Eine schöne Galerie haben Sie.«

Sie nickte. »Du kannst jederzeit gerne wiederkommen.«

Ein paar Minuten später saß ich wieder in dem Transporter. Cade hatte die Musik aufgedreht und wir fuhren nach Hause.

Ich streckte die Hand aus dem Fenster und spürte die Wärme und den Fahrtwind auf meiner Haut. Was für ein schönes Gefühl der Freiheit! Ich schwor mir, jeden einzelnen, kostbaren Moment dieses Monats mit meiner neuen Familie zu genießen. Ich würde nichts, aber auch gar nichts als selbstverständlich hinnehmen.

Kurz darauf bogen wir in Richtung Pepper House ab. Wir gingen in die Küche, wo Domino zugange war.

»Du hast den Braten mit Thymian gewürzt, oder?«, fragte er mich.

Ich machte eine Grimasse. »Stimmt. Und ich habe auch das Gemüse gemacht. Tut mir leid.«

Er legte die Stirn in Falten. »Es tut dir leid? Machst du Witze?«

»Em, es hat irre gut geschmeckt!«, sagte Beth, die auf einem Barhocker saß.

Ich lächelte. »Wirklich?«

»Alle fanden es großartig.« Domino wedelte mit seinem Löffel in der Luft herum. »Ich will, dass du jeden Morgen hier antanzt. Deine Tante hat mir gesagt, dass Kochen dein Hobby ist. Das hat mich nicht sonderlich überrascht. Schließlich hast du einen verdammt feinen Geschmackssinn. Lass uns mal sehen, was in dir steckt. Du bist ab jetzt offiziell stellvertretende Küchenchefin.«

Mein Lächeln wurde breiter und breiter. »Wirklich?« Ich konnte mir nichts Besseres vorstellen.

Domino nickte. »Und ich habe eine Aufgabe für dich. Wenn du mich kommende Woche überzeugst, dann darfst du Sonntag in zwei Wochen den Brunch zubereiten.«

Das konnte er doch unmöglich ernst meinen! »A-a-aber …«

»A-a-aber«, machte mich Domino nach. »Kein aber. Ich weiß, dass du das Zeug dazu hast.«

Ich sah hilflos zu Frederick hinüber, der beide Hände in die Luft hielt. »Sieh mich nicht so an. Ich kann dir nicht helfen.«

Beth rutschte vom Barhocker. »Das wird sicher lustig. Am Tag davor können wir auf den Markt gehen und alles für den Brunch einkaufen.«

Aber erst würde ich Domino überzeugen müssen.

»Hmmm«, murmelte Beth, »wir haben hier den besten frischen Fisch.«

Frischer Fisch? Meine Gedanken schweiften ab. Es gab so unendlich viele verschiedene Rezepte: Schellfisch mit Dill, irischer Kabeljau, auf Zedernholz gegrillter Lachs …

Cade angelte sich einen Brownie von einem Teller auf der Kücheninsel. »Aufgepasst. Ich kann richtig sehen, wie es bei ihr anfängt zu arbeiten.«

Ich könnte Lachs mit Sauerrahm und Kaviarsauce machen …

Tante Tilly kam durch die Küchentür herein. »Unglaublich. Hier ist ja die ganze Familie versammelt.«

»Em macht den Sonntagsbrunch!«, verkündete Beth.

Tilly sah zu Domino herüber. »DU lässt jemand anderen den Brunch machen?«

Domino zuckte mit den Achseln. »In zwei Wochen. Was soll ich sagen? Ich bin eben ein netter Mensch. Aber zuerst muss sie sich beweisen. Ich habe sie zur stellvertretenden Küchenchefin ernannt.«

Tante Tilly sah mich überrascht an. »Stellvertretende Küchenchefin? Wie cool ist das denn?« Sie sah Domino mit einem zustimmenden Nicken an. »Sie schafft das schon.«

»Und ich gehe mit ihr am Samstag vor dem Brunch auf den Markt und dann kaufen wir alles ein«, erklärte Beth.

»Zum Markt?« Tante Tilly horchte auf. »Ich komme mit. In letzter Zeit war hier so viel los, ich war schon seit mindestens einem Monat nicht mehr dort.«

»Ob sie auf dem Markt wohl frisches Zitronengras haben?«, fragte ich. »Und vorher muss ich noch wissen, wie viel ich ausgeben darf und für wie viele Leute ich kochen soll.«

Domino lachte. »Alles zu seiner Zeit. Zuerst einmal wirst du das Essen für mich kochen, damit ich das Gericht abnicken kann.«

»Klingt gut. Dann habe ich einiges zu tun. Ich muss Weißwein-Saucen testen und ausprobieren, wie ich mit Öl am besten den Geschmack des Fisches versiegeln kann. Das kann die ganze Nacht dauern.«

Als ich darüber nachdachte, wurde ich ganz aufgeregt.

Auch Frederick nahm sich einen Brownie von dem Teller. »Tja. Ich wollte fragen, ob wir Schach spielen. Aber du bist ja offensichtlich beschäftigt.«

Ich sah ihn entschuldigend an. Er hatte recht. Ich war wirklich verdammt beschäftigt. »Ein andermal?«

Er biss von dem Brownie ab. »Sicher.«

»Du bist wirklich süß, wenn du dich auf eine Sache konzentrierst«, neckte mich Tilly.

Ich sah zu Cade hinüber. Er lächelte und nahm einen Riesenbissen von seinem Brownie. »Klingt, als ob du ab jetzt verdammt beschäftigt bist.«

»Stimmt.« Vielleicht bildete ich mir das nur ein, aber er hörte sich ein bisschen enttäuscht an.

Beth ging zur Tür. »Bis später. Cade, falls du Zeit hast – ich brauche Hilfe beim Möbelrücken.«

Er folgte Beth. Tante Tilly drehte sich zu mir. »Wie war das Sightseeing? Was habt ihr gesehen?«

»Oh. Es hat Spaß gemacht.« Ich erzählte alles, was wir gemacht hatten – vom Hafen über die Aussicht vom Hügel bis zum Besuch in der Stadt. »Wer ist eigentlich Sid?«

Alle verstummten. Frederick sah zu Domino herüber, der wiederum meine Tante anstarrte. Tilly griff langsam nach einem Brownie.

Sie räusperte sich. »Du hast Sid getroffen?«

Ich nickte. Jetzt war ich noch neugieriger geworden. »Ich habe Frederick schon nach ihm gefragt, aber er schweigt wie ein Grab.«

Ich wartete, während alle anderen vielsagende Blicke austauschten.

Tante Tilly seufzte und legte den Brownie wieder zurück. »Sid ist Cades Vater. Er war über ein Jahr weg. Aber …«, Tante Tilly hielt inne und sah Domino an, »jetzt ist er wohl wieder zurück.«

Kapitel neun

Kurz vor Sonnenuntergang nahmen Tante Tilly und ich je ein Fahrrad und fuhren zum Strand. Ich dachte über Sid und Cade nach und fragte mich, warum er wohl so lange weg gewesen war. Ich konnte mir nicht vorstellen, dass mein Dad sich für ein Jahr aus dem Staub machen würde. Er fuhr fast nie weg – er machte höchstens ab und zu einen Ausflug mit der ganzen Familie.

»Ich bin schon immer unglaublich gerne Fahrrad gefahren«, sagte meine Tante und unterbrach meine Gedanken. Sie stieg ab und lief durch den Sand. »Deine Mum und ich sind viel Fahrrad gefahren, als wir jung waren.«

»Mum ist früher Fahrrad gefahren?« Ich nahm meine Flips-Flops und warf sie in den Fahrradkorb. Wie aufregend, dass sie über unsere Familie sprach. »Das kann ich kaum glauben. Schwer vorstellbar, dass Mum sich mit irgendetwas beschäftigt – außer mit ihrem BlackBerry.«

Tante Tilly seufzte. »Ich weiß. Die Dinge ändern sich mit der Zeit.«

»Haben du und Mum früher viel zusammen gemacht?«

Tante Tilly stieg wieder auf und fuhr am Strand entlang. »Das haben wir. Zwischen uns sind ja zehn Jahre Altersunterschied, und wir hatten unseren eigenen Freundeskreis und so. Aber Kat hat mich immer bei ihren Sachen mitmachen lassen.«

»Echt?« Ich konnte mir gar nicht vorstellen, dass meine Mum so nett sein konnte. »Hast du gerade Kat gesagt?«

»Als sie jung war, wurde sie von allen Kat genannt. Erst später hat sie sich Katherine rufen lassen. Sie war die erste, die mich Tilly genannt hat.« Die Sonne ging unter und Tilly schob sich ihre Sonnenbrille ins Haar. »Sie hat mich morgens immer für die Schule fertig gemacht und mir die Haare gekämmt. Ich hatte unglaublich lange Haare. Sie hat immer die ganzen Knoten in ihnen verflucht.« Tante Tilly lächelte. »Einmal hat sie mir meine geflochtenen Zöpfe um die Ohren gewickelt, und alle Kinder in der Schule haben mich geärgert und gesagt, dass ich aussehe wie Prinzessin Leia aus *Star Wars*.«

»Das muss lustig ausgesehen haben!« Ich lachte.

Tante Tilly lächelte und dann zeigte sie auf ein paar Surfer. »Hast du das schon mal gemacht?«

»Was? Surfen? Nein.«

»Cade surft. Du solltest ihn fragen, ob er dir Unterricht gibt.«

Ich merkte, wie bei dem Gedanken an mich und Cade Schmetterlinge in meinem Bauch zu tanzen anfingen. Mit ihm im Wasser. Ganz alleine.

»Deine Mum hat mit mir zusammen ein Puppenhaus aus Pappe gebaut«, unterbrach meine Tante meinen Tagtraum. »Und sie hat mir beigebracht, mich zu schminken. Wenn ich eine Pyjama-Party gemacht habe, hat sie Videos ausgeliehen und Junkfood für uns gekauft.«

Ich schwieg und hörte ihr zu. Sie mussten sich sehr nah gewesen sein, so wie Gwenny und ich. Ich konnte mir nicht vorstellen, warum sich das geändert hatte.

Ein paar Leute am Strand winkten Tilly zu.

»Als sie auf die Uni gegangen ist, waren deine Großmutter und ich alleine. Ich glaube, sie wusste nicht, was sie mit mir anfangen sollte.«

Wir kamen am Hafen an und kehrten wieder um. Die Sonne ging gerade unter und ich machte schnell ein Handyfoto. *Für dich*, tippte ich und schickte es Gwenny.

Lächelnd steckte ich mein Telefon wieder ein. »Wie oft hat Mum dich besucht?«

»Meist nur während der Ferien.«

»Du musst sie sehr vermisst haben.«

Tilly nickte. »Das habe ich. Aber sie hatte viel zu tun und ich bin immer mehr in Schwierigkeiten geraten. Das ist jetzt schon verdammt lang her.«

Sie sah zu mir herüber und beobachtete mich. Es war, als würde sie überlegen, ob sie mir etwas erzählen sollte oder nicht.

»Was?«, fragte ich ruhig.

Tilly starrte auf den Sand. »Wusstest du, dass dein Großvater an dem Tag gestorben ist, an dem ich geboren wurde?«

Ich war sprachlos.

»Er starb bei einem Autounfall auf dem Weg ins Krankenhaus. Er wollte zu deiner Großmutter und mir.«

»Ich … ich hatte keine Ahnung.«

»Deine Großmutter hat ihn wirklich geliebt und war ohne ihn völlig verloren. Sie ist in eine tiefe Depression gefallen, deshalb musste deine Mutter sich von Anfang an um mich kümmern.«

»Arme Großmutter.« Mein Herz wurde schwer bei dem Gedanken daran, was sie durchgemacht haben musste. Ein Neugeborenes und ein toter Mann. »Glaubst du, sie hat dich dafür verantwortlich gemacht? Kommt ihr deshalb nicht miteinander klar?«

Tilly dachte kurz darüber nach. »Vielleicht stimmt das. Sie hat nie direkt so etwas gesagt, aber insgeheim denkt sie das vielleicht.«

Eine Weile fuhren wir schweigend und gedankenverloren nebeneinander her. Ich fragte mich, warum meine Mum nie über den Tod meines Großvaters gesprochen hatte. Vielleicht hatte Großmutter sie darum gebeten.

»Was hat dich hierher verschlagen?«, fragte ich meine Tante.

Sie zeigte in Richtung Strand auf den Weg, den wir vorher entlanggefahren waren. »Das erzähle ich dir ein anderes Mal. Für heute Abend habe ich genug geredet«, sagte sie lächelnd.

Ich nickte und folgte ihr zum Pepper House.

Eine Stunde später saß ich in der schwach beleuchteten Küche, nippte an einem Preiselbeersaft und dachte über meine Familie nach. Ich hatte versucht, Gwenny zu erreichen, aber sie war nicht ans Handy gegangen. Ich hätte so gerne gewusst, was sie von der ganzen Sache hielt.

Tante Tilly war in ihrem Büro und erledigte Papierkram und Frederick war oben und las.

Ich öffnete mein Kochbuch und blätterte es durch.

In dem Moment klingelte mein Telefon. Ich sah auf das Display. Wie passend! Meine Mum rief genau in dem Moment an, in dem ich mein Kochbuch aufschlug. Ich nahm ab und stellte den Lautsprecher leiser. »Hallo Mum.«

»Elizabeth Margaret, wie geht es dir?«

»Gut«, antwortete ich.

»Was hast du in den letzten Tagen so gemacht?«

»Ich habe mir die Gegend angesehen, bin im B&B herumgehangen und habe mich entspannt …« Am liebsten hätte ich noch hinzugefügt: *Mich auf meinen Job als stellvertretende Küchenchefin vorbereitet,* aber das hätte ihr sicher nicht gefallen.

»Matilda zwingt dich nicht zum Arbeiten, oder?«

Zwingt mich? Nein. Aber ich wollte unbedingt mithelfen. »Nein, Mum. Tante Tilly lässt mich nicht arbeiten.«

»Du weißt, dass du nicht als Hilfskraft dort bist.« Mums Stimme nahm einen schnippischen Tonfall an. »Nur weil sie ein B&B führt und du Teil der Familie bist, heißt das nicht, dass du ihr etwas schuldest. Wenn sie dich bittet, für Kost und Logis zu arbeiten, kommst du sofort wieder nach Hause.«

Ich seufzte frustriert und verwirrt. »Tante Tilly will gar nicht, dass ich für sie arbeite. Warum denkst du nur so was? Sie will nur eines: dass ich mich entspanne.«

Stille. »Na dann ist es ja gut. So soll es auch sein.«

Ich verdrehte die Augen und wünschte mir, ich könnte einen genervten Blick mit Gwenny austauschen.

»Und benimmst du dich wie eine Lady? Hast du dich auch nicht blamiert?«

»Was? Meinst du das ernst?« Ich schüttelte den Kopf. Manchmal konnte ich meine Mutter beim besten Willen nicht verstehen.

Cade kam herein und ging zum Kühlschrank. Ich nickte ihm zu, machte den Lautsprecher ganz aus und drehte ihm den Rücken zu.

»Nein«, ich senkte die Stimme. »Ich habe nichts gemacht, für das ich mich schämen müsste. Könntest du dich bitte entspannen, Mum? Warum stellst du mir so lächerliche Fragen?«

Stille.

Manchmal wollte ich am liebsten auflegen. Oder einfach aus dem Zimmer gehen, wenn ich mit meiner Mum redete. Aber wenn ich das machen würde, müsste ich mir das bis zum Ende meiner Tage vorwerfen lassen.

»Hat … Matilda mit dir über unsere Familie geredet?«

»Ein bisschen. Sie hat mir von Großvaters Tod erzählt. Und sie hat auch von dir geredet. Es hat sich angehört, als ob ihr euch mal sehr nahe gestanden wärt. Was ist zwischen euch passiert Mum?«

Sie antwortete nicht.

»Mum?«

»Ich muss jetzt aufhören«, sagte sie schnell. »Dein Vater lässt dich ganz lieb grüßen.«

»Grüß ihn zurück«, murmelte ich und hörte nur noch, wie sie auflegte.

Cade stellte sein Glas in die Spüle. »Ich bin für heute fertig. Kannst du Tilly bitte sagen, dass ich gegangen bin?«

»Okay.« Ich hielt inne. »Wie viel von dem Gespräch hast du mitbekommen?«

Er zuckte mit den Achseln. »Ein bisschen was.«

Aus Verlegenheit nahm ich mein Handy und schaltete es aus. »Meine Mum ist gar nicht so furchtbar«, verteidigte ich meine Mutter halbherzig.

»Mm-hm«, brummte er zustimmend.

Ich starrte ihn an. »Was soll das heißen?«

Er schüttelte den Kopf. »Ich hab gar nichts gesagt. Alles was ich meinte, war *Mm-hm*.«

»Das war ein ziemlich vielsagendes *Mm-hm*«, blaffte ich ihn an. Ich wusste nicht einmal genau, warum ich so gereizt reagierte. Vielleicht wollte ich nur meinen Ärger an jemandem auslassen.

Cade zuckte mit den Achseln. »Hör zu. Sie ist deine Mum. Und ich habe nur einen kleinen Teil eurer Unterhaltung gehört. Ich weiß nichts über euch. Okay?«

»Das stimmt«, entgegnete ich schnell. »Du weißt nichts – über mich oder meine Mum. Genauso, wie ich nichts über deinen Dad weiß.«

Ich konnte sehen, wie Cades Muskeln sich spannten, und mein Herz begann mir bis zum Hals zu schlagen. Ich wusste, dass ich zu weit gegangen war.

Ein paar Sekunden lang starrten wir uns schweigend an.

»Das stimmt«, sagte er schließlich. »Also halte dich aus meinen Angelegenheiten raus und ich halte mich aus deinen raus.«

Mit diesen Worten verschwand er.

Ich klappte mein Kochbuch zu und blieb mit Tränen in den Augen in der Küche sitzen. Ich hatte keine Ahnung, was los war. Meine Familie war für mich zu einem Mysterium geworden, und jetzt war Cade auch noch sauer auf mich – und er hatte jedes Recht dazu. Ich fühlte mich verloren und wie im falschen Film.

Langsam stand ich auf. Dann durchforstete ich die Speisekammer nach Mehl, Zucker, Vanille und Backpulver. Mit Gwenny konnte ich nicht reden. Also war Backen das Nächstbeste, was ich tun konnte. Ich bin nicht wirklich gut im Backen, aber selbst ein schlechtes Plätzchen ist besser als kein Plätzchen, und wenigstens konnte ich so meine Verwirrung und Traurigkeit in einer großen Schüssel Teig versenken.

Am nächsten Morgen und drei Dutzend Plätzchen später ging die Sonne auf – strahlend und wunderschön erhellte sie meinen ersten Tag als Dominos stellvertretende Küchenchefin. Eigentlich hätte ich mich noch viel mehr freuen sollen, aber seit meiner Auseinandersetzung mit Cade hatte ich miese Laune.

Mir blieben noch ein paar Minuten, bis ich wieder in der Küche sein musste, also wählte ich schnell Gwennys Nummer.

Nahm dem vierten Klingeln nahm sie ab. »Weißt du, wie viel Uhr es ist?«, ächzte sie.

»Ja, es ist sechs Uhr in der Früh«, informierte ich den absoluten Morgenmuffel Gwenny.

»Ich hatte gerade einen Wahnsinnstraum von einem dunkelhaarigen Piraten. Wir sind zusammen in den Sonnenuntergang gesegelt. Wir waren kurz davor, uns zu küssen, da hast du angerufen.«

»Entschuldige«, sagte ich pflichtbewusst. »Aber … ich habe die ganze Nacht gebacken.«

»Oh, was ist los?«

Ich erzählte ihr von meinem Fahrradausflug mit Tilly und berichtete ihr, was sie gesagt hatte.

»Wow«, entgegnete Gwenny. »Furchtbar, was Großmutter da passiert ist.«

»Ich weiß.«

»Ich bin mir sicher, du hast recht. Bestimmt hat sie im Stillen Tilly für Großvaters Tod die Schuld gegeben und deshalb sind die beiden nicht klargekommen.«

»Aber das erklärt nicht, warum Tilly und Mum nicht miteinander auskommen. Unsere Familie ist ein einziges großes Mysterium. Ich muss unbedingt mehr herausfinden.« Ich machte eine Pause. »Es gibt noch ein Problem. Cade ist sauer auf mich.«

»Oh. Der süße Typ? Was hast du gemacht?«

Ich erzählte ihr, was passiert war.

»Oh Em. Du musst dich entschuldigen. Sicher wird er dir verzeihen.«

»Ich weiß nicht. Ich glaube, ich habe ihn echt verletzt.« Ich sah auf meine Uhr. »Ooh. Ich muss los. Die stellvertretende Küchenchefin muss an ihrem Arbeitsplatz antreten.«

»Oh Mann, du bist gerade echt in deinem Element. Halt mich auf dem Laufenden. Besonders, was Cade angeht.«

»Mach ich. Tschüs!«

Ich legte auf, rannte nach unten und ging in die Küche, wo mir Domino eine Schürze mit der Aufschrift *Pepper House* überreichte. Rechts oben war mein Name eingestickt. Ich musste lächeln.

Domino zeigte auf das Waschbecken. »Mach den Abwasch und dann kannst du mit den Vorbereitungen anfangen. Schneide als Erstes das Basilikum dort. Wir machen Truthahnpastete mit gefüllten Tomaten, Artischocken-Dill-Salat und zum Nachtisch Erdbeer-Bananen-Shakes.«

»Mmmhhh, klingt verdammt lecker.«

Domino wedelte mit seinem Löffel in der Luft herum. »Ich habe den Truthahn gestern gekauft und ihn zusammen mit einem kleinen Stückchen Hühnerkeule ziehen lassen. Das ist der Trick: Dadurch wird der Truthahn erst so richtig saftig.«

Ich nahm mir ein Messer aus dem Block und begann zu schnippeln. »Navia, unser Hausmädchen, hat Spezialmesser. Die sind fantastisch.«

»Ist sie eine gute Köchin?«

»Die allerbeste. Ich habe unglaublich viel von ihr gelernt.«

Domino öffnete den Kühlschrank und holte einen Becher mit Joghurt heraus. »Ich wette, du warst die ganze Zeit in der Küche und hast ihr geholfen, das Essen zu zaubern.«

»Stimmt – heimlich, wenn mich keiner dabei erwischen konnte.«

Er sah mich an. »Was soll das heißen?«

Ich zuckte mit den Achseln. »Meine Mutter war immer ziemlich sauer, wenn ich in der Küche geholfen habe. Sie meinte, es sei Navias Job, nicht meiner. Schließlich würde sie Geld fürs Kochen bekommen, nicht ich.«

»Wie würde es deine Mum finden, dass du mir hilfst?«

Ich sah ihn an. »Ich werde ihr sicher nicht davon erzählen.«

»Ein Geheimnis also. Ich verstehe.«

Ich begann, das Basilikum klein zu hacken. Domino hielt das Messer nach oben. »Ich habe diese Messer vor zehn Jahren bestellt«, sagte er und griff unsere Unterhaltung von vorher wieder auf. »Ich würde keine anderen benutzen.«

»Vor zehn Jahren? Damals hat Tante Tilly gerade das B&B gekauft.«

Domino löffelte Vanillejoghurt in den Mixer. »Sie hat das Pepper House geerbt.«

Ich sah ihn an. »Geerbt?«

Er warf eine Banane und ein paar Erdbeeren auf den Joghurt und schaltete mit einem Knopfdruck den Mixer an. »Ja, sie hat hier als Zimmermädchen angefangen und gelernt, wie das Ganze hier so funktioniert, sich in die Buchhaltung eingefuchst, wurde schließlich Assistentin des Besitzers und so weiter. Und als der Besitzer starb, hat er es ihr überlassen.«

»Er hat das ganze B&B Tante Tilly vererbt?«

Domino nickte und schaltete den Mixer aus. »Ja.«

Ich kümmerte mich als Nächstes um den Knoblauch und die Petersilie. »Und du, Domino? Wie lange arbeitest du schon hier?«

»Ich war schon vor deiner Tante hier.« Er goss den Shake aus dem Mixer und stellte ein kleines Glas vor mich hin. »Und als sie das B&B geerbt hat, hat sie mich als ihren Partner in den Vertrag aufgenommen.«

Ich sah auf. »Also seid ihr beide Eigentümer?«

»Stimmt.« Domino stellte eine Glasschüssel vor mich hin. Darin waren die restlichen Zutaten. »Schmeiß dein Kleingehacktes hier rein, vermisch es mit dem Truthahn und forme zwanzig kleine Pasteten daraus. Ich salze die Tomaten ein.«

Wir arbeiteten Seite an Seite, fast synchron. Es war, als würden wir die Gedanken des anderen lesen. Wir fielen ganz selbstverständlich in einen flüssigen Rhythmus. Ich merkte, wie ich anfing, mich zugehörig zu fühlen. Das war mir noch nie passiert. Ich hatte siebzehn Jahre vergeblich versucht, einen Platz zu finden und mich irgendwo heimisch zu fühlen. Und jetzt, nach nur ein paar Tagen hier, hatte ich ein vollkommen neues Lebensgefühl.

Ich lächelte Domino an. Er hatte keine Ahnung davon – aber hier mit ihm in dieser Küche zu stehen, hatte mich schon ein kleines bisschen verändert. Ich konnte kaum erwarten, das Gleiche morgen wieder zu tun.

Ich saß auf meinem Bett, auf meinem Schoß mein Kochbuch mit einem Rezept für ein Lammgericht. Fast eine Woche war vergangen seit meiner Auseinandersetzung mit Cade. Seitdem hatte ich ihn kaum gesehen. Ich war ihm mal beim Unkrautzupfen in Tante Tillys

Hof begegnet, einmal, als er Sachen im Schuppen umräumte, und einmal beim späten Abendessen in der Küche. Immer wenn wir uns trafen, war er alleine, und jedes Mal fand er irgendeine Ausrede, um nicht mit mir zu reden.

Sein Schweigen ärgerte mich – vielleicht mehr, als es mich hätte ärgern sollen. Aber ich konnte einfach nichts dagegen tun. Ich fühlte mich wegen meines Verhaltens grauenhaft schlecht. Wenn ich nur die Zeit zurückdrehen könnte – dann würde ich sicher alles ganz anders machen. Ich würde nicht so genervt und schnippisch reagieren. Und ich würde sicher nicht das Thema Sid ansprechen.

»Hey.« Frederick steckte seinen Kopf zu meiner Zimmertür herein und lenkte mich von meinen Gedanken ab. »Steht unsere Schach-Verabredung für heue Nachmittag noch?«

Ich lächelte. »Klar.«

»Okay, dann seh ich dich später.«

Ich sah kurz auf die Uhr auf meinem Nachttisch, schloss mein Buch und rannte nach unten in die Küche.

»Guten Morgen, Em«, grüßte mich Domino, wie üblich mit einem breiten Grinsen auf dem Gesicht.

Ich lächelte zurück. »Guten Morgen.«

Tante Tilly, die an der Kücheninsel saß, sah von ihrem Kaffeebecher auf. »Hallo, meine Hübsche. Du siehst aber ganz schön adrett aus heute Morgen.«

»Oh.« Ich sah an mir herunter. Shorts und ein dazu passendes Shirt. Meine Mutter hatte die Kombination gekauft. Ich wünschte mir mehr als je zuvor, solche Klamotten wie meine Tante zu tragen. Ich schnitt eine Grimasse. »Danke«, ich seufzte. »Mum hat die Sachen für mich gekauft.«

Tante Tilly nahm einen Schluck Kaffee. »Ich weiß. Du kannst dir jederzeit was aus meinem Kleiderschrank nehmen.«

Ich sah sie überrascht an. »Wirklich?«

Sie nickte. »Oder … wir könnten auch mal nachmittags zum Shoppen in meine Lieblingsboutique gehen. Was meinst du?«

Ich lächelte. »Das klingt großartig.« Das klang mehr als großartig!

Tante Tilly zwinkerte mir verschmitzt zu. Ich band mir schnell meine Schürze um und Tante Tilly machte sich auf den Weg ins Büro. Im Vorbeigehen küsste sie mich auf die Stirn.

Mein Telefon brummte. Ich sah auf das Display. Es war Großmutter. Ich hatte seit meiner Ankunft nicht mehr mir ihr geredet.

»Hallo Großmutter«, begrüßte ich sie.

»Elizabeth Margaret, wie geht es dir?«

Mein voller Name hörte sich in meinen Ohren komisch an. »Gut, danke.«

»Ich war gestern bei deinen Eltern beim Essen. Sie wissen, dass ich dich heute anrufe, und lassen dich grüßen.«

»Das ist nett.« Ich hatte vergessen, wie förmlich die Konversationen mit ihr waren. Diese Art der Kommunikation war fast schmerzhaft! »Willst du mit Tante Tilly sprechen?«

»Nein, ich möchte nicht mit Matilda sprechen.«

Ich hätte meiner Großmutter so gerne erzählt, was für ein fantastischer Mensch Tante Tilly war. Aber ich wusste, ich würde auf taube Ohren stoßen. Stattdessen sagte ich: »Du solltest dich mal mit Frederick unterhalten. Er ist toll.«

Stille.

»Also geht es dir gut?«, fragte sie und ignorierte meinen Kommentar. »Brauchst du irgendwas? Geld? Kleider? Sonst irgendetwas?«

Meine Lippen verzogen sich zu einem traurigen Lächeln. »Mir geht es gut. Danke. Großmutter?«

»Ja?«

Ich nahm einen tiefen Atemzug. »Tante Tilly hat mir … hat von Großvater erzählt. Es tut mir so leid. Ich hatte keine Ahnung, dass er an dem Tag gestorben ist, an dem sie geboren wurde.«

Ich wartete auf eine Reaktion. Aber ich hörte sie nur tief einatmen. »Großmutter?«

»Danke für dein Mitgefühl.«

»Gerne. Das ist doch selbstver…«

»Dein Vater«, unterbrach sie mich, »hat mich gebeten, dich an deine Juralektüre zu erinnern. Du solltest damit nicht erst während deines Praktikums anfangen.«

»Okay«, antwortete ich und hätte viel lieber über Großvater geredet.

»Nun gut. Ich rufe nächste Woche wieder an. Auf Wiedersehen, Elizabeth Margaret.«

»Auf Wiedersehen, Großmu…«

Ich hörte ein Klicken. Sie hatte bereits aufgelegt. Ich stand in der Küche und starrte in die Luft. Siebzehn Jahre meines Lebens hatte ich mit einer Person verbracht, die mir vollkommen fremd war. Ich war erst seit so kurzer Zeit im Pepper House und fühlte mich hier wohler als je zuvor.

»Em, hast du mich gehört?«

Ich sah zu Domino hoch. »Entschuldige. Was hast du gesagt?«

»Ich habe dir gesagt, dass du heute Morgen für die Quiche zuständig bist.«

Ich hielt inne und begriff nur langsam die Bedeutung seiner Worte. »Ich soll die Quiche … aber das ist doch das Hauptgericht.«

Er griff in den Kühlschrank und holte die Milch heraus. »Ich weiß«, sagte er lächelnd.

Ich beobachtete, wie er die Zutaten zusammensuchte. Dann warf er mir eine Tomate zu. »Ich seh dich später.« Er schloss den Kühlschrank und verschwand durch die Schwingtür.

»Domino?«, rief ich hinter ihm her. »Wohin gehst du?«

»Fang an«, brüllte er zurück.

Dreißig Minuten später war er immer noch nicht zurück und ich hatte losgelegt. Ich rollte den Teig aus und reihte mehrere Teigformen nebeneinander auf. Bei der Prozedur befolgte ich das Rezept fast haargenau. Nur eine geheime Zutat fügte ich hinzu: Senf. So wurde das Rezept ein kleines bisschen aufregender.

Auf dem Teig verteilte ich ein paar Dijon-Senfkörner und einige Stückchen milder Rehwurst, Tomaten, grüne Paprika, Zwiebeln und Asiago-Käse mit Knoblauch. Ich schlug die Eier auf, trennte Eiweiß und Eigelb, fügte Milch hinzu und goss das Ganze vorsichtig über die anderen Zutaten.

Tante Tilly, Frederick und Beth kamen und gingen wieder. Ich bemerkte sie kaum, so sehr war ich damit beschäftigt, das leckere Essen vorzubereiten. Und als ich die Frühstückstörtchen schließlich in den Ofen schob, hatte ich mein Telefonat mit Großmutter schon fast wieder vergessen.

Ich fühlte mich wie neugeboren.

Endlich tauchte Domino wieder auf. »Okay, was soll ich machen?«

Ich sah ihn streng an. Er zuckte unschuldig mit den Achseln und ich lachte. »Lass uns den Obstsalat vorbereiten.«

Dreißig Minuten später hatten die Gäste ihr Essen vor sich stehen und Domino und ich machten die Küche sauber.

Tante Tilly kam durch die Drehtür und brachte die ersten leeren Teller herein. Ich blickte sie erwartungsvoll an. Ich wollte unbedingt wissen, wie es den Gästen geschmeckt hatte.

Sie sah mich an. »Das Pärchen in Hütte zwei will das Rezept wissen.«

Meine Augen weiteten sich. »Das ist gut, oder?«

Tante Tilly lachte. »Das ist mehr als gut.« Sie gab mir einen kleinen Stups. »Geh raus und sag Hi.«

Ich rannte mit einem breiten Grinsen auf dem Gesicht zur Tür. »Eine Köchin verrät niemals ihre Geheimnisse!«

Kapitel zehn

Ein paar Tage später hatten Domino und ich eine Wahnsinns-Frittata zum Frühstück gemacht und waren gerade mit dem Aufräumen beschäftigt.

»Ich habe keine Ahnung, wer du eigentlich bist – und als deine stellvertretende Küchenchefin sollte ich wenigstens über die Basics Bescheid wissen.«

Domino sah mich mit hochgezogenen Augenbrauen an. »Hm, okay.«

»Woher kommst du?«

»Ich bin hier geboren und aufgewachsen.«

»Echt?« Ich sah ihn an. »Irgendwie habe ich immer gedacht, dass du hier Urlaub gemacht hast und hängen geblieben bist.«

Domino lachte. »Ich war nie ein Freigeist. Das überlasse ich Tilly.«

Ich griff nach der Plastikfolie und riss etwas davon ab. »Ich war einmal in Brasilien. Gwenny und ich haben uns damals vorgestellt, dass wir einfach verschwinden und bei einem der Eingeborenenstämme leben.«

»Das klingt nach deiner Tante. Sie würde so etwas machen.« Domino lachte und gab mir eine Schüssel mit Mangostücken. Ich breitete die Plastikfolie darüber.

»Ich glaube, Brasilien ist mein Lieblingsland.« Ich stellte die Schüssel in den Kühlschrank und schloss die Tür. »Was ist der coolste Ort, an dem du je warst?«

»Ich habe die Insel nie verlassen.«

»Wo hast du Kochen gelernt?«

Domino spritzte Seife in die Pfanne, nahm eine Bürste und begann zu schrubben. »Ich habe es mir selbst beigebracht.«

»Echt? Aber du hast so viel drauf. Ich dachte immer, dass du auf einer Kochschule warst.«

Er ließ Wasser über die Bürste laufen. »Warum? Du hast dir das Kochen doch auch selbst beigebracht.«

Ich hielt beim Abtrocknen inne und starrte ihn für eine Sekunde an. Er hatte recht. Ich hatte mir fast alles, was ich vom Kochen wusste, selbst beigebracht.

»Und du bist verdammt gut«, fügte er hinzu. »Man nennt es Talent. Und wir haben es beide.«

Ich blieb stehen und starrte ihn an. Ich hatte tatsächlich Talent. Das begriff ich nun endlich. Bisher war mir das nie bewusst gewesen.

Domino schrubbte weiter die Pfanne und fuhr mit dem Abwasch fort.

»Kannst du auch backen?«, fragte mich Domino.

Ich kräuselte meine Nase. »Ich bin ganz gut im Keksebacken, aber Desserts sind nicht mein Ding.«

»Ich kann das auch nicht besonders gut. Jeder Koch hat sein eigenes ganz besonderes Talent.« Er wusch die Pfanne ab. »Beth kann gut backen. Sie bringt immer leckere Sachen mit hierher.«

»Echt?«, ich sah mich um. »Wo ist sie eigentlich?«

Domino nahm sich ein Handtuch und trocknete die Pfanne ab. »Sie schrubbt heute die Fliesenfugen.« Er nickte mit dem Kopf in Richtung Kühlschrank. »Sie ist wahrscheinlich durstig.«

»Oh, sicher.« Ich nahm meine Schürze ab, holte eine Wasserflasche aus dem Kühlschrank und machte mich auf die Suche nach Beth.

Als ich zur Hintertür des Pepper House herausstürmte, traf ich Cade. Er trug dieselben roten Surfer-Shorts, in denen ich ihn schon ein paar Mal gesehen hatte, und er hatte wieder kein Shirt an. Er kniete neben einem alten Segelflugzeugmodell und war gerade dabei, die Schrauben festzuziehen. Seit unserer Auseinandersetzung wegen meiner Mum und seinem Dad hatten wir kaum miteinander gesprochen.

Ich hoffte, dass er mir verziehen hatte, und packte die Gelegenheit beim Schopf.

»Hey«, grüßte ich ihn.

Er sah auf. »Hey«, entgegnete er und fuhr gleich wieder mit der Arbeit fort.

Während er die Schrauben festzog, betrachtete ich die verschwitzten, gebräunten Muskelstränge auf seinem Rücken. Als er sich ein bisschen zur Seite drehte, erhaschte ich einen Blick auf den kleinen Ring um seinen Hals.

Ich wollte irgendetwas Freundliches sagen, da erinnerte ich mich daran, was meine Tante mir erzählt hatte. »Hey, Tante Tilly hat gesagt, du surfst?«

»Stimmt.«

»Ich würde gerne mal eine Stunde bei dir nehmen. Also, wenn das für dich in Ordnung ist.«

Cade sah mich an. Zuerst sagte er gar nichts und betrachtete mich nur. »Oh, okay, sicher.«

»Toll«, ich lächelte. »Sind wir wieder Freunde?«

Er lächelte sein schiefes Lächeln, das so unglaublich sexy war. Meine Knie wurden ganz weich. »Freunde.«

»Also … dann sehen wir uns vielleicht morgen?«

»Sicher.«

»Toll.«

Cade lächelte wieder.

Ich zeigte in Richtung Hütte. »Ist Beth da drin?«

»Sie schrubbt die Fliesenfugen.«

©BCE ECB ЕЦБ EZB EKP EKT EKB BĊE EBC 2014
10
EURO
ΕΥΡΩ
ЕВРО
10
V001D5

VA0667683227
683227
10
EURO
ΕΥΡΩ
ЕВРО

Ich rümpfte die Nase. »Das hab ich schon gehört.«

»Ist ziemlich harte Arbeit.«

Ich hielt die Wasserflasche hoch. »Ich bring ihr was zu trinken. Vielleicht hilft das ja. Bis dann.«

»Bis dann.«

Ich ging in Richtung Hütte. Auf dem Weg dorthin blickte ich noch einmal zu Cade zurück. Er sah mir nach, aber als er meinen Blick bemerkte, widmete er sich schnell wieder seiner Arbeit.

Lächelnd ging ich in die Hütte, wo ich auf Frederick und Beth traf, die auf Händen und Knien die Fugen zwischen den Fliesen zu reinigen versuchten. »Das sieht echt nach Spaß aus.«

Das hätte ich besser nicht sagen sollen. Die beiden hatten einen Ausdruck im Gesicht, als wollten sie mir gleich an die Gurgel gehen.

Ich gab Beth die Wasserflasche und griff blitzschnell nach einer Bürste. »Braucht ihr Hilfe?«

»Ja!«, rief Frederick.

Ich ging auf die Knie und machte mit. Wenn mich meine Mum so sehen könnte, würde sie einen Anfall bekommen.

Zwei Stunden später hatten wir den Fliesenboden der gesamten Hütte sauber geschrubbt, sogar die Fugendichtung mitgeputzt und unseren Durst mit kaltem Mineralwasser gelöscht.

Ich machte den Verschluss meiner Flasche auf und betrachtete über die Küche hinweg Beth. Mit dem Ärmel ihres T-Shirts wischte sie sich den Schweiß vom Gesicht und bewegte dann ihren Nacken von rechts nach links. Sie sah total fertig aus.

»Wie lange bist du schon hier?«, fragte ich sie.

Sie gähnte. »Seit heute Morgen. Es dauert ungefähr fünf Stunden, eine Hütte fertig zu machen.« Sie sah auf ihre Uhr. »Ich fange gleich mit der nächsten an.«

»Ich habe heute nichts mehr vor. Ich helfe dir, dann brauchst du nur halb so lang.«

»Ich bin auch dabei«, bot Frederick an. »Die Fliesenfugen zu schrubben, ist definitiv kein Job für eine Person. Das ist echt verdammt harte Arbeit.«

»Nein!«, rief Beth schnell. »Das ist wirklich nicht nötig. Ihr hättet mir nicht mal bei dieser Hütte helfen sollen. Ich werde dafür bezahlt – nicht ihr.«

Frederick zuckte mit den Achseln. »Wofür hat man Freunde?«

Am späten Nachmittag waren wir schweißüberströmt und mit der Arbeit fertig. In einer Sache waren wir uns alle einig: Wir wollten für mindestens ein Jahr keinen Fugenkitt mehr sehen.

Beth warf das gesamte Putzzeug in einen Eimer. »Ihr beide seid einfach unglaublich. Lasst uns abendessen gehen. Ich lade euch ein.«

Frederick und ich zögerten keine Sekunde. »Deal!«

»Wie wär's mit dem *Crazy Chicken*?«, fragte Beth. »Da gibt's die besten Chicken Wings der Insel.«

Ich lächelte. »Klingt gut.«

»Ich seh euch in einer Stunde dort.« Mit diesen Worten war sie verschwunden. Sie fuhr mit dem Fahrrad nach Hause, um sich zu duschen und umzuziehen.

Dreißig Minuten später waren Frederick und ich bereit zum Aufbrechen. Wir verabschiedeten uns von Tante Tilly. Der Transporter war nicht da, also kletterten wir auf eines der Pepper House Mopeds.

Frederick fuhr und ich saß hinter ihm. So bogen wir auf die Küstenstraße ein. Keiner von uns sprach, während wir durch die warme Brise tuckerten, vor uns der Sonnenuntergang und zu unserer Rechten die Weite des Ozeans.

Wir näherten uns dem Hafen. Das riesige Boot schaukelte immer noch am Ende des Kais. Ich erhaschte einen Blick auf einen grauhaarigen, älteren Herrn im Steuerhaus, der auf das Meer hinausblickte. Falls er ein VIP war, erkannte ich ihn nicht.

»Weißt du, wem diese Jacht gehört?«, fragte ich Frederick.

Er sah kurz über seine Schulter zu dem Boot und schüttelte den Kopf. »Keine Ahnung.«

Wir fuhren schweigend weiter. Ein wenig später bog er ab und durchquerte den Friedhof. Wir fuhren über die Anhöhe und auf der anderen Seite wieder den Berg hinunter.

Aus dem Augenwinkel nahm ich eine Bewegung wahr und drehte mich um. In der Ferne sah ich Sid. Sein Kopf war gesenkt und er starrte auf ein Grab. Genau in diesem Moment sah er auf und blickte mir direkt in die Augen.

Ich winkte ihm kurz zu und er beantwortete meine Geste mit einem Nicken. Einige Minuten später fuhren wir auf den kleinen Parkplatz des *Crazy Chicken*, wo Beth schon auf uns wartete.

Sie lächelte und winkte. »Ich habe uns einen Tisch reserviert.«

Frederick und ich folgten ihr durch den vollen Außenbereich des Restaurants und setzten uns hin. Mehrere Personen sagten Hallo zu uns dreien. Wieder wurde mir bewusst, wie winzig die Insel war. Es freute mich, dass auch ich begrüßt wurde, obwohl ich nur wenige der Leute erkannte.

Wir bestellen alkoholfreie Daiquiris, einen Eimer voll Chicken Wings und Pommes. Während Beth sich mit jemandem am Nachbartisch unterhielt, sah ich mich um. »Rustikal« war das erste Wort, das mir einfiel: Picknick-Tische, alte Gerätschaften, die von den Deckenbalken herabhingen, und ein langsam kreisender Ventilator. Ein Kellner brachte uns unsere Daiquiris.

»Hi«, grüßte er mich, während er die Gläser abstellte.

»Hi«, entgegnete ich, lächelte und sah in seine schönen braunen Augen.

Beth beendete ihre Unterhaltung und drehte sich wieder zu uns. »Wie cool. Ich habe gehofft, dass du hier vorbeikommst und Hallo sagst.«

Sie packte ihn am Arm. »Em, das ist Jeremy, ein guter Freund von mir. Seinen Eltern gehört das Restaurant. Jeremy, das ist Fredericks Cousine Em.«

Jeremy und ich schüttelten uns die Hand. »Schön, dich kennenzulernen. Willkommen auf der Insel. Bist du den ganzen Sommer über hier?«, fragte Jeremy.

»Nur diesen Monat«, antwortete Beth für mich. »Sie wohnt im Pepper House. Ihr solltet euch mal treffen.«

Ich sah sie mit großen, ungläubigen Augen an. Ging es noch offensichtlicher? Jeremy lächelte. »Oh ja. Das wäre wirklich toll.« Er drehte sich in Richtung Küche. »'tschuldigt. Ich muss gehen. Echt stressig heute.«

Ich nickte. »Schön, dich kennenzulernen.« Er verschwand wieder, und ich versuchte nicht einmal, mein Interesse zu verbergen. Groß, schlank, hellbraunes Haar, braun gebrannt, gepflegt und ein tolles Lächeln – definitiv mein Typ.

Beth beugte sich zu mir herüber. »Er ist zwanzig und geht auf dem Festland aufs College. Den Sommer verbringt er hier. Supergescheit, verdammt nett und Single.«

Supergescheit, nett, gut aussehend und Single. Besser ging es ja wohl nicht mehr. Aber irgendetwas irritierte mich. Nur was es war, konnte ich nicht in Worte fassen.

»Perfekt für eine kleine Sommeraffäre«, neckte mich Beth vielsagend.

Ich lachte. »Du hörst dich an wie meine Schwester.« Aber die Idee war verlockend. Ich schob meine Zweifel beiseite und dachte bei einem Schluck Daiquiri darüber nach.

Jeremy kam zurück und legte einen Stapel Servietten in die Mitte des Tisches. »Hey, wie wär's mit morgen Abend?«

Ich konnte meine Überraschung nicht verbergen. »Klar!«

»Toll! Gibst du mir deine Handynummer?«

Ich schrieb sie auf eine Serviette und gab sie ihm.

»Ich ruf dich an.« Mit einem warmen Lächeln in meine Richtung ging er wieder.

»Da siehst du's.« Beth klatschte begeistert in die Hände. »Jetzt bist du versorgt.«

Ich lächelte. Ich konnte gar nicht fassen, dass es so einfach gewesen war!

Am nächsten Morgen rief mich Jeremy wirklich an. »Ich habe nur ein paar Minuten, weil ich heute das Restaurant aufmache. Soll ich dich um sechs Uhr abholen? Dann können wir was essen gehen.«

»Klingt großartig.«

»Okay. Dann seh ich dich später. Ich freu mich.«

»Ich mich auch.« Grinsend legte ich auf. Kaum zu glauben, dass ich ein Date hatte! Gwenny wäre völlig aus dem Häuschen. Ich schrieb ihr schnell eine SMS und stürmte nach unten, wo ich Tante Tilly in die Arme lief. »Guten Morgen«, rief ich im Singsang-Ton. »Ich habe heute ein Date.«

Meine Tante, die gerade noch aufmerksam das Bücherregal studiert hatte, wirbelte herum. »Dir auch einen guten Morgen. Wow, du hast ein Date?« Sie sprang in die Luft. »Und mit wem?«

Ich lächelte über ihre alberne Art. »Jeremy. Seinen Eltern …«

»Gehört das *Crazy Chicken*. Oh, er ist so nett. Er kommt aus einer guten Familie. Und er sieht gut aus.«

Ich lachte.

Aufgeregt klatschte sie in die Hände.

»Jetzt müssen wir auf jeden Fall shoppen gehen.«

»Shoppen?«

»Ja. Du brauchst was zum Anziehen. Ein neues Outfit. Klingt das nicht gut?«

Ich konnte mir nichts Besseres vorstellen. »Fantastisch! Aber eigentlich bin ich mit Cade zum Surfen verabredet. Ich sage ihm schnell, dass ich mit dir unterwegs bin.«

»Ich will deine Pläne mit Cade nicht durcheinanderbringen.«

Ich schob ihren Einwand beiseite. »Aber ich will doch mit dir shoppen gehen. Ich bin mir sicher, Cade hat nichts dagegen.«

Ich fand ihn im Garten neben dem Haus beim Sträucherstutzen. »Hi.«

Er lächelte mich an, und ich bemerkte, wie mir heiß wurde. »Tante Tilly will jetzt mit mir shoppen gehen. Können wir auch morgen surfen?«

Sein Lächeln erstarb. Sofort fühlte ich mich furchtbar. »Es tut mir leid, dass ich so kurzfristig absage.«

»Muss es nicht. Schon okay. Die Wellen sind heute sowieso nicht so gut. Lass es uns morgen zur gleichen Zeit versuchen.« Dann wandte er sich wieder den Büschen zu. »Hab eine gute Zeit mit Tilly.«

»Danke.« Ich ging ein paar Schritte und sah wieder zu Cade hinüber. Er schien sich ganz und gar auf das Heckenschneiden zu konzentrieren. Ich hoffte, dass er nicht zu enttäuscht war.

Ein paar Minuten später hatte Tilly Domino und Frederick mit ihrer Vertretung betraut. Dann schnappten wir uns unsere Taschen, und schon waren wir auf dem Weg in die Stadt.

Noch nie war ich bei dem Gedanken ans Shoppen so aufgeregt gewesen. Meine Mum und ich machten nie solche spontanen Sachen. »Das wird fantastisch.«

»Das wird mehr als fantastisch. Du wirst den Laden lieben.«

Tante Tilly machte Siebzigerjahre-Musik an. »Em?«

»Hm?«

»Es bedeutet mir unglaublich viel, dass du da bist.«

Wir lächelten uns an. »Danke, Tante Tilly.«

Sie setzte ihre Sonnenbrille auf und sang mit.

Ein paar Minuten später hielten wir vor einem Laden, der über und über mit Retro-Blumen bemalt war. Wir stiegen aus. Als wir hineingingen, nahm Tante Tilly meine Hand. Drinnen erwarteten uns eine Klimaanlage, ein Hauch von Vanilleduft, wunderschöne Klamotten und eine ältere Dame in einem edlen Hosenanzug und mit einem schicken grauen Kurzhaarschnitt.

»Tilly!« Die Dame winkte und sah zu mir. »Und du musst Em sein.«

Ich lächelte. »Ja, die bin ich.«

Tilly legte ihren Arm um mich. »Em, das ist Grammy.«

»Grammy?«

Die ältere Dame lachte heiser. »Jeder auf dieser Insel nennt mich Grammy. Was kann ich für dich tun?«, fragte sie.

»Em braucht etwas Neues anzuziehen«, erklärte Tante Tilly an meiner Stelle. »Sie mag meinen Stil, aber bräuchte etwas mit einer eigenen Note.«

Grammy atmete tief ein, ließ ihre Finger über ihre gespitzten Lippen gleiten und betrachtete mich.

Dann wedelte sie mit ihrer Hand in der Luft und signalisierte mir, dass ich mich herumdrehen sollte. Ich gehorchte und drehte mich einmal langsam im Kreis.

Grammy klatschte in die Hände. »Ich hab's.«

Schon war sie verschwunden. Wie ein Wirbelwind sauste sie im Laden hin und her, riss Klamotten von Bügeln und stapelte sie in der Umkleide.

Meine Augen wanderten zu einem Gemälde, das hinter der Kasse hing. Ein Vater und sein Sohn beim Fischen. Der gleiche realistische Stil und die kräftigen Farben, die ich schon früher bewundert hatte. Aber dieses Bild hier sah irgendwie traurig aus.

Tante Tilly zog mich am Arm und lenkte meine Aufmerksamkeit von dem Bild ab. Sie führte mich zu ein paar Korbsesseln. »Lass sie nur machen«, flüsterte sie. »Sie kennt ihre Sachen und hat ein tolles Gefühl für Menschen. Du wirst schon sehen.«

Immer aufgeregter sah ich Grammys Treiben zu und versuchte zu verfolgen, welche Anziehsachen sie von den Kleiderbügeln zog. Nach einem halben Dutzend Outfits kam mir ein Gedanke: »Tante Tilly, ich habe nur ungefähr zweihundert Dollar.«

Und wenn meine Mum herausfand, dass ich das Geld für diese Klamotten ausgegeben hatte, wäre sie alles andere als glücklich.

Tante Tilly machte eine abwehrende Bewegung. »Das geht auf mich.«

»Nein«, flüsterte ich. »Das kann ich nicht annehmen.«

Sie sah mich an. »Hör zu. Seit du angekommen bist, hast du im B&B mitgeholfen, und du bist noch ein paar Wochen da. Sieh das einfach als deine Bezahlung an.« Sie zwinkerte mir zu. »Keine Widerrede.«

Noch ein paar Wochen … bei diesem Gedanken musste ich unwillkürlich zufrieden seufzen. Noch so viel Zeit, meinen Sommer an diesem unglaublich tollen Ort zu genießen! Noch so viel Zeit, bevor ich zurückmusste … zurückmüssen. Meine Freude verwandelte sich in Melancholie, als ich an die strikten Regeln zu Hause dachte.

Ich sah zu meiner Tante hinüber. Während sie Grammy beobachtete, betrachtete ich ihr schönes Profil. Meine Gedanken wanderten von ihr zu meiner Mum, meiner Großmutter und der geheimen Familienfehde zwischen ihnen. Wenn jemand bereit wäre, Licht in die ganze Angelegenheit zu bringen, dann am ehesten meine freigeistige Tante.

Ich atmete ein, nahm all meinen Mut zusammen und fragte: »Tante Tilly, was ist zwischen dir, meiner Mum und Großmutter los? Es liegt sicher nicht nur an Großvaters Tod.«

Sie starrte auf den Boden, ihr Gesicht verfinsterte sich und sie seufzte. »Nein, es ist nicht nur wegen Großvaters Tod. Es ist eine lange Geschichte. Deine Großmutter und ich, wir sind sehr verschieden.«

»Aber Gwenny und ich wussten nicht einmal, dass es dich gibt, bis du die Glückwunschkarte geschickt hast.«

»Ich weiß.« Tante Tilly streichelte mir über den Kopf. »Es gibt verdammt viel zu erklären. Viel zu viel. Die Vergangenheit ist vergangen. Ich habe sie hinter mir gelassen, und ich weiß, dass auch deine Mum und Großmutter das getan haben.«

»Aber du und Mum, ihr ward so eng. Was ist passiert?«

Tilly seufzte.

»Okay!«, verkündete Grammy aufgeregt und unterbrach uns. »Zeit zum Anprobieren.«

»Aber ich habe Ihnen noch nicht mal meine Größe gesagt«, protestierte ich. Oder die Tatsachte, dass ich manchmal die extra kleine Kleidergröße *petite* kaufen muss, weil ich so winzig bin. Oder dass …«

Grammy lachte. »Meine Liebe, ich habe das mein ganzes Leben lang gemacht. Ich kenne deine Größe besser als du.«

Tante Tilly knuffte mich, und widerwillig brach ich die Unterhaltung mit ihr ab und verschwand in der Umkleidekabine. Grammy hatte recht. Sie kannte meine Größe. Und meinen Stil. Und meine Farben. Überhaupt alles …

Ich probierte ein Outfit nach dem anderen an und liebte jedes einzelne. Grammy hatte einen fantastischen Job gemacht. Ihr Look für mich war fließend locker und lässig, aber entsprach meinem eigenen Stil.

Ein gesmoktes Top mit Leggins. Ein silberfarbenes knielanges Sommerkleid. Capris mit Kordelzug und dazu ein gestreiftes Trägerhemd. Die Liste war noch viel länger.

Jedes Outfit machte mich schlanker und größer. Es war wie ein Wunder. Die Sachen waren einfach fantastisch.

Ich bemerkte, dass es langsam spät wurde. Also beschloss ich, ein süßes Polo-Minikleid gleich anzubehalten. Tante Tilly und ich bezahlten und packten alles in den Transporter. Wir kamen gerade noch rechtzeitig nach Hause, sodass ich meine Taschen abstellen und mich frisch machen konnte. Dann flitzte ich nach draußen und wartete auf Jeremy.

Als ich in der Nachmittagssonne stand und auf mein Date wartete, war ich selbstbewusster als je zuvor. Ich sah fantastisch aus und fühlte mich fantastisch. Ich war einfach großartig.

Ich war shoppen!, schrieb ich Gwenny per SMS. *Solltest meine coolen Sachen sehen. Mum wäre geschockt. Na und?*

Über ihre Antwort musste ich lachen. Aus dem Augenwinkel bemerkte ich, wie jemand um die Ecke des Pepper House bog. Ich musste nicht einmal hinsehen, ich wusste, es war Cade.

»Hey. Du siehst hübsch aus.«

»Danke.«

»Hattest du Spaß mit Tilly?«

»Ja. Wir haben den halben Laden leer gekauft.«

Er lachte und sah mich von oben bis unten an. Dann blickte er sich um. »Wartest du auf jemanden?«

»Jeremy«, antwortete ich schnell und fühlte mich plötzlich ziemlich unbehaglich.

»Oh.« Er sah mich eine Sekunde lang an. »Habt ihr ein Date oder so?«

Ich nickte. Mein Unbehagen wurde noch größer und ich begann mit meinem Geldbeutel herumzuspielen. »Na ja, oder was Ähnliches.«

»Er ist … er ist ein netter Typ. Wahrscheinlich dein Typ.«

Ich sah ihn fragend an. Mein Typ? Was sollte das heißen? Und hatte ich da gerade eine Spur des Bedauerns in seiner Stimme wahrgenommen?

Wir beide standen da und sagten nichts.

In diesem Moment fuhr Jeremy vor und hupte. Ich drehte mich von Cade weg, lächelte und winkte Jeremy zu. »Ich seh dich später«, sagte ich zu Cade und stieg in Jeremys Auto.

»Bis später«, hörte ich ihn murmeln.

Jeremy fuhr aus der Einfahrt und ich beobachtete im Seitenspiegel Cade. Er stand immer noch da und sah uns nach.

Ich konnte meinen Blick nicht von ihm losreißen, bis Jeremy um die Ecke gebogen war. Ich fragte mich, was Cade wohl dachte.

Kapitel elf

Jeremy war der Typ, den meine Eltern toll gefunden hätten. Er war der Inbegriff von Perfektion. Er öffnete mir die Türen. Er machte mir Komplimente über mein Aussehen. Er stellte viele Fragen über mich und mein Leben. Er war süß, intelligent und witzig.

Er war perfekt – zu perfekt –, zu sehr wie meine Eltern und das Leben in Neuengland. Wahrscheinlich musste ich deshalb die ganze Zeit an Cade denken.

Ich lächelte und nickte über Jeremys Kommentar über die Republikaner. Mir war Politik nicht sonderlich wichtig.

Ich nahm einen kleinen Bissen von dem faden gegrillten Fisch. Hätte jemand in der Küche Meersalz und schwarzen Pfeffer auf den Fisch gestreut und ein bisschen Zitrone über ihn geträufelt, wäre er um Längen besser gewesen. Salz, Pfeffer und Zitrone. Das war wirklich nicht zu viel verlangt.

»Wie auch immer«, sagte Jeremy mit einem Seufzen, »hier aufzuwachsen war nicht übel. Trotzdem, ich bin wirklich froh, dass ich jetzt auf dem College bin. Aber für jemanden, der zum ersten Mal hier ist, muss es das Paradies sein.«

Ich schob meinen Teller weg und legte mein Besteck auf die Seite. Wie schade, eigentlich war der Seebarsch wirklich gut.

Dann dachte ich über das nach, was Jeremy gerade gesagt hatte. »Ja, dieser Ort ist das Paradies.« Zu schade, dass Jeremy das nicht erkennen konnte.

Cade wusste die Insel zu schätzen, obwohl er auch von hier war.

Warum konnte ich nicht aufhören, an Cade zu denken? Was sollte das? Schließlich war ich auf einem Date mit Jeremy.

Ich räusperte mich. »Wie lange gehört deinen Eltern das *Crazy Chicken* schon?«

»Seit ich geboren wurde. Davor hat es meinen Großeltern gehört.«

»Wow, deine Familie blickt ja echt auf eine lange Geschichte hier auf der Insel zurück.«

Darüber lächelte er.

Unser Dessert kam und wir aßen es in mehr oder weniger angenehmem Schweigen. Es war fast so, als wären wir ein altes verheiratetes Paar. Endlich war es Zeit für die Rechnung.

Wir gingen aus dem Restaurant und Jeremy fuhr mich nach Hause. Wir sprachen über Reisen – all die Orte, die wir gesehen hatten, und die Städte, die wir noch besuchen wollten. Jeremy und ich hatten viel gemeinsam. Ich konnte mir kein perfekteres erstes Date vorstellen. Nur dass ich das Bild von Cade nicht aus dem Kopf bekam, wie er in der Einfahrt stand und uns hinterhersah.

Jeremy hielt vor dem Pepper House an, stieg aus und öffnete meine Tür. In meinem Bauch kribbelte es beim Gedanken an einen Gutenachtkuss.

Sanft nahm Jeremy meine Hand. »Ich hatte wirklich eine schöne Zeit mit dir. Danke für das Date.«

Er senkte den Kopf und presste seine Lippen auf meine. Ich erwiderte den Kuss und erwartete … ich weiß nicht, was … Erregung, Leidenschaft? Aber es war nur ein kurzer Kuss, und nachdem er vorbei war, gab er mir noch ein Küsschen auf die Wange. »Dich zu treffen macht meinen Sommer hier viel schöner. Ich rufe dich morgen an.«

Ich lächelte und zwang mich, Vorfreude auf den Anruf morgen zu empfinden.

Jeremy drückte liebevoll meine Hand, stieg ins Auto und fuhr weg.

Ich stand da, sah zu, wie seine Rücklichter sich entfernten, und ließ den Kuss vor meinem inneren Auge noch einmal Revue passieren.

Ein netter, anständiger erster Kuss? Wer war ich. Meine Mum?

Gwenny würde wissen wollen, ob es heiß gewesen war. *Hat es dich umgehauen?*, konnte ich sie schon fragen hören.

Nein, es hatte mich nicht umgehauen. Das Date war nett gewesen. Das war gut. Nett war gut, oder?

»Seid ihr beiden jetzt zusammen?«

Ich wirbelte herum. Cade stand im Schatten des Pepper House.

»Du hast mich zu Tode erschreckt. Was machst du hier?«

»In Hütte zwei war ein Leck in einem der Rohre und deine Tante hat mich gerufen. Ich war gerade auf meinem Weg nach Hause, da seid ihr zwei zurückgekommen.«

Und er hatte die ganze Zeit hier gestanden und unsere Verabschiedung und unseren Kuss beobachtet? Mein Gesicht wurde heiß vor Verlegenheit. »Du hättest husten sollen oder so, damit wir wissen, dass du da bist.«

»Entschuldige.« Er tauchte aus dem Schatten auf und ich schluckte einen Klumpen in meinem Hals herunter. Als er näher kam, konnte ich meinen Blick nicht von seinem schiefen Lächeln losreißen.

Ich wollte etwas sagen, aber mir fiel einfach nichts ein. Ich konnte mich nicht einmal erinnern, was er gerade gesagt hatte.

Er trat einen Schritt auf mich zu und blieb vor mir stehen. Ich wollte unbedingt etwas tun, etwas sagen, aber ich verharrte wie angewurzelt auf der Stelle und starrte auf seine Lippen.

Cade bewegte sich und sein Duft nach Seife erfüllte meine Sinne. »Gute Nacht, Em«, flüsterte er und verschwand in die Nacht.

Ich bewegte mich nicht, starrte nur in die Luft, hörte meinen eigenen schnellen Atemzügen zu und spürte, wie mein Herz gegen meinen Brustkorb klopfte. Genau auf dieses Gefühl hatte ich vorher mit Jeremy gewartet und Cade hatte mich nicht einmal geküsst.

Endlich konnte ich wieder schlucken.

Mein Handy summte und ich fuhr erschrocken zusammen.

»Hallo?«, antwortete ich leicht außer Atem.

»Du hörst dich atemlos an. Habe ich dich und Jeremy beim Rummachen gestört?«

Ich lachte. »Nein.«

»Erzähl mir von dem Date.«

Während ich in mein Zimmer ging, erzählte ich ihr von dem Essen, seiner Freundlichkeit, dem Gutenachtkuss. »Aber …«

»Aber?«, fragte sie schnell.

»Es war schön. Aber als ich nach Hause kam, war da Cade und er hat den Gutenachtkuss gesehen, und ich weiß nicht, er stand direkt vor mir und ich konnte kaum atmen und …«

»Was hat er gemacht?«

Ich seufzte. »Nichts. Er hat mir eine gute Nacht gewünscht, na ja, eigentlich hat er geflüstert.«

»Er hat geflüstert?«

»Oh Gwenny, er hat so gut gerochen. Und er hat mich nicht einmal berührt, und ich konnte seine Wärme fühlen, so nah stand er bei mir.«

»Em«, seufzte meine Schwester, »er klingt toll. Beide klingen toll. Ich bin eifersüchtig.«

»Das brauchst du nicht. Im Moment bin ich einfach nur vollkommen verwirrt.«

»Geh einfach mit beiden aus.«

»Gwenny, das bin ich nicht. Das weißt du.« Ich hielt inne. »Und da ist noch was.«

»Was?«

»Morgen gehe ich mit Cade surfen.«

»Gut, dann kannst du ihn besser kennenlernen. Und du kannst deinen neuen Bikini tragen. Wie perfekt!«

»Ich weiß nicht. Wahrscheinlich wird es einfach nur peinlich.«

»Es wird sicher schön. Verhalt dich so, als sei nichts passiert. Hab Spaß und sieh heiß aus. Dann wird das schon!«

»Klar, das wird sicher ganz einfach.« Ich seufzte, und plötzlich freute ich mich gar nicht mehr auf morgen. »Okay, ich rufe dich an und erzähle dir, wie es gelaufen ist.«

»Großartig! Und Em, wirklich, entspann dich und hab Spaß.«

Ich legte auf. Ich würde es versuchen. Aber schon jetzt wusste ich, dass es zwecklos war. Etwas würde mich davon abhalten, ruhig und entspannt zu sein … und das war Cade.

☼

Das Frühstück verging wie im Flug. Ich erinnerte mich kaum ans Rühreiermachen, so sehr beschäftigte mich der Gedanke an den bevorstehenden Surfunterricht.

Cade kam in die Küche, als Domino und ich gerade beim Aufräumen waren. »Willst du immer noch surfen gehen?«

Ich lächelte. »Auf jeden Fall!«

»In dreißig Minuten?«

»Ich werde da sein.«

Ich steckte den Kopf in Fredericks Zimmer. »Was soll ich zum Surfen anziehen?«

Er sah von seinem Laptop auf. »Was hast du denn zur Auswahl?«

»Zwei Bikinis.«

Er ging zu seinem Kleiderschrank und zog ein Shirt heraus. »Das ist ein Rashguard. Trag es über deinem Oberteil. Das ist alles was du brauchst.«

Ich nahm das Shirt. »Cool, danke.«

Ich zog meinen blau-weißen Bikini an – nicht den von Gwenny. Sie würde sicherlich sauer sein, dass ich nicht »heiß« aussah, aber ich würde mich konzentrieren müssen. Ich traf Cade vor dem Pepper House.

»Hey, du siehst aus wie eine echte Surferin.«

Ich zeigte auf mein Outfit. »Rashguard, freundlicherweise zur Verfügung gestellt von Frederick.«

Er schnallte das Surfbrett mit einer Klammer an die Seite des Mopeds. »Steig auf«, sagte er und setzte sich auf sein Moped.

»Oh, wir nehmen nicht den Transporter?

»Nein.«

»Okay.« Ich schwang mein Bein über den Sitz und nahm hinter ihm Platz, während er den Motor startete.

»Wir fahren nach Parquito Bay«, teilte er mir mit. »Dort sind die besten Wellen für Anfänger.«

Cade rollte das Moped ein Stück nach vorne und wir tuckerten durch die Einfahrt. Er fuhr auf die Küstenstraße und gab Gas. Ich suchte nach einem Platz, an den ich meine Hände legen konnte, und hielt mich an seiner Taille fest.

Er rutschte weiter nach hinten, machte es sich bequem und unsere Körper kamen sich noch näher. Ich konnte unter seinem weichen T-Shirt sein Sixpack spüren. Sein Geruch nach Seife umhüllte mich und ich lehnte mich weiter nach vorne und sog tief die Luft ein.

Ungefähr fünfzehn Minuten später bog er von der Straße ab und hielt an. »Wir sind angekommen. Geh schon mal zum Strand.« Er schnallte das Surfbrett ab. »Ich komme gleich mit dem Board nach.«

Ich schwang mein Bein über den Sitz und ging zwischen den Sanddünen entlang Richtung Parquito Beach. Dann warf ich meine Flip-Flops in den Sand und lief zum Meer. Sonnenstrahlen tanzten auf der Oberfläche des türkisblauen Wassers, das in sanften Wellen an den Strand schwappte. Ich fragte mich, wie ein Ort so wunderschön sein konnte.

»Was denkst du?«, fragte Cade und kam von hinten näher.

»Es ist einfach unglaublich hier. Ich frage mich, wie es einen so schönen Ort überhaupt geben kann.«

Er starrte auf das Wasser. »Ich weiß. Ich will nie woanders leben.«

Ich sah zu ihm hinüber. »Wirklich?«

Cade zuckte die Achseln. »Das ist mein Zuhause. Ich liebe es hier.«

Die Selbstverständlichkeit, mit der er das sagte, brachte mich zum Lächeln. »Ich verstehe, warum.« Ich dachte an Jeremy, der das Gegenteil erzählt hatte. Er konnte es kaum erwarten, die Insel zu verlassen. Es war, als ob er mit dem, was er hatte, nicht zufrieden sein konnte.

»Es sieht so aus, als ob wir den Strand für uns haben. Gut so. Dann kannst du niemanden rammen.«

»Hey!«, verteidigte ich mich, obwohl ich genau wusste, dass er recht hatte.

Cade lachte und nickte Richtung Surfbrett. »Ich habe es schon gewachst. Wir können also starten.«

Er zog sein T-Shirt aus und warf es auf den Strand. Ich bewunderte kurz seinen gebräunten Oberkörper, dann legte er sich auf das Brett.

»Das hier ist ein Longboard. Es ist gut für kleine Wellen. Gut zum Surfen-Lernen. Als Erstes üben wir, wie man auf die Knie hochkommt.« Er tat so, als würde er mit den Armen paddeln. Dann stützte er sich ab, schwang seine Knie unter seinen Körper und landete in der Mitte des Boards. »Jetzt versuch du es mal.«

Er machte mir Platz, und ich legte mich flach auf das Board und hoffte inständig, dass mein Hintern in dem Bikini gut aussah. Ich paddelte, stützte mich ab, brachte meine Knie unter meinen Körper und machte Cades Pose problemlos nach. Er fasste nach unten und brachte mein linkes Knie in Position. Bei seiner Berührung verschlug es mir den Atem.

»Versuche, ein Knie weiter vor zu schieben. Das gibt mehr Stabilität.«

Ich nickte.

»Gut, dann lass uns das Ganze mal auf den Füßen probieren.« Wir wechselten die Position, er war wieder auf dem Board und ich die Zuschauerin. Er hielt sich an den Seiten des Boards fest und sprang auf. »Ich surfe links. Du musst sehen, was sich für dich am besten anfühlt.«

Er ging zur Seite und ich übte das Auf-die-Beine-Springen. Dabei fühlte ich mich ziemlich sicher. Trotzdem hoffte ich, dass er meine Knie noch einmal in Position bringen würde.

»Sieht gut aus«, lobte er mich. »Lass uns ins Wasser gehen.«

Ich nahm das Board und Cade und ich liefen zum Meer. Wir wateten ins Wasser und tauchten unter den Wellen durch. Als das Wasser uns bis zur Brust ging, blieb Cade stehen. Seine Hand auf das Board gelegt, lächelte er mich an, in seinen Augen pures Glück. »Bereit?«

»Klar doch.«

»Okay. Steig auf, ich schiebe dich in die richtige Welle. Wenn du merkst, wie die Welle dich anhebt, versuchst du, auf die Knie zu kommen.«

Ich nickte, als eine Welle an uns vorbeirollte und die Woge uns auf und ab schaukelte. Ich hüpfte auf das Brett und fiel auf der anderen Seite sofort wieder runter – genau auf Cade.

Er fasste nach mir, als ich unterging. Als ich wieder auftauchte, presste mich eine Welle nahe an ihn heran. Er hielt mich ganz fest an sich gedrückt und lachte.

Ich schluckte und versuchte, cool zu bleiben. Ich wischte mir das Wasser aus den Augen und schob mir die Haare aus dem Gesicht. »Ich bin froh, dass ich dir ein wenig morgendliche Aufheiterung bieten kann«, witzelte ich und versuchte meine Demütigung zu verbergen.

Er wechselte die Position und schlang die Arme um meine Hüfte. Ich hörte beinahe auf zu atmen.

»Lass uns das noch einmal versuchen«, sagte er und schwang mich ohne große Anstrengung auf das Board. Er sah auf das Meer und die Wellen.

»Mach dich bereit … okay … *jetzt!* Paddeln!«

Er schob mich weiter vor und ich paddelte mit den Armen. Eine Welle hob mich an, ich packte das Board, schob meine Knie unter mich, und bevor ich überhaupt wusste, wie mir geschah, surfte ich! »Yeeeaaahhh!«, rief ich.

Ich ritt die Welle bis zum Land, wo das Brett auf dem Sand aufsetzte und ich herunterfiel. Schnell drehte ich mich herum und sah Cade, der beide Fäuste in die Luft reckte.

»Fantastisch!«, schrie er und schwamm auf mich zu. Er kam zu mir, nahm mich in eine große, feste Umarmung und schwang mich herum. »Das war unglaublich gut fürs erste Mal«, rief er begeistert.

Als er mich wieder auf dem Sand absetzte, sah ich ihn grinsend an. Er blickte auf mich herab, und plötzlich blieb die Welt stehen. Ich sah ihm in die Augen, während er sich zu mir beugte. Dann fühlte ich seine Lippen auf meinen.

Gwenny sprach immer vom »Wow-Faktor« und ich fühlte ihn sofort. Ich lehnte mich gegen Cade, als er mich immer leidenschaftlicher küsste. Der Rest der Welt hörte auf zu existieren. Es war, als wären wir die einzigen Menschen im ganzen Universum.

Er löste sich von mir und wirkte ein bisschen verloren und unbehaglich. »Hmm, okay, lass uns wieder ins Wasser zurückgehen«, sagte er, ließ sich auf dem Board ins Wasser gleiten und paddelte ins Meer hinaus.

Ich stand am Strand und wusste nicht genau, was gerade passiert war. Sekundenlang konnte ich mich nicht bewegen. Endlich schüttelte ich meinen Kopf, kam wieder zu Sinnen und folgte Cade. Meine Gedanken würden warten müssen. Ich musste mich jetzt aufs

Surfen konzentrieren – nicht auf Cade, seinen unglaublichen Kuss oder darauf, wie unterschiedlich er und Jeremy waren. Darum würde ich mich später kümmern.

Jetzt war Surf-Zeit.

☼

Als mich Cade später beim Pepper House absetzte, ging ich in die Küche. Ich hatte Gwenny eine Nachricht mit der Bitte hinterlassen, sie solle mich so schnell wie nur irgendwie menschenmöglich zurückrufen. Ich konnte an nichts anderes als den Kuss denken. Unfassbar, was gerade passiert war. Es war so unglaublich gewesen. Fast das komplette Gegenteil von Jeremys süßem, »anständigem« Kuss beim ersten Date. Cade war einfach … wow.

»Bist du bereit?«, fragte Domino und unterbrach meine Gedanken. Er zeigte auf das Gericht, das ich gerade vorbereitete. Wie besprochen, hatte ich das Essen, das ich für den Brunch plante, für ihn vorgekocht, damit er es abnicken konnte.

»Ja. In einer Minute ist es so weit.«

Er nickte und ging ins Wohnzimmer zurück. Ich gab dem Gericht den letzten Schliff und wischte den Tellerrand ab. In meinem Bauch kribbelte es vor Aufregung, als ich den Teller ins Wohnzimmer brachte.

»Lachs in Pekannuss-Kruste«, sagte ich, »mit Himbeersauce. Jasminreis mit getrockneten Früchten. In Knoblauch gerösteter Spargel. Und als Dessert Mango-Mousse.«

»Oooh, das hört sich fantastisch an!«, rief Domino, eine Serviette auf seinem Schoß. »Darauf habe ich mich schon die ganze Zeit gefreut.«

Ich stellte den Teller vor ihm ab, atmete tief ein und trat einen Schritt zurück. »Du brauchst nicht nervös zu sein«, sagte er, während er ein großes Stück Lachs auf seine Gabel spießte. Ich sah ihm gebannt dabei zu, wie er das Stück in seinen Mund schob.

Als Nächstes probierte er von dem Reis, dann von dem Spargel. Sein Gesicht zeigte keine Regung – was meine Angst noch verstärkte.

Domino hielt inne, legte die Gabel hin, wischte sich mit einer Serviette den Mund ab und legte sie neben den Teller.

Ich sah ihn an und wusste es einfach. »Dir schmeckt es nicht.«

Er lächelte milde. »Na ja.« Er machte eine Pause und atmete tief ein. »Süße, bitte reg dich jetzt nicht auf. Ich habe auch schon Rezepte versaut. Besonders wenn ich versucht habe, kreativ zu sein.«

Mein Herz wurde schwer. »Versaut?«

»Der Lachs wäre mit Mandeln besser als mit Pekannüssen. Es sollte nicht eine Himbeer-, sondern besser eine Erdbeersauce sein. Und zum Spargel passt Parmesan besser als Knoblauch. Mir ist klar, was du versucht hast, aber es funktioniert einfach nicht.«

»Oh.« Ich versuchte, mich nicht aufzuregen, aber noch nie zuvor hatte jemand mein Essen kritisiert. Ich hätte das alles wissen müssen. Ich war wütend über mich selbst. Cades Kuss hatte mich so durcheinandergebracht, dass ich mich nicht richtig aufs Kochen konzentriert hatte.

Domino signalisierte mir, dass ich mich hinsetzen sollte, und das tat ich, wenn auch widerwillig.

»Em, du wirst einsehen, dass ich recht habe. Auch wenn du gerade wütend bist.«

»Ich bin nicht wütend«, korrigierte ich ihn, obwohl ich verdammt wütend war.

Domino nickte. »Du musst dich immer an komplementäre Geschmacksrichtungen halten. Erdbeeren, Mandeln und Lachs? Parmesan und Spargel mit einem Bissen Jasminreis? Pekannüsse und Himbeeren sind in Muffins super, aber mit einem rosafarbenen Fisch?«

Ich seufzte und dachte über seine Worte nach. Ich wusste, dass er recht hatte. Er wusste, was er tat. Aber gleichzeitig war ich wirklich enttäuscht. Ich hatte ihn mit meiner Version der Rezepte begeistern wollen.

Er betrachtete mich ruhig, während ich mir seine Kritik durch den Kopf gehen ließ. Ich überdachte das Gesagte wieder und wieder.

»Heißt das, ich darf den Brunch nicht machen?«

Domino neigte den Kopf leicht zur Seite. »Natürlich wirst du das Essen machen. Aber du musst es abwandeln. Es ist meine Küche«, erinnerte er mich höflich. »Wäre es deine Küche, hättest du das Sagen.«

Er beugte sich zu mir und drückte meine Hand. »Jetzt beiß die Zähne zusammen und schreib deine Einkaufsliste um.«

Ich lächelte. »Danke, Domino.«

»Und damit du es weißt, ich werde dir beim Kochen die ganze Zeit über die Schulter schauen«, warnte er mich scherzhaft.

Ich lachte. »Da bin ich mir sicher.«

Am nächsten Morgen warf ich meine Bettdecke zur Seite und stand auf. Heute war Markttag. Am nächsten Tag würde ich den Brunch vorbereiten. Ich war froh, dass ich mich ablenken konnte. Das brauchte ich nach dem Surf-Ausflug mit Cade dringend. Seitdem hatte ich ihn kaum noch gesehen, aber das war in Ordnung. Nicht okay war, dass Gwenny mich noch nicht zurückgerufen hatte. Ich hätte unglaublich gerne mit ihr über alles gesprochen.

Ich machte mich fertig und ging nach unten.

»Guten Morgen, meine Hübsche!«, begrüßte mich Tante Tilly mit ihrem üblichen Enthusiasmus.

»Guten Morgen.« Ich drehte mich zu Domino. »Hast du meine überarbeitete Einkaufsliste schon gesehen?«

Er lächelte. »Sieht gut aus«, sagte er und zeigte auf eine riesige Kühlbox neben dem Tisch. »Die ist für den Markt. Viel Spaß.«

»Ich hole nur noch schnell meine Tasche«, sagte ich und trottete die Stufen der Hintertreppe hinauf.

»Nimm deinen Bikini mit«, rief mir Tante Tilly hinterher. »Wir liefern die Einkäufe später schnell hier ab und gehen dann gleich zum Strand.«

Ich lief in mein Zimmer, schlüpfte schnell in meinen Bikini, zog mich wieder an, holte meinen Geldbeutel, zerrte meine Strandtasche aus dem Schrank und flitzte erneut nach unten.

Tante Tilly und Beth warteten schon mit laufendem Motor im Transporter. Ich machte die Seitentür auf und sprang hinein.

»Bauernmarkt und dann Strand«, sagte Beth zu mir. »Das wird ein echter Mädelstag!«

Ich lächelte und war froh, dass Beth, mit dabei war. Ein Mädelstag war genau, was ich jetzt brauchte!

»Was gibt's zu essen?«, fragte Beth als sie vom Pepper House wegfuhr.

»Natürlich die üblichen Eier, Speck, Pfannkuchen und so weiter. Mein Part wird der Lachs in Mandelkruste mit Erdbeersauce«, sagte ich und zitierte das abgeänderte Menü. »Jasminreis mit getrockneten Früchten und in Parmesan gerösteter Spargel. Und als Dessert Mango-Mousse.«

Beth sah mich über die Schulter an. »Lecker.«

Ich lächelte. »Ich habe mich an ein fruchtiges Inselmotto gehalten.«

Tante Tilly fuhr die Küstenstraße entlang. »Es wird sicher fantastisch. Wir werden ein volles Haus haben. Eine vierköpfige Familie bezieht heute noch die Hütte Nummer eins. Ich habe ihnen bereits von unserem berühmten Sonntagsbrunch vorgeschwärmt und sie sind schon ganz aufgeregt. Das wird ein toller Start in ihren Urlaub.«

Ich konnte kaum erwarten, das alles Gwenny zu erzählen. Wir fuhren den Küstenhighway entlang, bis wir den Hafen erreichten. Wo zuvor eine Menge leerer Parkplätze gewesen waren, stand jetzt ein Fahrzeug neben dem anderen. Große Schirme schützten die Stände vor der Inselsonne. Autos, Lkws und Mopeds hatten sich in jeden noch so kleinen Platz gedrängt und dazwischen liefen eine Menge Leute herum. Tante Tilly parkte hinter einem verrosteten Wagen und hielt an.

»Sieht aus, als sei die ganze Insel hier«, kommentierte ich und öffnete die Tür.

»Oh, das ist noch gar nichts.« Beth sprang vom Beifahrersitz. »Du solltest das erst mal bei Tagesanbruch sehen.«

Ich nahm meine Tasche und die Einkaufsliste und ließ die Tür zufallen. »Wie oft ist der Markt?«

»Jeden Samstag«, antwortete meine Tante und wies uns die Richtung. »Normalerweise geht Domino hierher und macht die Einkäufe für das Pepper House.«

Als wir uns durch die geparkten Autos schlängelten, sah ich zu Sids Boot hinüber. Es war verschwunden. Für Cade war das wahrscheinlich eine gute Nachricht.

Tante Tilly winkte jemandem und sagte Hallo. »Was auch immer ihr kauft, sagt ihnen, sie sollen es zum Transporter bringen. Die Kühlbox ist im Kofferraum. Sie wissen, was zu tun ist, und schicken uns die Rechnung.«

Ich nickte, spazierte zwischen den Ständen hindurch und betrachtete die fantastische Auswahl. Frischer Fisch, Kräuter, Oliven und Bauernkäse. Alles war biologisch und handgemacht. Ich war im kulinarischen Himmel. Am liebsten hätte ich alles gekauft.

»Hi«, grüßte ich einen Jungen, der auf einem Hocker hinter einer riesigen Kühlbox saß. Auf einem Zettel, der an der Kühlbox klebte, stand *Atlantik Lachs.*

Er nickte mir zu. Seine Gestik ließ ihn älter wirken, als er auf den ersten Blick erschien. »Alles frisch.«

Ich lächelte. »Da bin ich mir sicher. Ich hätte gerne zehn Pfund.«

Sein Gesicht begann zu leuchten. »Fantastisch!«

Darüber musste ich lachen. »Bring das bitte zum Pepper-House-Transporter.« Ich ging weiter, redete ab und zu mit dem einen oder anderen Verkäufer und machte Bestellungen.

»Du siehst aus, als wärst du im Himmel.«

Ich sah auf. Jeremy stand neben mir und lächelte.

»Hi, du!«, sagte ich. Es war schön, ihn zu sehen. Aber meine Gedanken wanderten zu Cade und unseren Surfunterricht. Ich schüttelte den Kopf und konzentrierte mich wieder auf Jeremy. »Ich bin im Himmel. Das ist, als würde ein Traum wahr werden.« Ich musste unbedingt Domino überreden, dass er mich auch am nächsten Samstag mitnahm.

Jeremy nahm eine Mango und drückte sie leicht. »In der Stadt kursiert das Gerücht, dass Domino dich den Sonntagsbrunch machen lässt.«

»Das Gerücht stimmt.« Ich nahm auch eine Mango und testete, ob sie reif war.

»Gibt es noch einen freien Platz für mich?«, fragte Jeremy.

Ich legte die Mango wieder hin und versuchte es mit einer anderen. »Oh, sicher. Ich glaube nicht, dass Tante Tilly was dagegen hat.« Außerdem hatte ich sowieso vorsorglich für ein paar mehr Personen eingekauft.

»Okay, gut. Dann sehen wir uns morgen.« Mit einem Kuss auf meine Wange war er wieder weg.

Tante Tilly erschien neben mir. »Cade lässt dich grüßen.«

Ich sah mich um. In meinem Bauch kribbelte es. »Cade ist auch hier?«

»Er ist jeden Samstag hier. Ein Freund von ihm hat hier einen

Saftstand und er hilft ihm.« Tilly hielt ein Glas Karottensaft hoch und deutete auf die gegenüberliegende Seite des Wegs.

Ich entdeckte einen Stand, der mit Palmwedeln verziert war. Cade bediente dort gerade ein Mädchen in meinem Alter. Er lachte über etwas, das sie gesagt hatte, und gab ihr ein Glas mit rotem Saft. Ob er mich und Jeremy gesehen hatte?

»Sieht gut aus.« Ich zeigte auf den Karottensaft. »Ich hole mir auch welchen.«

»Bist du mit deinem Einkauf fertig?«, fragte Tante Tilly.

Ich nickte.

»Dann fahren wir in ein paar Minuten.«

Als ich auf ihn zuging, entdeckte mich Cade und lächelte mich mit seinem unwiderstehlichen schiefen Grinsen an. Während ich ein paar Kindern auswich und an den Saftstand kam, ließ er mich nicht aus den Augen.

»Hey«, grüßte er mich und betrachtete mein Gesicht. »Du hast einen Sonnenbrand.«

Ich kräuselte meine rote Nase. »Und es wird noch schlimmer. Tante Tilly und ich gehen nachher zum Strand.« Ich sah mir die Karte des Saftstands an. »Ich nehme Karotte Ingwer bitte.«

»Mein Lieblingsdrink.« Er drehte sich um und nahm ein paar Karotten aus der Kühltruhe. »Zu welchem Strand?«

Ich zuckte mit den Achseln. »Keine Ahnung.«

Cade fütterte die Saftmaschine mit ein paar Karotten. Er schnitt ein Stück von einer frischen Ingwerwurzel ab und steckte sie ebenfalls in die Fruchtpresse. »Morgen ist ein großer Tag für dich mit dem Brunch und so.«

»Stimmt. Wirst du da sein?«

Cade gab mir ein Plastikglas mit einem schaumigen Saft.

»Das würde ich mir nie entgehen lassen.«

Ich lächelte und nahm einen Schluck.

»Für mein Surfergirl. Das geht aufs Haus.«

»Danke«, sagte ich und sah ihm in die Augen.

»Wegen gestern …«, begann er, aber in diesem Moment erschien Beth neben mir.

»Hey, bist du fertig?«

»Oh, sicher«, entgegnete ich und sah Cade wieder an. Wie gerne wäre ich bei ihm geblieben. Ich brannte darauf zu wissen, was er über gestern dachte.

Cade ließ mich die ganze Zeit nicht aus den Augen. »Viel Spaß. Bis morgen.«

Ich nickte und winkte, während Beth mich zum Transporter zerrte. Ich ging hinter ihr her. Als ich mich umdrehte, sah Cade immer noch in meine Richtung.

Kapitel zwölf

Tante Tilly, Beth und ich fuhren nach Hause, stellten unsere Einkäufe ab und machten uns sofort auf den Weg zum Strand. Als wir ankamen, parkten wir unter einer großen Palme und stiegen aus.

Ich folgte den beiden auf einem schmalen Sandweg, der auf beiden Seiten von Dünen umsäumt war, zu einem kleinen, abgelegenen Strand. Es sah aus wie auf einem Magazinfoto.

Der weiße Sand war pulvrig und makellos. Dahinter erstreckte sich bis zum Horizont das stille, leuchtende Meer. Ich sah mich um und bemerkte, dass wir uns in einer schmalen Bucht befanden, die von Sanddünen und großen Felsbrocken eingerahmt war. Ich schätzte, dass der ganze Platz ungefähr halb so groß war wie ein Fußballfeld.

Weiter links lagen die einzigen anderen Menschen auf dem Strand. Ich blinzelte in die Sonne. Von meinem Standpunkt aus konnte ich nicht sagen, ob die beiden Frauen, Männer oder ein Mann und eine Frau waren. Beth ließ ihr Handtuch fallen, zerrte sich ihr Shirt über den Kopf und zog ihre Shorts aus. Darunter trug sie einen türkisfarbenen Bikini. Kaum hatte sie sich ausgezogen, sprintete sie ins Wasser. Ein paar Sekunden später wehte ihr Kichern zu uns herüber.

»Sie macht das jedes Mal, wenn wir hier sind«, sagte Tante Tilly.

Ich lächelte über ihre Bemerkung und merkte, dass ich über das gute Verhältnis von meiner Tante und Beth seltsam eifersüchtig war. Ich beneidete sie, weil sie mehr Zeit mit meiner Tante verbracht hatte als ich und weil sie Tilly länger kannte.

»Komm mit.« Tante Tilly sammelte Beths Sachen ein und führte mich auf die rechte Seite des Strands. »Es ist fast niemand hier. An einem Samstag hätte ich mehr Leute erwartet.«

Sie beschäftigte sich mit dem Auslegen von Handtüchern. »Wir Einheimischen mögen es lieber ruhig. Die Touristen haben eine Menge anderer Strände, auf denen sie sich tummeln können.«

Mir gefiel es, dass ich jetzt der erlesenen Gruppe der Einheimischen zugeordnet wurde.

Aus einem Augenwinkel sah ich eine riesige Jacht im Meer. Ich betrachtete sie eine Weile und bemerkte, dass es das Boot aus dem Hafen war. Ich zog mein Shirt und meine Shorts aus.

»Schöner Bikini«, sagte Tilly und zeigte auf meinen schwarz-goldenen Bikini.

»Danke. Gwenny hat ihn mir gekauft. Ich war mir nicht sicher, ob ich ihn anziehen würde. Er ist ziemlich knapp.«

Tante Tilly lächelte. »Du kannst ihn auf jeden Fall tragen.«

Während sie ihre Augen schloss und sich die Sonne auf die Haut scheinen ließ, betrachtete ich die Landschaft.

»Wie war dein Date mit Jeremy?«, fragte Tante Tilly ein paar Minuten später.

Ich legte mich auf mein Handtuch und schloss die Augen. »Es war schön. Er ist nett. Morgen kommt er zum Brunch. Ich hoffe, das ist okay.«

»Klar.« Sie verlagerte ihre Position, machte es sich auf ihrem Handtuch im Sand gemütlich. »›Schön‹ und ›nett‹? Das hört sich nicht gerade nach ZOOM an.«

»ZOOM?«

»Na ja, stellt er deine Welt auf den Kopf?«

Darüber musste ich lachen. »Ich weiß nicht. Er ist süß. Wir hatten bisher nur ein Date. Es braucht ein bisschen mehr, um das herauszufinden, oder?«

Ein Flüstern und ein unerwarteter Kuss von Cade hatten meine Welt komplett auf den Kopf gestellt.

»Gib dem Ganzen ein bisschen Zeit. Man weiß nie, was passieren wird.«

»Du klingst, als würdest du aus Erfahrung sprechen.«

Tante Tilly antwortete für ein paar Sekunden nicht. Ich drehte meinen Kopf und betrachtete ihr Profil, während sie sonnenbadete. Sie musste meinen Blick gespürt haben, denn sie öffnete ihr linkes Auge und sah mich direkt an.

Ich lächelte.

»Fredericks Vater«, antwortete sie sanft.

Ihr ruhiges Geständnis und die gefühlvolle Art und Weise, wie sie das sagte, weckten mein Interesse.

»Wirst du mir von ihm erzählen? War er der Grund, warum du hierhergekommen bist und Mum und Großmutter verlassen hast?«

Sie sah mich eine Weile an, und je länger sie mich so betrachtete, desto mehr spürte ich mein Herz klopfen. Ich wollte so sehr wissen, welches Geheimnis sie zu einer so unglaublichen Person gemacht hatte.

»Entschuldige. War ich zu direkt?«

Tante Tilly seufzte und ließ sich weiter in der Sonne brutzeln.

»Nein, nein. Schon okay. Ich habe nie gerne im Haus deiner Großmutter gelebt. Zu viele Regeln. Alles war zu korrekt. Es gab zu viel von allem. Ich war schon immer rebellisch. Ich habe mich heimlich davongeschlichen und absichtlich Dinge getan, die sie wütend machten. Wenn ich heute daran denke, bin ich nicht sehr stolz auf mein Verhalten. Mit sechzehn bin ich in Schwierigkeiten geraten. Deine Großmutter hat mir geholfen. Unter einer Bedingung: dass ich weggehe und nie wieder zurückkomme.«

»Was?« Ich schnappte nach Luft. »Sie hat dich rausgeworfen?«

Tante Tilly nickte. »Deshalb bin ich gegangen«, fuhr sie fort. »Ich kam hierher und nahm einen Job als Putzfrau im Pepper House an. Der Inhaber, Roger Pepper, war viel älter und sehr gut aussehend. Er machte kein Geheimnis aus seinem Interesse für mich, aber ich habe ihn immer wieder abgewiesen. Die Zeit verging und ich wurde sanfter. Wir hatten eine Beziehung und kurz darauf wurde Frederick geboren. Als Frederick noch ein kleiner Junge war, starb Roger und überließ mir das Pepper House.« Sie atmete tief ein. »So ist das alles gekommen.«

»Wow«, sagte ich und ließ die Geschichte sacken. Ich erkannte immer mehr, was für eine großartige Frau Tilly war. Und meine Großmutter … Ich wusste nicht mehr, was ich von ihr halten sollte.

»Aber was hast du Grauenvolles getan, dass Großmutter dich rausgeschmissen hat?«

Tante Tilly seufzte wieder und stand auf. »Das erzähle ich dir ein anderes Mal«, antwortete sie und ging in Richtung Wasser. »Übrigens«, rief sie mir zu, »das ist ein Oben-ohne-Strand. Also fühl dich frei.« Mit diesen Worten entknotete sie ihr Oberteil und schleuderte es weg.

»Warte, was?!« Ein Oben-ohne-Strand? Ich beobachtete, wie sie mit Beth in die Bucht hinausschwamm.

Wie sehr sich dieser Ort doch von meinem Leben zu Hause unterschied. Wie anders Tilly war. Kein Wunder, dass sie sich von unserer Familie eingeengt gefühlt hatte.

Mit einem Seufzen schloss ich die Augen. Meine Gedanken drehten sich um Tillys Geschichte und um den Teenager, der sie einmal gewesen war. Warum war sie wohl von zu Hause rausgeworfen worden? Hatte sie ein Verbrechen begangen? Das konnte ich mir nicht vorstellen.

Ich kuschelte mich tiefer in mein Handtuch und dachte an Roger Pepper. Was für ein Mensch er wohl gewesen war? Wie hatte er es geschafft, einen Freigeist wie meine Tante zu erobern? Er musste unglaublich gewesen sein. Und geduldig. Leicht war es sicher nicht gewesen, so unabhängig wie meine Tante war.

Wenn die Geschichte stimmte und sie sich langsam in einen Mann verliebt hatte, obwohl es am Anfang nicht »Zoom« gemacht hatte, dann konnte Jeremy vielleicht doch die Liebe meines Lebens werden. Aber was war mit Cade?

In meiner Strandtasche brummte es. Mein Telefon. Ich griff hinein, sah, dass es meine Schwester war, und nahm ab. »Du wirst es nicht glauben, aber ich bin an einem Oben-ohne-Strand«, sagte ich zu Gwenny.

»Du bist wo?!«

Ich fuhr hoch. »Mum?«

Kapitel dreizehn

Am nächsten Morgen lag ich wach. Die Schuld lastete schwer auf meinen Schultern. Ich erschauderte bei dem Gedanken an die Schadensbegrenzung, die ich würde leisten müssen. Aber warum benutzte meine Mum auch das Telefon meiner Schwester? Und warum musste ich nur so dämlich sein? Mit einer für mich untypisch großen Klappe hatte ich meiner Mutter auf die Nase gebunden, dass ich an einem Oben-ohne-Strand lag.

Zum Glück hatte ich mein Bikini-Oberteil anbehalten – und einen Witz darüber, dass ich oben ohne war, hatte ich mir auch verkniffen. Sonst hätte meine Mutter wahrscheinlich einen Privatjet angeheuert und mich persönlich wieder nach Hause gebracht.

Trotzdem hatte ich ein Problem. Und meine Tante auch. Meine Mum drohte, mich heimzuholen. Es war ein Riesen-Chaos.

Meine Mutter hatte auf der Stelle mit Matilda sprechen wollen. Also war ich zum Meer gerannt, hatte mit dem Telefon gewunken und nach Tante Tilly gerufen.

Die Hand auf den Hörer gepresst, hatte ich Tilly schnell erzählt, was passiert war, und mich entschuldigt. Sie hatte das Handy genommen. Durch den Hörer konnte ich die ärgerliche Stimme meiner Mutter hören. Ich konnte einfach nichts dagegen tun. Ich fing an zu weinen.

Gleich darauf hatten wir den Strand verlassen und waren schweigend nach Hause gefahren. Auf dem Weg hatten wir Beth abgesetzt.

Ich hätte so gerne etwas zu Tante Tilly gesagt, aber mir fielen einfach nicht die richtigen Worte ein.

Jetzt lag ich reglos in meinem Bett und sah dem Ventilator dabei zu, wie er über meinem Kopf langsam seine Kreise zog. Auf meiner Zunge lagen eine Million Entschuldigungen. Ich wusste, ich würde heimfahren müssen. Wie unendlich viel würde mir fehlen – meine neue Familie, meine Freiheit, Jeremy und … Cade. Ich würde mich von all dem verabschieden müssen, und ich wusste nicht, wie ich das schaffen sollte.

Und das alles musste auch noch an dem Tag passieren, an dem ich meinen großen Sonntagsbrunch zubereiten sollte.

Ich seufzte, als jemand an meiner Tür klopfte. »Komm herein«, sagte ich und setzte mich auf.

Tante Tilly öffnete die Tür und steckte ihren Kopf herein. »Ist die Luft rein? Keine schreiende Mutter am Telefon?«

Ich schnaubte: eine Mischung aus Lachen und Erleichterung. »Du bist nicht sauer auf mich?«

»Meine Süße.« Tilly schloss die Tür und kam ganz ins Zimmer. »Nein, wie könnte ich je sauer auf dich sein?« Sie setzte sich auf mein Bett und zog mich in ihre Arme.

Ich spürte, wie meine Augen sich mit Wasser füllten, und als sie mich im Arm hielt, ließ ich meinen Tränen freien Lauf. »Es tut mir so leid.«

»Du hast nichts falsch gemacht.«

Ich schniefte. »Ich hätte nichts sagen sollen. Mum hat dich angeschrien. Ich habe dich in Schwierigkeiten gebracht.«

Tante Tilly rieb mir den Rücken. »Ach bitte. Du hast mich nicht in Schwierigkeiten gebracht. Ich hatte solange ich denken kann Probleme mit meiner Familie.«

Mir entfuhr ein verheultes Lachen.

Tante Tilly ließ mich los, nahm auf eine mütterliche Art mein Gesicht in ihre Hände und sah mich mit einem sanften, liebevollen Blick an.

Ich schniefte wieder. »Muss ich jetzt nach Hause?«

Ganz sanft rieb Tilly mit ihrem Daumen über meine nasse Wange. »Du musst erst nach Hause, wenn du das auch willst. Ich habe gestern Abend noch einmal mit deiner Mutter geredet. Da hatte sie sich schon wieder ein bisschen beruhigt. Und ich habe auch mit deiner Großmutter geredet.« Sie lächelte. »Alles ist okay. Aber versprich mir, dass du nächstes Mal nicht auf deine Displayanzeige vertraust.«

Ich lächelte und nickte. »Ich verspreche es.«

»Jetzt musst du dich um den Sonntagsbrunch kümmern. Mach dich fertig und geh nach unten. Domino wartet schon.«

Tante Tilly ging und ich kletterte aus dem Bett. Es war zwar immer noch nicht alles eitel Sonnenschein, aber ich fühlte mich definitiv besser als beim Aufwachen.

Ich machte mich fertig und ging nach unten. Ich hatte einen Brunch vorzubereiten.

Zwanzig Minuten später schnitt ich Spargelenden und Domino vermischte die Mandel-Brotkrümel-Mischung mit Olivenöl.

Als ich gerade in Schwung kam, klingelte mein Telefon. Ich sah auf das Display – Gwenny, zumindest hoffte ich das. Ich nahm ab und betete, dass es nicht meine Mutter war. »Hallo?«

»Oh mein Gott. Ich kann nicht glauben, dass du dich oben ohne sonnst«, rief Gwenny.

»Nächstes Mal, wenn du Mum dein Telefon leihst, kannst du mich bitte vorher per SMS warnen?«, entgegnete ich.

Gwenny lachte. »Das tut mir leid.«

Ich verdrehte die Augen. »Und ich habe mich gar nicht oben ohne gesonnt«, flüsterte ich und schielte zu Domino, um sicherzugehen, dass er mich nicht hörte.

»Ich weiß. Aber ich erzähle allen, dass du es getan hast.«

»Gwenny!«

»Nur ein Witz. Hör zu. Ich wollte dir viel Glück wünschen. Heute ist doch dein großer Brunch-Tag.«

Ich legte den Spargel auf ein Backblech. »Danke. Ich bereite gerade das Essen vor.«

»Okay. Viel Glück. Ich wünschte, ich könnte dabei sein. Ruf mich später an und sag, wie es gelaufen ist.«

»Es wär schön, wenn du da sein könntest. Hör zu, da ist noch etwas, worüber ich mit dir reden muss. Erinnerst du dich an Cade?«

»Jaaaa«, sagte Gwenny langsam. Ich konnte sie fast grinsen hören.

»Also, neuli…«

»Hey Em. Lass uns loslegen. Okay?«, sagte Domino.

»Klar, Domino. Hey Gwenny, ich muss aufhören. Ich erzähle dir später alles.«

»Ich kann es kaum erwarten«, antwortete Gwenny.

Ich legte das Telefon zur Seite und machte mich wieder an die Arbeit. Während Domino Zitronen schnitt, beträufelte ich den Spargel mit Öl, bestreute ihn mit Salz und Pfeffer und schob das Blech in den Ofen. In zwanzig Minuten würde ich geriebenen Parmesan darüberstreuen.

»Weißt du, dass ich am besten nachdenken kann, wenn ich koche?«, bemerkte Domino.

Ich sah ihn an. Wusste er, dass es viele Dinge gab, über die ich nachdenken musste? Über das, was am Strand passiert war, über Jeremy und über meine Familie?

»Ich auch«, stimmte ich ihm zu, panierte den Lachs und verteilte ihn auf ein paar Pfannen. Ich sah aus dem Fenster und fragte mich, ob Cade schon da war.

Domino warf Zitronenschale in einen Topf, der zu zwei Dritteln mit Erdbeeren, Zucker, Stärke und Wasser gefüllt war. Während die Masse vor sich hin köchelte und immer dicker wurde, fing er an, Reis in einer großen Pfanne anzubraten. Ich erhitzte Butter und rührte Zwiebeln, Sellerie und Currypulver hinein.

Ich hoffe, dass es nicht zu seltsam wird, wenn Jeremy auftaucht.

Domino drehte die Hitze kleiner und gab getrocknete Preiselbeeren, Rosinen, Feigen, Birnenstückchen und Sonnenblumenkerne in den angebratenen Reis. Ich rieb Muskatnuss in die Buttermischung und verrührte das Ganze unter Zischen.

Die Situation sollte eigentlich okay sein, schließlich gehe ich mit keinem von beiden ernsthaft aus.

Domino sah sich den Spargel an. Ich stach mit einer Gabel in den Lachs. Er gab mir zum Probieren einen Löffel und ich reduzierte die Hitze unter der Erdbeersauce. Dann streute er eine Prise Salz über den Reis. Ich warf ihm einen Rührbesen zu.

Na ja, einen von ihnen date ich schon irgendwie, aber nach dem anderen bin ich verrückt.

Die Küchenuhr klingelte und wir beide lächelten uns an.

»Wir servieren das Essen«, sagte ich ihm. »Und dann beginnen wir mit der Mango-Mousse.

»Klingt gut.«

Tante Tilly tänzelte zur Küchentür herein. »Jeremy ist hier. Hast du kurz Zeit zum Hallosagen?«

Ich sah auf das dampfende Essen, das wir gerade aus dem Ofen geholt hatten. Ich wollte es eigentlich auf die Teller verteilen. *Wenn es Cade wäre …*

»Sicher«, sagte ich meiner Tante. Ich wusste, dass ich höflich sein musste.

Jeremy kam mit einem Blumenstrauß herein. »Für die Köchin«, sagte er und reichte ihn mir.

Ich lächelte überrascht und umarmte ihn. »Danke.«

»Ich weiß, dass du beschäftigt bist, deshalb bin ich gleich wieder weg. Gehen wir morgen Abend essen?«

»Oh, ja klar.« Aber was, wenn Cade morgen Zeit mit mir verbringen wollte?

Er nickte. »Großartig.«

Ich sah dabei zu, wie er wieder durch die Tür verschwand und sog den Duft der farbenfrohen Blumen ein. Es war das erste Mal, dass ein Junge mir Blumen geschenkt hatte. Sie waren wunderschön.

Domino schob eine Glasvase über die Kücheninsel zu mir. »Stell sie hier hinein. Wir haben noch viel zu tun.«

Mit einem Lächeln stellte ich die Blumen in das Wasser und brachte die Vase ans andere Ende der Küche zum Fensterbrett.

Domino und ich fingen an, das Essen aufzutragen. Ich schaufelte ein bisschen Jasminreis mit getrockneten Früchten auf einen Löffel und legte ihn in die Mitte des Tellers. Obenauf platzierte ich ein Stück Lachs in Mandelkruste und beträufelte ihn mit Erdbeersauce. Seitlich davon legte ich in Parmesan gerösteten Spargel und Zitronenstückchen.

»Das übliche Buffet steht schon bereit«, sagte Domino.

Er meinte die Eier und den Speck, und ich wusste, dass er extra früher aufgestanden war, um alles vorzubereiten. Wie nett von ihm.

Sobald die Teller fertig waren, stellten wir sie auf die Theke und Tilly und Frederick kamen und brachten sie den Gästen. Während sie servierten, gaben wir der Mango-Mousse den letzten Schliff.

Ich hatte den Nachtisch bereits in der Nacht vorher vorbereitet und ihn im Kühlschrank deponiert. Wir holten ein Schälchen nach dem anderen heraus und stürzten die Mousse in kleine Dessert-Formen. Dann verzierten wir jede Portion mit Mangostückchen, Minzblättern und Schokowaffeln.

Tilly und Frederick brachten die ersten leeren Teller herein und nahmen die Mousse mit. Als die letzte Mousse von der Kücheninsel verschwunden war, trat ich einen Schritt zurück, sah mich um und atmete tief durch. Ich hatte es geschafft.

Ich lächelte und seufzte zufrieden. Ich hatte es geschafft … unglaublich.

Am Küchenfenster bemerkte ich einen Schatten. Ich sah hinüber und erkannte Cade, der draußen vorbeilief. Mein Herz machte einen Sprung. Er kam durch den Gang, der von dem hinteren Korridor hereinführte, in die Küche. In der Hand hielt er ein kleines Bündel Wildblumen. Er durchquerte die Küche, kam zu mir und überreichte mir den Strauß. »Hey, tut mir leid. Ich bin zu spät dran. Die sind für dich – sie sollen dir Glück bringen.«

Ich nahm das Bündel selbst gepflückter Blumen, ein wildes Sammelsurium, zusammengebunden mit einem Bindfaden. Es war schön gewesen, Blumen von Jeremy zu bekommen. Aber von Cade hätte ich das nie erwartet. Ich wusste nicht, was ich tun sollte.

»Oh, danke«, sagte ich lächelnd und sah unwillkürlich zu Jeremys wunderschönem gekauften Strauß.

Cade folgte meinem Blick. »Oh.« Er trat einen Schritt zurück. »Die sind auch schön.«

»Ja, stimmt. Na ja …« Ich sah in seine blauen Augen. »Ich liebe Wildblumen.« Ich drückte die Blumen an meine Brust. »Sie bedeuten mir unendlich viel.«

Er lächelte sein sexy Halblächeln. »Ist noch was für mich übrig?«

Ich nickte, legte die Blumen ab und griff einen Teller aus dem Schrank. »Setz dich hin. Ich mache dir einen Teller fertig.«

»Em«, sagte Tante Tilly und kam zur Tür herein. »Sie wollen alle die Köchin kennenlernen!«

Cade nahm den Teller. »Ich mach das. Geh und kümmere dich um deine Fans, Chefköchin Em.«

Chefköchin Em. Das gefiel mir

Ich atmete tief ein und Cade nickte mir aufmunternd zu. Ich lächelte ihn an und ging in das Esszimmer, bereit, die Gäste zu treffen und meinen Moment im kulinarischen Rampenlicht zu genießen.

»Mein Brunch war ein totaler Erfolg! Ich kann es kaum glauben«, sagte ich zu Frederick bei einem Schachspiel am Nachmittag des darauffolgenden Tages.

Wir hatten den Tag zusammen verbracht, waren auf dem Moped auf der Insel herumgefahren und hatten in einem Imbiss fantastische Fisch-Tacos gegessen. Es war ein wunderschöner Tag gewesen.

»Klar war er das. Ich habe keine Sekunde daran gezweifelt. Keiner hat das. Domino glaubt, dass du wirklich talentiert bist.«

Frederick war ein unglaublich toller Typ. Ich war wirklich froh, mit ihm verwandt zu sein. Wir verstanden uns auf eine Art und Weise, wie ich es noch nie zuvor erlebt hatte. Ich hätte ihm das furchtbar gerne gesagt, aber ich fand es zu schmalzig. Und so gab ich unserer Beziehung Zeit, sich zu entwickeln, und hoffte – *hoffte* inständig –, dass wir in Kontakt bleiben würden.

»Danke. Oh, und schachmatt«, sagte ich lächelnd.

»Du wirst immer besser!«

Ich lachte. »Okay, nächstes Mal lass ich dich gewinnen. Aber jetzt muss ich mich für mein Date mit Jeremy fertig machen.«

Frederick sah mich amüsiert an. »Gehst du nicht mit Cade aus?«

»Nein. Warum?«

»Ich habe ihn sagen hören, dass er ausgeht, und habe angenommen, dass er mit dir ein Date hat.«

»Oh«, antwortete ich und spürte einen Stich Eifersucht.

»Viel Spaß mit Jeremy.«

Ich lächelte und ging in mein Zimmer, um mich umzuziehen. Ich versuchte, die dunkle Wolke zu ignorieren, die plötzlich über dem Abend hing. Ich wechselte in einen süßen Rock und ein T-Shirt. Jeremy holte mich vor der Haustür ab.

Genau wie beim letzten Mal war er wundervoll. Einfach perfekt.

Ich versuchte, mich auf das Date zu konzentrieren, aber immer wieder wanderten meine Gedanken zu Cade. Ich fragte mich, ob ich das erste Mädchen war, für das er Blumen gepflückt hatte.

»Em?«, sagte Jeremy, als wir mit dem Essen fertig waren. »Ich mag dich wirklich. Die Zeit mit dir ist echt schön.«

Ich lächelte. »Ja, das ist sie.« Aber als ich es sagte, fühlte es sich erzwungen an.

Unsere Rechnung kam und ich griff danach. »Willst du Eis essen gehen?«

Er lachte. »Sicher.«

Wir bezahlten und waren gerade dabei zu gehen, als ich Cade entdeckte.

»Hey, ihr«, sagte Cade und kam zu unserem Tisch.

Ich blickte in seine Richtung, und in meinem Bauch kribbelte es so sehr, wie es den ganzen Abend mit Jeremy kein einziges Mal gekribbelt hatte.

Cade gab Jeremy die Hand. »Hey, Mann.«

Die beiden führten ein Männergespräch über Sport und Teams und so weiter, während ich geduldig wartete. Die ganze Zeit über konnte ich meinen Blick nicht von Cade lassen.

»Bist du alleine da?«, fragte Jeremy.

Cade zeigte auf die andere Seite des Restaurants. »Ich bin mit Milena hier.«

Ich sah in die Richtung und erkannte, dass Milena das Mädchen war, mit dem er am Saftstand auf dem Markt geredet hatte.

»Wir wollten gerade zur Eisdiele gehen. Wollt ihr beide mitkommen?«, fragte Jeremy.

Bei dem Gedanken, Zeit mit Cade zu verbringen, machte mein Herz einen kleinen Sprung. Nur dass Milena dabei sein würde, war weniger toll – und auch, dass ich mich die ganze Zeit auf Jeremy konzentrieren musste.

»Oh«, Cade sah mich an, »ist das echt okay?«

»Ja, das wäre großartig«, bestätigte ich das Angebot.

Cade zog los und sagte Milena Bescheid und Jeremy und ich trafen die beiden draußen. Dann machten wir uns auf den Weg in die historische Key Street, wo es eine beliebte Eisdiele gab.

Wir stellten uns in die Schlange und machten Smalltalk, während die Menschen vor uns ihre Bestellungen aufgaben und wir uns langsam vorwärtsschoben.

Als wir vorne ankamen, bestellte Jeremy zwei Kugeln Mint-Eiscreme und ich eine Kugel Vanille. Cade nahm Schokoladeneis mit extra Schokostückchen und Milena ein fettfreies Joghurteis. Draußen setzten sich Milena und ich auf eine Bank, während die Jungs stehen blieben. Wir genossen unsere Eiscreme, die Nacht und die Sterne über uns.

Ich versuchte, nicht zu Cade zu sehen, aber ich konnte nicht widerstehen. Unsere Blicke trafen sich. Er lächelte, als wir uns ansahen, und ein warmes Gefühl breitete sich in meinem ganzen Körper aus. Mein Blick wanderte zu Jeremy. Er musterte mich aufmerksam.

Sofort fühlte ich mich schuldig.

»Wie lange bleibst du hier?«, fragte mich Milena und lenkte mich ab.

»Nur noch bis Ende des Monats«, antwortete ich ihr.

»Ich habe gehört, dass dein Brunch fantastisch war«, sagte sie mir.

»Danke.« Ich mochte Milena. Sie war süß. »Woher weißt du davon?«

»Cade hat es mir erzählt.«

»Oh«, ich sah zu Cade herüber und er lächelte mich schief an.

Milena schaute auf ihre Uhr. »Sorry. Ich muss jetzt los.«

»Ich bring dich nach Hause«, sagte Cade und sah zu mir. »Danach komme ich zum Pepper House und hole den Transporter. Ich muss in der Früh ein paar Besorgungen machen.«

Ich nickte und hoffte inständig, dass ich ihm später noch begegnen würde. Ich sah ihm hinterher, wie er die Key Street hinunterging. Dann wandte ich mich wieder Jeremy zu. Er blickte mich an, als wüsste er, dass ich lieber mit Cade mitgegangen wäre, als mit ihm Eiscreme zu essen. Ich fühlte mich furchtbar.

»Bist du fertig?«, fragte er und warf den Rest seiner Waffel in einen Mülleimer.

Ich nickte.

Er brachte mich heim. Wir küssten uns kurz, und er sagte, dass er sich bald melden würde. Ich versprach mir selbst, ihn morgen früh gleich anzurufen. Ich wollte ihm wenigstens zeigen, dass ich nicht ein kompletter Arsch war. Ich mochte Jeremy. Er behandelte mich großartig, aber mein Herz war nicht bei ihm.

Als er wegfuhr, ging ich zum Pepper House. Irgendetwas zog meine Aufmerksamkeit auf sich. Ich kniff die Augen zusammen und versuchte, im Schatten etwas zu erkennen. »Cade?«

»Hier ist Sid«, sagte Cades Vater und trat aus dem Schatten.

Mein Herz blieb stehen. »Sid?«

»Ich wollte dir keine Angst machen.« Er lächelte. »Wie geht es dir, Em?«

»Gut.« Ich sah mich um, verwirrt und besorgt. »Sind Sie okay? Was machen Sie hier?«

Er zuckte zerknirscht mit den Achseln. »Ich warte auf Cade. Ich dachte, ich würde ihn hier treffen.« Er hielt inne. »Ich bin sein Vater.«

»Ja, ich weiß.«

Sid war überrascht. »Hat er dir das erzählt?«

Er redet nicht über Sie, hätte ich beinahe geantwortet. »Nein. Tante Tilly hat es mir gesagt.«

»Ah, er redet nicht über mich«, bemerkte Sid, so als hätte er meine Gedanken gelesen.

»Nein, nicht wirklich.« Ich fühlte mich grauenhaft, als ich das sagte.

Sid kam näher. »Wie geht es ihm?«

Ich lächelte und seufzte. Wie schrecklich, dass er einer Fremden diese Frage stellen musste. »Es geht ihm gut, Sid.« *Was ist nur zwischen euch passiert?* Am liebsten hätte ich ihn das gefragt, aber stattdessen sagte ich: »Er wollte später noch vorbeikommen. Aber ich weiß nicht genau, wann.«

»Na gut … sag ihm, dass ich da war.«

»Das mache ich«, versprach ich ihm.

Ich drehte mich gerade um und wollte ins Haus gehen, als Cade auf einem Moped angebraust kam. Er stellte den Motor ab und nahm den Helm ab. »Sid? Was machst du hier?«

Kapitel vierzehn

»Ich wollte dich sehen«, antwortete Sid.

»Jetzt hast du mich ja gesehen.« Cade stieg ab.

Ich stand reglos da. Ich wollte gehen, aber gleichzeitig auf keinen Fall ihre Unterhaltung stören.

Sid sagte für eine Weile gar nichts. »Den trägst du immer noch, oder?«

Ich starrte durch die Dunkelheit auf Cade und sah den kleinen Ring, der an einer Kette von seinem Hals hing. Er atmete tief ein. Als er ihn in sein Shirt steckte, reflektierte der Ring kurz das Licht der Außenbeleuchtung.

»Besuchst du sie?«, fragte Sid.

Cade beantwortete die Frage nicht. Stattdessen betrachtete er seinen Dad eingehend. »Besuchst du sie?«, fragte er zurück.

Sid schluckte. »An jedem einzelnen Tag, an dem ich hier bin«, flüsterte er.

Stille. Keiner von beiden sprach ein Wort. Ich stand auf der Einfahrt und mein Blick wanderte von einem zum anderen, und ich fragte mich, was wohl zwischen den beiden vorgefallen war. Von wem sprachen sie? Und was bedeutete der Ring um Cades Hals?

Je länger die Stille anhielt, desto unbehaglicher fühlte ich mich. »Ähem …«, ich ging einen Schritt zurück. »Ich sollte euch beide wohl besser alleine lassen.«

»Nein, du musst nicht gehen«, sagte Cade zu mir.

Ich blieb stehen. Ich wusste nicht, ob er wirklich wollte, dass ich dablieb. Andererseits wollte ich auch keine Szene machen.

»Ich weiß, dass ich alles falsch gemacht habe«, murmelte Sid mit tiefer Demut in der Stimme.

Cade schnaubte. »Meinst du nicht, dass es dafür etwas spät ist?«

»Nein«, sagte Sid.

Cade verschränkte die Arme über der Brust. »Was machst du hier? Was erwartest du? Was willst du von mir?«

Sid schluckte wieder. Und selbst im Dunkeln der Nacht konnte ich den Kummer in seinem Gesicht sehen. »Cade …«

Cade seufzte tief. »Setz dich einfach auf dein Boot, Sid, und segle fort. Das ist doch sowieso, was du wirklich willst.«

Langsam nickte Sid, drehte sich um und verschwand über die Auffahrt.

Weder Cade noch ich bewegten sich, redeten oder machten sonst irgendetwas. Meine Gedanken drehten sich um das, was ich gerade gesehen hatte. Cades Traurigkeit. Sids Demut. Die Spannung zwischen ihnen. Ich wusste nicht, was ich denken sollte. Das alles ging mich auch eigentlich nichts an.

Aber … jeder verdiente es, dass ihm verziehen wurde, oder? Das war es, was Sid verzweifelt wollte und brauchte.

Ich räusperte mich. »Ich glaube, ich gehe jetzt mal rein.«

Cade sah mich an, so als ob er sich gerade erst daran erinnerte, dass ich hier war. »Denk bloß nicht, dass du irgendeine Ahnung von dem hast, was hier vor sich geht.«

Sein aggressiver Tonfall traf mich unvorbereitet. Er war derjenige, der mir gesagt hatte, dass ich nicht gehen sollte.

Ich zuckte mit den Achseln. »Das geht mich nichts an.«

»Da hast du vollkommen recht. Das geht dich wirklich nichts an«, stimmte er mir mit versteinerter Miene zu.

Ich blinzelte. Die beiden taten mir leid. Und ich war irritiert, dass

Cade seine Frustration an mir ausließ. »Ich weiß. Ich gehe jetzt ins Bett.«

Cade ging einen Schritt auf mich zu. »Ich will nicht, dass du irgendjemandem davon erzählst. Das ist meine Sache.«

Ich verharrte auf der Stelle und starrte ihn sprachlos an. »Ich werde niemandem davon erzählen, Cade.« Ich wandte mich zum Gehen. »Gute Nacht.«

»Wohin gehst du?«

Ich drehte mich herum. »Das habe ich dir gerade gesagt – ins Bett.«

Er biss die Zähne zusammen.

»Cade, was willst du von mir?«, fragte ich verwirrt.

Er ging noch einen Schritt auf mich zu. Einige Sekunden vergingen. Seine Schultern senkten sich. »Ich weiß nicht«, flüsterte er.

Ich starrte in seine verwirrten Augen und wünschte, ich könnte seine Traurigkeit wegzaubern. »Cade, es tut mir leid.«

Er streckte die Hand aus und ich nahm sie automatisch. Er kam näher, bis uns nur noch einige Zentimeter trennten. Wir standen voreinander und starrten uns an. Ich wünschte, ich könnte seine Gedanken lesen.

Er senkte seinen Kopf und gab mir einen sehr sanften Kuss, der langsam immer intensiver wurde.

Ich ließ mich fallen und wollte ihm immer näher sein. Dann zuckte er plötzlich zurück. »Entschuldige«, murmelte er. »Das hätte ich nicht tun sollen.«

Darauf konnte ich nichts erwidern. *Mir* tat es nicht leid.

»Ich … ich gehe jetzt«, sagte er.

Ich wusste nicht, was ich darauf sagen sollte.

Ich sah Cade hinterher, wie er zum Transporter ging, einstieg und davonfuhr. Ich stand einfach nur da und starrte verwirrt in die Dunkelheit.

Dann drehte ich mich um und ging ins Haus.

In der Nacht konnte ich kaum schlafen. Die Ereignisse schwirrten mir im Kopf herum. Sid und sein Streit mit Cade, und ich – wie ich hilflos danebenstand. Cade, der mir sagte, dass ich nicht gehen sollte, und der dann seinen Ärger an mir ausließ. Das Gefühl seiner Lippen auf meinen, als er mich küsste. Dann die Entschuldigung. *Warum* hatte er sich entschuldigt?

Am nächsten Morgen schreckte mich Tante Tilly aus dem Schlaf, als sie an der Tür klopfte. »Em? Kommst du herunter?«

»Ja«, ich seufzte und rieb mir die Augen. »Gleich.«

»Ist alles okay?«

Nein, nicht wirklich. Ich wusste nicht, was ich Cade sagen sollte, wenn ich ihn das nächste Mal sah. Ich wusste nicht einmal, ob er mich sehen wollte. »Ich brauche noch ein bisschen«, sagte ich. »Ist das okay für dich?«

»Ja, klar.«

Ich hörte, wie sie wegging. Eine Stunde verging. Ich ignorierte Gwennys Anruf. Ich rief Jeremy nicht an, obwohl ich mir das vorgenommen hatte.

Ich konnte nur noch an Cade denken. Vor meinem inneren Auge ließ ich die Ereignisse der letzten Nacht immer und immer wieder an mir vorüberziehen.

Noch eine Stunde verging und ich spürte ein Grummeln in meinem Magen. Ich hatte Hunger. Endlich schwang ich meine Beine über die Bettkante, saß für eine Weile nur da und starrte aus dem Fenster. Ich fragte mich, was Cade wohl gerade tat. War er unten bei der Arbeit? Er hatte gesagt, dass er am Morgen noch Besorgungen machen musste.

Es klopfte an meiner Tür. Ich drehte mich um und sah, wie Tante Tilly eintrat. Sie setzte sich neben mich. »Falls du es noch nicht weißt, ich bin eine gute Zuhörerin. Und ich glaube, ich kann gute Ratschläge geben.«

Plötzlich stiegen Tränen in meine Augen. Es war mir wirklich unglaublich peinlich. Ich war noch nie eine Heulsuse gewesen. Meine Mutter und Großmutter hatten keine Geduld für so etwas.

Wenigstens hat Tante Tilly mich nicht auch noch getröstet. Zum Glück. Das hätte mich wahrscheinlich noch mehr zum Heulen gebracht. Stattdessen legte sie sich rücklings auf mein Bett und sah dem Ventilator an der Decke dabei zu, wie er langsam seine Kreise drehte.

Ein paar Minuten vergingen, und während ich aus dem Fenster starrte, gewann ich wieder Kontrolle über meine Emotionen. Mit einem tiefen Atemzug drehte ich mich zu ihr. »Ich weiß nicht, was ich tun soll.«

Sie betrachtete immer noch den Ventilator. »Geht es um Cade?«

Ich verdrehte meine Augen und nickte. »Ja.«

Sie lächelte. »Mir ist schon aufgefallen, dass ihr was füreinander übrig habt.«

»Was?«

Tante Tilly sah mich an. »Ich kenne Cade schon lange. Noch nie war er so begeistert von einem Mädchen.«

Bei diesen Worten meiner Tante setzte mein Herz kurz aus. Ich wartete, dass sie weiterredete, und als sie nichts sagte, fragte ich. »Was genau meinst du damit?«

»Ach, Em.« Tante Tilly seufzte und setzte sich auf.

»Wenn du nur sehen könntest, wie er dich anblickt, wenn du nicht hinsiehst. Und man merkt das noch an hundert anderen Dingen.«

Mein Herz setzte wieder aus. »Was für andere Dinge?«, fragte ich ein bisschen zu schnell.

Lächelnd streckte sie ihren Arm aus und legte ihre Hand auf meine Wange. »Em, das musst du schon selbst herausfinden.«

Ich wusste, dass sie recht hatte.

Ich packte mein Kissen, zog es an mich und drehte mich zur Seite, sodass ich meine Tante ansehen konnte. »Ich weiß nicht, was ich tun soll. Ich habe noch nie einen Typen wie Cade gekannt. Er weckt eine Million Gefühle in mir.«

Darüber lächelte sie.

»Und sein sexy Lächeln ...« Meine Augen weiteten sich vor Schreck. »Ich kann nicht fassen, dass ich dir das gerade gesagt habe.«

Tante Tilly lachte, während ich tiefrot anlief.

»Fredericks Vater war auch so. Dieser Mann konnte die unglaublichsten Gefühle in mir lostreten. Manchmal fühlte ich mich wie bei einer Achterbahnfahrt und manchmal war ich so ruhig wie noch nie zuvor.«

Ich seufzte. »Und dann ist da Jeremy. Er ist so süß, aber jedes Mal, wenn ich bei ihm bin, muss ich an Cade denken. Ich fühle mich echt ziemlich grauenvoll dabei.«

Tante Tilly strich mir über den Kopf. »Du musst dich nicht schrecklich fühlen. Du lernst. Vertraue deinem Instinkt. Du weißt, was richtig und was falsch ist. Und wenn du einen Fehler machst, musst du dich deshalb nicht schuldig fühlen.«

»Kannst du mir nicht einfach sagen, was ich tun soll?«

Sie gab mir einen flüchtigen Kuss auf die Wange und stand auf. »Tut mir leid, meine Kleine. Keiner kann das. Aber eines kann ich dir sagen: Du solltest ehrlich zu Jeremy sein. Mach ihm nichts vor. Das hat er nicht verdient.«

Ich nickte. Ich liebte den Trost und die Unterstützung, die Tante Tilly mir gab. Unglaublich, wenn ich daran dachte, dass ich sie erst vor ein paar Wochen zum ersten Mal getroffen hatte. Unvorstellbar. Es kam mir vor, als würde ich sie schon ein ganzes Leben lang kennen.

Tante Tilly ging zur Tür. »Du kannst jederzeit zu mir kommen, wenn du etwas auf dem Herzen hast. Du musst keine Angst haben. Mit mir kannst du über alles reden.«

Da gab es tatsächlich etwas, worüber ich mit ihr sprechen wollte.

Ich hätte so gerne mehr über den Streit in meiner Familie erfahren – aber ich wollte den Moment nicht zerstören.

Den Rest des Tages verbrachte ich alleine, döste in der Hängematte vor mich hin, lieh mir Fredericks Laptop und beantwortete die E-Mails, die sich in meinem Postfach angesammelt hatten. Ich machte mir eine große Schüssel mit fettigem Popcorn und las eine Romanze, die ich in einem Bücherregal gefunden hatte. Ich widmete mich sogar der Lektüre für mein Jura-Praktikum. Es war gut, Zeit für mich zu haben. Am nächsten Morgen war ich fest entschlossen, jeden Moment des neuen Tages zu genießen.

Domino beauftragte mich damit, Preiselbeer-Walnuss-Pfannkuchen zu machen. Obwohl ich immer noch an Cade denken musste, vergaß ich nicht, ein bisschen Muskatnuss hinzuzufügen und einen Schuss Orangensaft. Ich war froh darüber, denn die Gäste waren begeistert. So bekamen die Preiselbeeren mehr Pep und es verband die Geschmacksrichtungen perfekt mit dem Walnussaroma.

»Süße, du überrascht mich immer wieder«, sagte Domino, während er sauber machte.

Ich lächelte stolz und fragte ganz nebenbei: »Hast du … ist Cade da?«

»Tilly meinte, dass er vor Sonnenaufgang hier war. Er hat all seine Sachen erledigt. Dann hat er einen Zettel mit der Nachricht hinterlassen, dass er morgen wiederkommt.«

»Oh.« Ich versuchte, meine Enttäuschung zu verbergen.

Der Morgen kam und ging. Ich half Beth ein bisschen bei ihrer Hausarbeit. Ich spielte mit Frederick Schach. Aber die ganze Zeit über war ich nicht bei der Sache.

Ich versuchte, Jeremy anzurufen, erreichte nur seine Mailbox und hinterließ eine Nachricht. Das nächste Mal, wenn ich ihn sah, musste ich reinen Tisch machen.

Tante Tilly hatte recht. Es war nicht fair Jeremy gegenüber, wenn ich nicht wirklich in ihn verliebt war.

»Ist es okay, wenn ich mir ein Moped leihe?«, fragte ich Tante Tilly.

Den Rest des Tages hatte ich nichts vor, deshalb wollte ich ein bisschen auf der Insel herumfahren. Ich hatte kein bestimmtes Ziel. Ich wollte nur die warme Luft auf meinem Gesicht spüren.

Ich fuhr die Küstenstraße hinunter, an der Marina vorbei. Dort lag Sids Boot, aber ihn konnte ich nirgends entdecken. Ich tuckerte an dem Surfstrand vorbei und erinnerte mich an meinen Unterricht mit Cade. Ich fuhr in die Stadt und kurvte langsam durch die Gässchen. Ich machte mich sogar auf den Weg zum Flughafen und sah den Flugzeugen beim Starten und Landen zu.

Auf dem Weg nach Hause bog ich auf die kleine Straße zum Friedhof ein und fand Cade an demselben Grab, an dem ich eine Woche zuvor Sid gesehen hatte.

Cade sah auf, als ich den Motor des Mopeds abstellte. Sein Gesicht zeigte keine Regung, er sagte nichts, sondern starrte nur weiter auf das Grab.

Langsam ging ich auf ihn zu, bis ich neben ihm stand. Ich sah auf den Grabstein, auf dem DANA FARRELL in den Granit eingraviert war.

»Meine Mum«, sagte Cade.

Ich nickte.

Er griff unter sein T-Shirt und holte die Kette heraus, die er immer trug. »Das war ihr Ring.«

Ich lächelte und wusste nicht, was ich sagen sollte. Auf keinen Fall wollte ich diesen speziellen Moment mit ihm zerstören. Ich wollte mit ihm reden, aber ihn auch nicht drängen, etwas zu sagen.

»Mein Vater ist Alkoholiker«, sagte er sachlich.

»Oh.« Ich betrachtete ihn, wie er das Grab seiner Mutter anstarrte. Langsam streckte ich meinen Arm aus und nahm seine Hand. Er zog seine nicht weg, aber er ergriff meine Hand auch nicht.

Eine Weile standen wir schweigend so da und starrten auf das Grab seiner Mutter, beide in Gedanken. Ich war mir nicht sicher, wann es passiert war, aber plötzlich bemerkte ich, dass er seine Finger mit meinen verschränkt hatte. Ich hatte schon vorher mit Jungs Händchen gehalten, aber dieses Mal war es anders. Ich fühlte mich verbundener, so als ob jeder von uns die Hand des anderen brauchte.

»Erzählst du mir von ihr?«, fragte ich ruhig.

Mit einem kleinen Lächeln setzte er sich auf den Boden und zog mich zu sich.

»Sie war wunderschön«, sagte Cade. »Intelligent, abenteuerlustig, großherzig. Sie war immer für andere da. Und sie hatte das breiteste Lächeln überhaupt.« Cade schmunzelte bei der Erinnerung daran. »Ihr größter Fehler war, sich in Sid zu verlieben.«

Die Bitterkeit in seiner Stimme, als er von seinem Vater sprach, schnürte mir die Kehle zu.

»Sie waren schon in der High School ein Pärchen«, fuhr Cade fort. »Schon damals war er eine Katastrophe. Aber Mum war ihm komplett verfallen. Sie wäre ihm bis ans Ende der Welt gefolgt. Sie verteidigte ihn vor der ganzen Stadt, wenn alle ihr sagten, er sei ein Loser. Sie liebte ihn. Daran gab es für sie nichts zu rütteln.«

Er hielt inne und schüttelte den Kopf.

»Wie ist sie gestorben?«

Cade drehte sich zu mir und sah mich direkt an. In seinen Augen lag keine Regung. »Sie ist ertrunken, als sie mit Sid segeln war.«

Kapitel fünfzehn

Ich verharrte und ließ Cades Worte auf mich wirken.

Je länger ich so bei ihm saß, desto stärker spürte ich mein Herz klopfen.

»Cade …«

Er lachte bitter, sah weg und betrachtete wieder das Grab seiner Mum.

Ich schluckte und wünschte, mir würde dazu etwas Schlaues einfallen. »Was … was ist passiert?«, flüsterte ich.

»Sid war betrunken«, sagte Cade mit einer kaum hörbaren Stimme. »Dann wollte er segeln gehen. Mum ist mitgekommen. Nur einer der beiden ist zurückgekehrt.«

»Wo warst du?«, flüsterte ich.

Cade antwortete zuerst nicht und betrachtete nur weiter das Grab. Dann zog er seine Hand zurück und wischte sich über das Gesicht.

Ich hatte ganz vergessen, dass wir uns immer noch an der Hand hielten.

»Damals war ich erst zehn Jahre alt«, sagte er mit belegter Stimme. »Ich bettelte meine Mum an, nicht zu gehen. Sie hat nicht auf mich gehört. Ich rief ihr zu, sie solle mich mitnehmen. Sie hat einfach nicht auf mich gehört …«

Er fiel in Schweigen, sein Gesicht in den Händen vergraben. Verzweifelt versuchte er, seine Emotionen zu kontrollieren.

Ich legte meine Hand auf seinen Rücken.

»Meine Mum war gut mit deiner Tante befreundet«, murmelte er in seine Handflächen. »Sie setzte mich auf dem Weg zum Hafen am Pepper House ab … das war das letzte Mal, dass ich sie gesehen habe.«

»Oh Cade.« Ich rückte näher an ihn heran und legte ihm die Arme um die Schultern.

Als ich ihn umarmte, nahm er seine Hände nicht vom Gesicht. »Sid kam erst Wochen später zurück. Mum war nicht bei ihm.« Cade atmete tief ein. »Er sagte, dass er betrunken über Bord gefallen sei. Sie wollte ihn retten und ist ins Wasser gesprungen. Aber … die Strömung hat sie ergriffen und fortgerissen.«

»Oh mein Gott«, flüsterte ich.

Jetzt sah er mich an. »Deine Tante Tilly hat mich aufgenommen, wusstest du das? Der Raum, in dem du jetzt wohnst, war früher mein Zimmer.«

»Das wusste ich nicht.«

»Sid tauchte für kurze Zeit auf und verschwand dann wieder. Es verging ein ganzes Jahr, bis ich ihn wiedersah. Und seitdem war es immer das Gleiche. Fast so, als ob ich beide verloren hätte.« Cade drehte sich von mir weg und starrte auf die Bäume, die den Friedhof säumten. »Glaubst du, er gibt Tante Tilly wenigstens Geld für mich? Nein. Er kommt nur einmal im Jahr vorbei, bleibt für ein paar Tage und fährt dann in seinem Boot wieder weg.« Cade lachte wieder bitter. »Immerhin hat er sich bei deiner Tante ein-, zweimal bedankt.«

Es traf mich, wie bitter Cade klang. Bitter – ein Wort, das ich bisher immer nur im Zusammenhang mit älteren Leuten benutzt hatte. Mit Leuten, die eine Menge durchgemacht hatten. Cade war erst neunzehn, aber er hatte schon unglaublich viel Schmerz erfahren.

Wir schwiegen eine Weile. Immer noch saßen wir am Fuße des Grabs. Ich betrachtete von der Seite sein Profil und sein Kummer traf mich wie ein Schlag.

Ich setzte mich vor ihn und blickte in sein gequältes Gesicht, studierte die Biegung seiner Brauen, seine blauen Augen, die Stoppeln auf seinen Wangen und seinen starken Kiefer.

Dann lehnte ich mich vor und küsste ihn sanft auf die Wange. »Es tut mir so leid, Cade.« Ich wünschte, ich hätte mehr sagen können, aber etwas Besseres fiel mir nicht ein. Ich hoffte, er wusste, wie sehr ich es meinte.

Er hob den Blick, und seine Stirnfalte entspannte sich ein wenig, während er mich ansah. Ich erkannte unzählige Ausdrücke auf seinem Gesicht – Überraschung, Neugier, einen fragenden Ausdruck … und Verletzlichkeit – alles war mir lieber als sein Schmerz.

»Begleitest du mich wohin?«, fragte er mit leiser Stimme.

Ich lächelte. »Klar.«

Er hatte kein Moped, also setzten wir uns zu zweit auf meines. Cade fuhr den Hügel hinunter aus dem Friedhof und geradewegs durch das Stadtzentrum hindurch. Er bog in eine Seitenstraße und hielt vor einer Glasbläserei an. Er drosselte den Motor und stieg ab.

Ich hätte nur zu gerne gewusst, was wir bei einer Glasbläserei machten, aber ich sagte nichts.

Er ging nicht in das Geschäft, sondern bog in eine Seitenstraße ein. Ich folgte ihm bis zum Ende der Gasse, wo er durch eine unverschlossene Tür in einen schmalen Flur trat. Auf der rechten und linken Seite waren weitere Türen. Cade drehte an dem Knauf von einer der Türen auf der linken Seite und betrat einen schummrigen Raum. Ich folgte ihm und sah mich beim Eintreten um. Möbel aus Treibholz, cremefarbene Wände und ein Boden aus Hartholz.

»Hier sieht es aus wie im Pepper House«, kommentierte ich.

Cade lächelte. Es war das erste Lächeln, das ich seit einer ganzen Weile an ihm gesehen hatte.

»Deine Tante hat mir beim Einrichten geholfen.«

Meine Augen weiteten sich überrascht. »Ist das dein Zimmer?«

Ich drehte mich langsam im Kreis und betrachtete alles noch einmal genau. »Ich dachte, wenn man in sein eigenes Zuhause zieht, richtet man alles in seinem eigenen Stil ein.«

Cade zuckte mit den Achseln. »Das ist mein Stil.« Das war wieder der Cade, den ich kannte – nicht der Cade vom Friedhof.

Ich musste lachen. »Also wenn ich einmal ausziehe, dann richte ich meine Wohnung sicher nicht im Stil meiner Eltern ein.«

»Was für einen Stil haben sie denn?«

»Alles ist so zerbrechlich, modisch und teuer – man könnte es auch ungemütlich nennen. Das bin auf jeden Fall nicht ich.«

Cade musterte mich von oben bis unten. »Stimmt. Zerbrechlich und modisch – das bist wirklich nicht du.«

»Hey? Was soll das denn heißen?« Ohne den ironischen Unterton in seiner Stimme wäre ich wahrscheinlich beleidigt gewesen.

Cade lachte. »Beim Kennenlernen habe ich dich für den modisch-spießigen Typ gehalten. Aber jetzt«, er zuckte mit den Achseln, »jetzt bist du anders.«

»Anders?«

»Bodenständiger.«

Das war interessant. Ich fand nicht, dass ich mich irgendwie verändert hatte. »Du kanntest mich vorher nur nicht. Ich habe mich überhaupt nicht verändert.«

Er nickte. »Doch, das hast du.«

Ich dachte kurz darüber nach. Im Moment fühlte ich mich mehr wie ich selbst als je zuvor. Ich kochte regelmäßig, und ich bemühte mich nicht mehr tagein, tagaus, adrett und selbstsicher zu wirken. Ich fühlte mich wohl und war zufrieden.

»Soll ich dir eine Führung geben?«

»Sicher.«

Er zeigte auf die Wand auf der rechten Seite. »Auf der anderen Seite ist der Laden des Glasbläsers. Meine Mum hat dort gearbeitet, solange ich denken kann. Sie liebte Kunst und hat eine Ausbildung bei dem Glasbläser gemacht. Viele der Sachen in dem Laden waren von ihr.« Cade lächelte bei dem Gedanken daran. »Ich habe viel Zeit dort verbracht.«

»Hast du ein paar der Sachen?«

»Ja klar. Ich habe sie im Pepper House eingelagert.«

»Zeigst du sie mir mal?«, fragte ich ihn. Ich wollte diese Seite von ihm so gerne kennenlernen. Ich wollte wissen, wo er herkam. Ich wollte so viel über Cade Farrell wissen, wie ich irgendwie herausfinden konnte.

Er musterte mich für ein paar Sekunden neugierig mit seinem schiefen Lächeln.

Ich sah mich um. »Was ist?«

Er schüttelte den Kopf. »Nichts. Aber das hat mich noch nie jemand gefragt.«

»Oh.« Ich war mir nicht sicher, ob das gut oder schlecht war.

Cade drehte sich von der Wand weg, die ihn von der Glasbläserei und der Vergangenheit seiner Mum trennte. Er zeigte auf die andere Seite des Raums zu einer Mini-Küche. »Die Küche.« Er zeigte auf eine Futon-Couch. »Meine Couch und mein Bett.« Er zeigte auf zwei riesige Stühle aus Treibholz, zwischen denen ein Tisch stand. »Die Sitzgelegenheit für die Gäste.« Er zeigte auf eine alte Stereoanlage, die in einer Ecke stand. »Musik.« Er zeigte auf hohe Schränke, die vom Boden bis zur Decke reichten. »Stauraum.« Er zeigte auf den Boden. »Boden.«

Dann sah ich, wie seine Lippen zuckten, und musste lachen. »Okay, ich verstehe es. Mehr gibt es nicht.«

Er ging zur Küchenzeile. »Ein Getränk?«

»Gern.«

Cade durchwühlte den Kühlschrank, holte zwei Limos heraus und signalisierte mir, dass ich mich auf das Futon setzen sollte.

Für ein paar Sekunden saßen wir schweigend da und nippten an unseren Limos.

»Danke«, sagte er schließlich, »für das auf dem Friedhof.«

»Oh.« Ich lächelte. »Gern geschehen.«

»Ich bin ein hoffnungsloser Fall, was?« Cade stieß ein trockenes Lachen aus. »Alkoholiker-Vater, tote Mutter ...«

Ich sah ihn an. »Cade, wir alle haben unsere Probleme. Und ich finde überhaupt nicht, dass du ein hoffnungsloser Fall bist.«

Er nickte und nippte an seiner Limo. Ich starrte ihn an. Ich wollte so gerne mit ihm über unsere beiden Küsse sprechen. Ich wollte wissen, was er über uns dachte.

Stattdessen sagte er: »Und was für Sorgen hast du, Em? Du hattest doch wohl eine ziemlich behütete Kindheit. Ein bisschen spießig für meinen Geschmack, aber ...«

Ich kicherte über diesen Kommentar. Cade hatte nicht die geringste Ahnung. »Ich hatte es gut«, stimmte ich ihm zu. Ich erkannte jetzt, wie unterschiedlich wir waren. Meine Kindheit war stabil und ruhig gewesen, und er hatte mit Sids Alkoholismus zu kämpfen gehabt, war im Stich gelassen worden und hatte den Tod seiner Mum verkraften müssen.

»Aber es gut haben besteht aus viel mehr als guten Schulen und Klamotten«, bemerkte Cade weise. »Was bringen einem diese ganzen materiellen Dinge, wenn man sie nicht zu schätzen weiß? Ich bin mir sicher, du kennst Menschen, die so sind.«

So hatte ich das noch nie betrachtet, aber es klang richtig.

Cade beobachtete mich. »Irgendwie glaube ich, dass deine Eltern ziemlich hohe Erwartungen an dich haben und du dich bisher abgemüht hast, sie zu erfüllen.« Mit seinem Finger berührte er meine Brust. »Da drin ist die Person, die du wirklich sein willst. Ich glaube, du weißt nur nicht, wie du diese Person sein kannst, ohne deine Eltern zu enttäuschen.«

Ich starrte Cade an und fühlte die Wärme seines Fingers auf meiner Brust. Seine Worte gingen mir nahe. Niemand hatte mich jemals so klar gesehen. Er hatte recht. Ich war vollkommen auf das fixiert, was ich machen sollte und wie ich sein sollte – so sehr, dass ich mein wahres Selbst nicht sehen konnte.

Ich lachte nervös. »Hast du je daran gedacht, Psychologe zu werden?«

Er zuckte mit den Achseln und zog seinen Finger zurück. »Nein. Ich durchschaue andere nur leicht.«

Diese Seite an Cade überraschte mich. Er war so viel nachdenklicher und intelligenter, als ich je angenommen hatte. »Du hast recht. Meine Eltern und meine Großeltern haben hohe Erwartungen an mich. Sie haben klare Vorstellung davon, wie ich zu sein habe, und das versuche ich zu erfüllen.« Ich zuckte mit den Achseln. »Ich habe bisher nie wirklich darüber nachgedacht, es anders zu machen.«

»Das klingt, als würden sie dich ziemlich kontrollieren.«

»Kann schon sein«, stimmte ich zu. Mehr, als er es glaubte. »Und du? Weißt du, was du aus deinem Leben machen willst?«

Cade nippte an seiner Limo. »Ich denke schon. Ehrlich gesagt mache ich mir nicht so viele Gedanken darüber. Ich vertraue darauf, dass die Dinge sich einfach so ergeben werden. Ich probiere gerne alles Mögliche aus.«

»Ist das deine Beschreibung für ›keinen Schimmer‹?«, witzelte ich.

Er lachte. »Das trifft es ziemlich gut.«

Ich wusste, dass er Witze machte. Ich erinnerte mich, was ich von ihm bei unserem ersten Treffen gedacht hatte: *sexy Loser*. Jetzt wo ich ihn besser kannte, war ich mir sicher, dass er eines Tages sehr erfolgreich sein würde.

»Du hast also keinen Plan, was du mal machen willst?«

Er zwinkerte. »Ich arbeite an einem.«

Ich dachte daran, wie schnell Cade hatte erwachsen werden müssen. Er wusste wahrscheinlich sehr gut, was er machen wollte. Er wollte nur noch nicht darüber sprechen.

Ich beneidete ihn. Um seine Freiheit. Darum, dass er wusste, wer er war und was er wollte. Und darum, wie wohl er sich offensichtlich in seiner eigenen Haut fühlte.

Er streckte den Arm aus, nahm eine meiner Locken und ließ sie durch seine Finger gleiten. Er drehte sie um einen Finger, betrachtete mich, und je länger er mich ansah, desto schneller schlug mein Herz.

»Meine Schwester würde dir gefallen«, sagte ich. Ich wusste nicht, warum ich gerade jetzt an sie denken musste.

»Ja?«

Ich nickte, mein Gehirn war ganz benebelt von dem Gefühl, das seine Berührung bei mir auslöste.

»Sie ist toll. Es wäre so schön, wenn ihr alle sie kennenlernen könntet. Sie ist ein echter Freigeist. Sie würde hier fantastisch herpassen.«

Er nickte und lächelte mich an. Nach ein paar Sekunden wich er meinem Blick aus. »Also«, begann er und ich sah ihn erwartungsvoll an. »Wegen dem, was vor ein paar Tagen passiert ist …«

Jemand klopfte an der Tür und riss uns beide aus unseren Gedanken.

Cade stand auf und öffnete.

Es war eine ältere Dame. »Cade, mein Lieber, meine Toilette hat schon wieder ein Leck. Kannst du mal danach sehen?«

»Oh, ja. Klar.« Er drehte sich zu mir. »Meine Nachbarin. Das braucht sicher eine Weile. Nimm doch einfach das Moped.«

»Oh.« Ich sprang widerwillig auf die Füße. »Okay.«

Cade ging raus und ich nahm die Mopedschlüssel von seiner Ablage. Ich wollte nicht gehen. Ich wollte bleiben. Ich wollte, dass er weiter mit meinen Haaren spielte. Ich wollte mich weiter mit ihm unterhalten. Und am meisten wollte ich, dass er mich wieder küsste.

Kapitel sechzehn

Am nächsten Morgen machte ich mich in meinem Zimmer für den Tag fertig. Es war albern, aber irgendwie wirkte der Raum jetzt anders auf mich, jetzt wo ich wusste, dass Cade hier geschlafen und gelebt hatte.

Mein Telefon summte.

Was machst du zum Frühstück?

Ich schrieb Gwenny zurück.

Keine Ahnung. Bin mit anderen Dingen beschäftigt.

Oh?

Ich ruf später an. Viel zu erzählen.

Unbedingt!

Ich lächelte, klappte mein Handy zu und schlüpfte in meine Flip-Flops. Dann ging ich in den Flur.

Frederick war schon wach und lag lesend auf dem Bett. »Guten Morgen«, grüßte ich ihn und er sah mich lächelnd an.

Tante Tillys Tür stand offen, ihr Bett war schon gemacht.

Ihr Betthimmel aus dünnem Stoff wogte leicht im Wind. Ich späte in das Zimmer. Sie war schon verschwunden.

Auf halben Weg die Treppe hinunter sah ich Cade mit nacktem Oberkörper über ein Moped gebeugt. Sofort erinnerte ich mich an den Tag meiner Ankunft. Ich hatte aus dem gleichen Fenster gesehen und Cade beobachtet, wie er einen Strauch schnitt. Niemals hätte ich gedacht, dass wir uns einmal so gut verstehen würden.

Der Tag gestern in seinem Apartment war viel zu schnell vergangen. Wie gerne wäre ich stundenlang dort gesessen, hätte mit ihm geredet und mich in seinen blauen Augen verloren und mich dabei mehr und mehr in ihn verliebt.

Wie Cade vorgeschlagen hatte, war ich nach Hause gefahren, und den ganzen Weg über hatte ich an ihn gedacht. Ich war in Gedanken immer noch bei ihm gewesen, als ich zu Abend gegessen und mich fürs Bett fertig gemacht hatte, als ich versucht hatte einzuschlafen und als ich aufgewacht war …

Domino war in der Küche und räumte verschiedene Zutaten aus dem Kühlschrank. »Hey Süße. Wir machen heute ein Essen aus dem Süden. Crêpes mit Schokoladensoße.«

»Nur beim Gedanken daran nehme ich schon zu«, witzelte ich und Domino lachte.

Wir beide begannen mit der Arbeit. Beim Rühren und Ausrollen des Teigs wanderten meine Gedanken zu Cade.

Er hatte eine sehr tiefgründige Seite an sich, die mich überraschte, begeisterte und faszinierte. Ich wollte mehr über ihn erfahren – und ich wollte wissen, wo wir standen.

Wir machten das Frühstück. Tante Tilly und Frederick bedienten die Gäste. Beth schaute vorbei und schnappte sich ein paar Happen, bevor sie sich an ihre Arbeit machte. Domino und ich machten die Küche sauber, und gerade als ich die letzten Crêpes aufeinandertürmte, kam Cade herein.

»Riecht gut«, kommentierte er.

Ich versuchte so beiläufig wie möglich zu klingen. »Danke.«

»Bedien dich«, sagte Domino, ging raus und ließ Cade und mich alleine.

Cade griff sich ein Crêpe und biss davon ab. Er sagte nichts und die Stille machte mich unsicher.

Ich räusperte mich. »Sind die Crêpes gut?«

Er nickte, nahm noch einen Bissen und sah mich an.

Ich wusste nicht, was ich erwartet hatte, aber diese peinliche Stille war es ganz sicher nicht. »Durstig?«

Cade nickte.

Ich konzentrierte mich darauf, meine Hände ruhig zu halten, ging zum Schrank und nahm ein Glas. Dann ging ich zum Kühlschrank und holte Milch heraus. Ich stellte beides auf die Anrichte und sah ihn an. Er kaute und betrachtete mich.

Ich schenkte Milch ein, brachte den Krug zurück zum Kühlschrank und stellte das Glas vor Cade. Dann beschäftigte ich mich damit, die saubere Anrichte abzuwischen.

Was war los? Warum sagte er nichts?

Ich hörte, wie er das Glas von der Anrichte nahm, und hob den Blick. Er nahm einen Schluck und sah mich an. Ich lächelte und durchforstete mein Gehirn nach irgendetwas, was ich sagen konnte. Aber es fiel mir einfach nichts ein.

Frederick kam herein. »Hey, Cade.«

»Hey.«

Frederick stellte ein paar schmutzige Teller in die Spüle. »Ich gehe zum Haus eins und helfe Beth. Oh, Em, Jeremy hat angerufen«, sagte er im Hinausgehen zu mir.

Bei dem Kommentar sah ich sofort zu Cade.

Er nahm noch einen Schluck Milch. »Jeremy also. Aha.«

Ich zuckte mit den Achseln. »Er ist ein netter Typ.«

»Und … seid ihr jetzt zusammen?«

Ich schluckte und antwortete ehrlich. »Wir hatten ein paar Dates.«

Er ging zur Spüle und stellte sein leeres Glas in das Seifenwasser. »Was würdest du sagen, wenn ich dich fragen würde, ob du mit mir ausgehen willst?«

In meinem Bauch kribbelte es. »Ich würde Ja sagen.«

»Morgen?«

Ich lächelte. »Okay.«

Er lächelte und zeigte auf das dreckige Geschirr. »Brauchst du Hilfe?«

Ich drehte mich zur Spüle. »Nein, schon okay. Ich mach das.« Ich griff in das Wasser und begann mit dem Abwasch. Ich hatte gerade einen Teller abgespült, als ich bemerkte, dass Cade immer noch neben mir stand. Er war näher an mich herangerückt. So nah, dass ich die Wärme seines Körpers spürte.

Ich versuchte, mich auf den Abwasch zu konzentrieren, aber mit Cade so nah neben mir ging das nicht.

»Danke noch mal«, murmelte er. »Für gestern.«

Ich sah über meine Schulter hinweg in seine sanften, gefühlvollen Augen. Ich wusste nicht, was ich erwartet hatte, aber das hier bestimmt nicht. »Gerne«, murmelte ich.

Cade rückte noch näher an mich heran und küsste mich sanft auf die Wange. »Ich seh dich morgen«, flüsterte er und trat einen Schritt zurück. »Wir gehen gleich nach dem Frühstück los.«

Ich nickte. »Okay.«

Dann war er verschwunden.

Ich wusste nicht, wie lange ich auf den Platz starrte, an dem er gerade gestanden hatte, und über das nachdachte, was er gesagt hatte. Ich konnte nicht sagen, wie lange ich noch die Wärme seiner Körpers auf meiner Haut spürte. Ich wusste gar nichts mehr. Erst das Klingeln an der Tür holte mich aus meiner Trance.

Ich wischte mir die Hände am Geschirrtuch ab und ging aus der Küche ins Esszimmer. Beim Blick aus dem Fenster sah ich Tante Tilly und Domino – sie standen draußen und unterhielten sich über irgendetwas. Ich warf mir das Handtuch über die Schulter und ging in die Lobby.

Ein großer Mann stand bei dem Schachbrett und studierte den letzten Zug von Frederick und mir. Er trug eine khakifarbene Hose, ein weißes Polohemd und eine blaue Sportjacke. Er hatte gepflegtes, kurzes grauschwarzes Haar, mehr grau als schwarz. Er musste um die vierzig oder fünfzig sein. Sicher alt genug, um mein Vater zu sein. Aber ich fand, dass er gut aussah. Zumindest für einen älteren Typen. Und irgendetwas an ihm kam mir bekannt vor.

»Hi«, grüßte ich ihn.

Er drehte sich um. »Oh, hallo.« Er nickte in Richtung Tür. »Ich habe ein paar Mal geklingelt, aber keiner hat aufgemacht. Dann bin ich einfach hereingegangen. Ich hoffe, das ist okay.«

Ich lächelte. »Natürlich. Kann ich Ihnen helfen?«

Er ging mit ausgestreckter Hand auf mich zu. »Harold Lemley.«

Harold Lemley. Sein Name kam mir bekannt vor. Ich durchsuchte meine Hirnwindungen und versuchte mich zu erinnern, wo ich ihn schon einmal gehört hatte …

»Ich habe reserviert«, fuhr er fort. »Sind Sie Tilly?«

»Nein, Tilly ist meine Tante. Ich bin Em. Schön, Sie kennenzulernen. Woher kommen Sie?«

»Ursprünglich bin ich aus Sacramento. Aber im Moment ist mein Zuhause, wo mein Boot mich hinbringt.«

»Ihr Boot.« Langsam begriff ich, wo ich ihn schon einmal gesehen hatte. »Oh, Sie sind der Besitzer der großen Jacht im Hafen?«

Er nickte. »Der bin ich.«

»Ich habe mich schon gefragt, ob Sie ein Filmstar oder so etwas Ähnliches sind.«

Harold lachte. »Wohl kaum.«

Ich lächelte. »Sie haben einen ziemlich eindrucksvollen Bodyguard, wussten Sie das?«

»Was?«

Ich erzählte ihm von meinem Spaziergang am Hafen und von dem großen Mann, der vor seiner Jacht Wache gehalten hatte.

Harold musste lachen. »Das ist mein jüngerer Bruder. Er ist mein

Sicherheitsmann. Manchmal nimmt er seinen Job ein bisschen zu ernst. In den letzten Monaten hatten wir Probleme mit Vandalen und jetzt ist er ziemlich auf der Hut. Dafür muss ich mich wohl entschuldigen.«

Ich winkte ab. »Das ist schon okay.« Ich hätte ihn zu gerne gefragt, was er beruflich machte und wie er sich eine so große Jacht leisten konnte. Aber die Frage wäre unhöflich gewesen.

»Sie wollen also für eine Weile wieder festen Boden unter den Füßen haben?«

»Ja. Mein Boot muss repariert werden. Deshalb bin ich hier.«

»Em?« Tante Tilly rief meinen Namen.

»Ich bin drinnen«, antwortete ich.

Sie kam hereingeeilt. »Beth braucht …« Sie hielt inne.

»Oh …« Sie blickte Harold Lemley an. »Hallo.«

Er lächelte. »Hallo.«

»Ich sehe mal nach, ob Beth Hilfe braucht«, sagte ich und ließ die beiden alleine. »Es war schön, Sie kennenzulernen, Mr. Lemley.«

»Ebenfalls.«

Während sich die beiden unterhielten, ging ich und machte mir Gedanken über seinen Namen. *Harold Lemley*. Irgendwo hatte ich ihn *definitiv* schon einmal gehört.

Kapitel siebszehu

Am nächsten Morgen rief Jeremy an und fragte, ob es für mich in Ordnung sei, wenn wir einfach nur Freunde wären. Eigentlich hätte ich erleichtert sein müssen, schließlich wollte ich ihm das Gleiche sagen. Trotzdem fand ich die Situation komisch.

Es fühlte sich an, als hätte ich zu viel Zeit verstreichen lassen. Ich hätte ihn anrufen sollen, nicht umgekehrt. Mir kam es vor, als hätte ich alles falsch gemacht und einen Freund verloren.

Er sagte mir, dass er Kontakt halten wollte, trotzdem war das Ganze seltsam. Ich hatte mich nicht richtig verhalten. Ich hätte ehrlich zu ihm sein müssen.

»Welche Laus ist dir denn über die Leber gelaufen?«, fragte Tante Tilly, als sie in mein Zimmer kam.

Ich kicherte halbherzig über ihren Kommentar. »Sehe ich so deprimiert aus?«

Sie nickte. »Willst du darüber reden?«

Ich setzte mich auf die Bettkante und erzählte ihr von dem Anruf. »Ich fühle mich schlecht. Ich habe ihn nicht richtig behandelt. Und jetzt habe ich ein Date mit Cade. Wie kann ich mich mit ihm amüsieren, wenn ich mich wegen Jeremy schuldig fühle?«

Tilly setzte sich neben mich. »Sosehr du es auch versuchst, Em. Du bist nicht perfekt. Du wirst Fehler machen. Warte ein bisschen ab und rufe Jeremy dann an und entschuldige dich. Es ist das Richtige. Mach dich deshalb nicht fertig.«

Ich nickte.

Tilly stand auf. »Jetzt amüsiere dich mit Cade und mach dir später Gedanken darüber.«

Ich versuchte, meine Melancholie zu vertreiben, und ging nach unten. »Hey, Domino«, sagte ich und ging in die Küche. »Weißt du, wo Cade ist?«

»Hallo Süße, ich wünsche dir auch einen wunderschönen guten Morgen.«

Ich verdrehte gespielt die Augen.

»Cade ist noch nicht aufgetaucht.« Domino wedelte mit einem Rührbesen vor mir herum. »Aber ich habe schon gehört, dass ihr beiden ein heißes Date habt.«

Ich wurde rot. »Ich weiß nicht, wovon du sprichst.«

Domino lachte. »Ach bitte. Hier gibt es keine Geheimnisse.«

»Aha, dann weißt du sicher auch, was wir machen und wo wir hingehen«, sagte ich.

Domino zeichnete ein X über seine Lippen. »Diese Info ist topsecret.« Er warf einen Apfel nach mir. »Los jetzt. Je eher du mit dem Frühstückmachen anfängst, desto eher kommst du hier wieder raus.«

Ich entkernte mehrere Äpfel und machte sie bereit für den Ofen. Mit jedem Apfel fühlte ich mich ein bisschen besser. Tilly hatte recht. Ich war nicht perfekt. Und ich sollte mir wegen Jeremy keine Vorwürfe machen.

Ich bereitete mit Domino zusammen die letzten Essen vor und half Frederick und Tante Tilly dann dabei, die Gäste zu bedienen. Als ich gerade einen Spüllappen auswrang, erschien Cade im Türrahmen.

»Fertig?«

Ich nickte und band meine Schürze ab. »Wohin gehen wir? Was soll ich einpacken?«

»Nichts. Ich habe schon alles. Hauptsache, du hast deinen Bikini an.«

Wir verabschiedeten uns, gingen zum Transporter und stiegen ein. Auf dem Rücksitz lagen ein paar Seesäcke und eine Kühlbox. Alles war verschlossen. Ich hatte keine Ahnung, was Cade geplant hatte.

»Was ist in den Säcken?«, fragte ich. Ich war so aufgeregt, dass ich unruhig auf meinem Sitz hin und her rutschte.

Cade lachte. »Das findest du schon noch raus.«

»Noch nie hat jemand einen Überraschungstag für mich geplant.«

»Keiner hat dich je zuvor überrascht?« Er stellte den Motor an. »Dann wird es höchste Zeit.«

Wenn ich genau darüber nachdachte, dann hatte ich immer genau gewusst, was als Nächstes passieren würde. Es war immer klar gewesen, was meine Familie von mir erwartete. In den letzten Wochen hatte ich mehr im Moment gelebt als je zuvor.

Unglaublich. Ich, Elizabeth Margaret, wurde spontan.

Cade fuhr auf die Küstenstraße. »Worüber lachst du?«

»Über mich.« Und darüber musste ich noch mehr lachen. »Ich liebe diese Spontanität. Mein Leben war viel zu vorhersehbar.«

Cade sah mich amüsiert an. »Du solltest dich geehrt fühlen.«

»Warum genau?«

»Normalerweise habe ich kein Skript. Dass ich den Tag vorausgeplant habe, das heißt schon was.«

Ich hängte meinen Arm aus dem offenen Fenster. »Ich fühle mich geehrt. Scheint fast so, als würden wir heute beide unsere gewohnten Bahnen verlassen.«

Er lächelte. »Sieht so aus.«

Wir fuhren eine Weile mit offenem Fenster dahin. Die Meeresluft wehte herein. Wir brausten am Hafen vorbei und ich schaute ganz automatisch nach Sids Boot. Es war nicht da.

Wir fuhren an der Stelle vorbei, an der wir surfen gegangen waren. Ein paar Minuten später fuhr Cade rechts ran und parkte an der Küstenstraße.

Er stellte den Motor ab. »Erster Stopp«, sagte er und öffnete die Fahrertür.

Ich stieg aus und blieb mit starr nach unten gerichtetem Blick wie angewurzelt stehen. Wir standen direkt auf einem Felsvorsprung, unmittelbar vor uns ging es steil in die Tiefe. Wellen rollten donnernd gegen die Felsen und brachen sich, Gischt sprühte nach oben über die Klippen.

»Es ist wunderschön hier«, sagte ich.

Cade nahm meine Hand. »Das ist noch gar nichts.«

Er führte mich hinter den Transporter, duckte sich unter zwei Palmen hindurch und betrat einen steinigen Weg, der von wilden Büschen eingerahmt war.

Ich betrachtete den Weg, der sich steil nach unten wand, und zögerte.

Cade zog mich sanft an der Hand. »Komm schon.«

Ich nickte und folgte ihm. Auf dem Weg nach unten hielt ich mich an den Büschen fest und versuchte so gut es ging die Landschaft zu genießen. Der ganze Felsen war mit Vegetation überzogen, die so dicht war, dass man kaum etwas anderes sehen konnte. Das Unterholz reichte so hoch, dass ich nur flüchtige Blicke auf den Ozean werfen konnte.

»Das ganze Grün erinnert mich an Irland. Gwenny und ich haben einmal so eine alte Universität besichtigt, und wir konnten kaum glauben, wie viel Efeu und Grünzeug dort wuchs. Es war einfach wunderschön.«

»Das klingt toll«, stimmte Cade mir zu, als wir den Pfad hinuntergingen. »Wie hieß die Uni?«

»Ich kann mich nicht mehr an den Namen erinnern.«

»Hat sie ein bisschen so ausgesehen wie Harvard?«

»Harvard?«

»Ja. Tante Tilly hat mir erzählt, dass du da hingehst.«

»Stimmt. Ich werde Anwältin und arbeite später mal in der Firma meines Vaters.«

Das war meine Standardantwort. Die Antwort, die mein Vater allen schon immer gegeben hatte. Und eine Antwort, die auch ich ganz selbstverständlich allen gab.

»Wirklich.«

Seine Reaktion war keine Frage, sondern eine Feststellung. Ich war daran gewöhnt, dass andere von meinen Plänen – oder besser von den Plänen meines Vaters – beeindruckt waren, nicht, dass es sie so völlig kalt ließ.

»Was willst du denn wirklich machen?« Er blickte über seine Schulter und sah mich mit seinem unwiderstehlichen schiefen Lächeln an.

»Ich … ich … am liebsten wäre ich eine Köchin.«

Er ging um einen überhängenden Busch herum und hielt ihn für mich zur Seite. »Das kann ich mir bei dir verdammt gut vorstellen.«

Mein Herz hüpfte vor Freude. »Wirklich?«

Cade nickte zustimmend. »Jep. Dein Essen ist wirklich was Besonderes.«

Darüber musste ich lachen. »Aber im echten Leben werde ich Anwältin.«

Er blieb stehen und drehte sich zu mir um. »Warum? Weil dir das jemand gesagt hat?«

»Na ja … ja, stimmt schon irgendwie.« Ich fühlte mich ziemlich dämlich, als ich das zugab. »Das ganze Studium ist schon bezahlt.«

Cade sah mich ungläubig an. »Ach echt. Es wurde bezahlt. Du meinst, dein Vater hat der Uni im Voraus einen Scheck für so und so viele Jahre Studium ausgestellt?«

»Nein, natürlich nicht. Es liegt auf einem Bankkonto und ist für mein Studium reserviert.«

Cades Augenbrauen hoben sich. »Reserviert? Hörst du dir manchmal auch selber zu? Em, es ist toll – *großartig* –, dass deine Eltern

Geld für dich und die Uni beiseitegelegt haben. Aber wenn du nicht auf die Uni gehen möchtest, dann tu es nicht. Wenn du lieber auf eine Kochschule gehen willst, dann mach das.«

Ich seufzte. »Aber für die Kochschule würden sie niemals zahlen.«

»Dann zahl doch selber dafür.«

»Aber ...« Ich starrte ihn an und er starrte zurück. Und je länger ich ihn ansah, desto sicherer war ich mir, dass er recht hatte. Wenn ich wirklich eine Köchin werden wollte, musste ich es tun. Ob jemand dafür bezahlte oder nicht. »Aber sie würden sich furchtbar aufregen. Sie wollen nicht, dass ich das mache. Sie haben ganz andere Pläne mit mir. Verdammt, ich bin Klassenbeste. Klassenbeste können doch nicht auf eine Kochschule gehen.«

»Warum nicht?«

»Weil ...« Ich dachte für ein paar Sekunden darüber nach, aber mir fiel keine vernünftige Erklärung ein. Wer hatte je gesagt, dass Klassenbeste nicht auf eine Kochschule gehen können?

»Früher oder später wirst du herausfinden, dass es dein Leben ist. Du kannst es nicht jedem recht machen. Jetzt hast du noch die Chance, etwas zu ändern, bevor du zu weit in der Jurasache drinsteckst.«

Cade hatte recht. Ich sollte damit aufhören, jemand zu sein, der ich nicht sein wollte.

»Tilly hat mir einmal gesagt, dass man niemand anderen glücklich machen kann, wenn man selber nicht glücklich ist«, sagte Cade. »Ich glaube, das stimmt.«

»Machst du deshalb immer das, was du machen willst?«

»Verdammt richtig.« Er lehnte sich vor. »Klassenbeste also? Das ist ziemlich sexy.«

Bei diesen Worten wurde ich rot.

Cade schob einen Busch zur Seite. »Wir sind da«, verkündete er.

Ich tauchte unter dem Strauch hindurch und gelangte zu einem kleinen Fleckchen Sand.

Dann drehte ich mich herum und sah den Weg hoch, den wir gekommen waren.

»Wow, ich habe gar nicht bemerkt, dass wir so weit gegangen sind!«

Cade nickte. Er zog seine Schuhe aus und knüpfte sie oben an einen Strauch. Ich folgte seinem Beispiel, schlüpfte ebenfalls aus meinen Schuhen und gab sie ihm, damit er sie auch anknüpfen konnte.

Er nahm meine Hand. »Komm mit.«

Er ging den schmalen Strand entlang, das Wasser berührte fast unsere Zehen. Ein riesiger Felsbrocken, der so groß war, dass wir nicht mehr weiterkamen, stand vor uns. Zwischen dem Felsbrocken und der Felswand sah ich eine winzige Öffnung.

Immer noch meine Hand haltend, schob sich Cade seitlich in die Öffnung. Ich folge ihm.

Ich hatte noch nie Angst vor der Dunkelheit gehabt, aber der Ort, den wir betraten, war dunkler als alles, was ich je zuvor erlebt hatte.

Ich packte seine Hand fester und folgte ihm blindlings. »Wohin gehen wir?«

»Hast du Angst?«, hörte ich das Echo seiner Stimme fragen.

»Nein.« *Ja.*

Meine nackten Zehen berührten den nassen Sand, und ich betete, dass ich nicht auf ein komisches giftiges Meereslebewesen trat. Gischt spritzte mir ins Gesicht und ich zuckte zurück.

»Bist du okay?«

»Hm-hm.«

In dem Moment, als ich das Echo meiner gemurmelten Antwort hörte, bemerkte ich einen hellen Punkt vor uns. Ich hielt Cades Hand und folgte ihm ins Licht. Ein paar Sekunden später stiegen wir aus dem dunklen Tunnel und betraten den schönsten Ort, den ich in meinem ganzen Leben gesehen hatte.

Kapitel achtzehn

»Es ist unglaublich schön hier«, flüsterte ich und starrte ungläubig geradeaus, unfähig, mehr herauszubringen.

Immer noch meine Hand in seiner, führte Cade mich in einen unterirdischen Raum, in dem ein kristallklarer blauer See glänzte. Sonnenlicht strömte von oben herein und brachte die Wasseroberfläche zum Funkeln. In der Mitte lag eine kleine, sandige Insel und um den See wand sich ein Kiesweg. Die Wände der Höhle gingen gut fünfzehn Meter nach oben, wo eine Öffnung den Blick auf den Himmel und die Sonne freigab.

Cade drehte sich lächelnd zu mir. »Das ist Wahnsinn, oder?«

Ich nickte, sprachlos von dem Naturwunder vor mir.

»Der See wird von unten gespeist. Der Ozean kommt durch den Tunnel unter uns und füllt den See.«

Ich sah mich um. »Wie hast du den Ort hier denn gefunden?«

Er lächelte. »Meine Mum hat ihn mir gezeigt.«

Ich betrachtete den See genauer. »Ich habe nichts darüber in meinen Reiseführern gefunden. Und als ich wusste, dass ich herkomme, habe ich *alles* über die Insel gelesen.«

Cade zog sein Shirt aus. »Wir Einheimischen behalten gerne ein paar Geheimnisse für uns. Und außerdem ist hier nicht immer Wasser. Wahrscheinlich interessieren sich deshalb nicht so viele Touristen dafür.« Er ging zum Wasser. »Komm mit.«

Ich hob meine Brauen. »Was?«

»Sag jetzt nicht, dass du Angst hast.«

Ich sah den spöttischen Ausdruck in seinen Augen. »Vielleicht.«

»Mach dir keine Sorgen. Ich bin doch da.« Er warf sein Shirt auf den Boden und sprang ins Wasser, tauchte tief ein und kam langsam wieder hoch. Während er an die Oberfläche kam, warf er seinen Kopf zurück und eine Wasserfontäne spritzte in hohem Bogen von ihm weg.

»Kommst du?«, fragte er.

Ich zog mir mein Shirt über den Kopf, legte meine Caprihose ab und stieg in meinem praktischen Bikini (nicht in dem knappen) in das warme Wasser.

»Komm.« Er tauchte wieder unter.

Wir schwammen für eine Weile, genossen die Wärme des unterirdischen Sees, tauchten unter und wieder auf. Ich fühlte mich wie eine Meerjungfrau und verlor mich vollkommen in dem Moment.

Irgendwann öffnete ich unter Wasser die Augen und war begeistert, wie klar ich alles erkennen konnte. Unter der Oberfläche drehte ich mich herum und entdeckte Cade, wie er mich lächelnd beobachtete. Er winkte und ich lachte gurgelnd.

Cade zeigte nach oben und ich folgte ihm. Er deutete auf die Mitte des Sees zu der sandigen kleinen Insel.

»Lass uns dahinschwimmen.«

Ich nickte. »Klingt gut.«

Seite an Seite schwammen wir zu der Insel. Unter der Oberfläche konnte ich sehen, wie sich die Insel langsam formte – Stein auf Stein, dann schließlich Sand. Als es flach genug war und man stehen konnte, wateten wir den Rest des Wegs.

Ich wischte mir das Wasser aus den Augen und sah zu Cade hinüber. »Ich bin so froh, dass ich mit dir ins Wasser gekommen bin.«

Er warf mir von der Seite einen Blick zu und sagte: »Ich wusste, es würde dir gefallen.«

Wir stiegen aus dem Wasser und Cade ließ sich rücklings in den Sand fallen. Er schloss die Augen und atmete tief aus. »Ich bin am Verhungern.«

»Ich auch.« Ich legte mich neben ihn und machte die Augen zu.

»Im Transporter habe ich jede Menge Essen«, sagte er.

»Mann, geht es uns hier gut.«

Cade lachte. »Und wie.« Er nahm meine Hand. Wir lagen nebeneinander mit verschränkten Fingern und geschlossenen Augen. Ich ließ meine Gedanken schweifen. Ich dachte an mein früheres Leben, bevor ich hierher gekommen war, und an meine Mum, meinen Dad und meine Großmutter. Das alles schien mir jetzt so unendlich fern. Ich fühlte mich wie ein anderer Mensch. Unglaublich, was ein paar Wochen ausmachen konnten. Ich dachte an meine Tante und an den Sommer. Und an die Menschen, die ich kennengelernt hatte, und an Cade. Ich dachte an diesen Tag und das Schwimmen im unterirdischen See und dass wir nun im Sand herumlagen.

Ich fühlte mich … friedlich und unglaublich entspannt. An keinem Ort wäre ich jetzt lieber gewesen als an diesem. Und keine andere Person hätte ich lieber an meiner Seite gehabt als Cade.

»Was ist die schönste Erinnerung in deinem Leben?«, fragte er sanft.

Über seine unerwartete Frage musste ich lächeln. »Ich glaube, dieser Moment jetzt und hier steht so ziemlich auf Platz eins.«

»Und davor?«, fragte er.

Mit geschlossenen Augen durchforstete ich mein Gehirn und ging so weit zurück, wie ich nur konnte. »Das ist lange her. Damals muss ich fünf oder sechs Jahre alt gewesen sein. Ich saß mit meinem Dad in einem großen Stuhl. Ein Feuer knisterte und er strich mir über die Haare und las mir aus einem Buch vor.«

Ich lächelte, als ich mich daran erinnerte.

»Warum ist das dein Lieblingsmoment?«, murmelte Cade.

Darüber dachte ich kurz nach. »Ich glaube, weil das einer der wenigen Momente in meinem Leben war, in denen mein Dad nicht förmlich mit mir umgegangen ist. Er war einfach nur mein Dad.« Und danach hatte ich mich später oft gesehnt.

»Und was ist mit dir?«, fragte ich Cade. »Was ist deine schönste Erinnerung?«

Er antwortete nicht sofort.

Ich machte die Augen auf, drehte den Kopf zur Seite und sah, wie er auf die Öffnung der Höhle und den Himmel hoch über uns blickte.

»Interessant, dass deine Lieblingserinnerung mit deinem Dad zu tun hat«, murmelte Cade.

»Warum?«, flüsterte ich.

»Weil das bei mir genauso ist.«

»Wirklich?«

Seine Antwort überraschte mich. Ich hätte erwartet, dass seine Erinnerung mit seiner Mum zu tun hatte.

»Damals muss ich im gleichen Alter wie du gewesen sein – fünf, vielleicht auch sechs. Sid und ich sind in einem kleinen Ruderboot fischen gegangen. Wir ankerten auf der anderen Seite der Insel in einer kleinen Bucht. Wir haben den ganzen Tag einfach geangelt und geredet«, Cade kicherte, »und uns einen Mega-Sonnenbrand geholt. Wir haben nichts gefangen und sind abends hungrig und durstig nach Hause gekommen. Mum hat uns wegen des Sonnenbrands die Hölle heißgemacht, aber Sid und ich, wir haben einfach nur gelacht.«

Cade verstummte und mein Herz klopfte schneller.

»Warum ist das dein Lieblingsmoment?«, wiederholte ich dieselbe Frage, die er mir vorher gestellt hatte.

Cade schluckte. »Weil das einer der seltenen Momente war, in denen Sid sich wie ein echter Dad benommen hat.«

Ich stützte mich auf einem Arm ab und sah zu ihm hinüber. »Es tut mir so leid.« Ich strich ihm ein paar Strähnen nasses Haar aus der Stirn.

Er schloss die Augen, und ich fuhr fort, sein Haar zu streicheln. Dabei betrachtete ich sein unglaublich schönes Gesicht. Und je länger ich ihn ansah, desto mehr wollte ich ihn küssen.

Ich rutschte näher an ihn heran und bewegte meine Lippen sanft zu seinen. Cade erwiderte meinen Kuss, schlang die Arme um mich und hielt mich fest im Arm. Er rollte mich auf den Rücken, sein Körper halb auf meinem. Wir küssten uns lange und immer leidenschaftlicher.

Cades Bewegungen brachten mich auf andere Gedanken. Er küsste meinen Hals. Ich ließ meine Hand an seinem Rücken herabgleiten und spürte seine starken Muskelstränge.

Er arbeitete sich weiter nach unten vor und küsste sanft mein Schlüsselbein. Ich fühlte seine Hände an mir herabgleiten. Dann bewegte er sie wieder nach oben, rieb seine Nase liebevoll gegen meine und stand langsam auf.

Mit ausgestreckter Hand sagte er lächelnd. »Komm, lass uns zurückgehen.«

Ich nahm seine Hand und Cade ging mit mir zum Wasser. Zusammen schwammen wir durch den unterirdischen See zurück, gingen an Land und suchten unsere Klamotten zusammen.

»Warte, bis du siehst, was ich zu essen mitgebracht habe«, sagte er zu mir und zog sich sein T-Shirt über.

Ich lächelte. Ich liebte dieses Date. Liebte es, bei ihm zu sein.

Mit verschränkten Fingern gingen wir durch den dunklen Tunnel nach draußen. Ich folgte ihm über den schmalen Strand, dorthin wo wir unsere Schuhe an den Busch gebunden hatten. Er nahm seine Schuhe und gab mir meine.

»Essen wir hier oder …?«

»Das siehst du schon noch«, neckte er mich und führte mich den Pfad entlang zum Auto.

Wir stiegen ein, er startete den Motor und fuhr los. Er hielt meine Hand und fuhr über die Küstenstraße zu unserem nächsten Halt.

Ich musste nichts tun, nur die warme Luft einatmen, über unseren romantischen Ausflug lächeln, das Gefühl seiner Hand in meiner genießen und das wunderschöne Meer bewundern.

Kurz darauf fuhr er auf den Seitenstreifen und stellte den Motor ab. Wir stiegen aus. Cade öffnete die Seitentür und sprang auf die Ladefläche.

Er deutete mir, mich umzudrehen. »Nicht schauen. Das ist eine Überraschung.«

Lächelnd drehte ich ihm den Rücken zu und sah auf das Meer hinaus. Hinter mir hörte ich ihn rascheln. Während ich lauschte und den Horizont betrachtete, dachte ich an alles, was wir uns erzählt hatten. Mir blieb nur noch so wenig Zeit hier. Ich überlegte, was noch alles zwischen uns passieren konnte und wie viel wertvolle gemeinsame Zeit wir verschwendet hatten.

Ich seufzte und wünschte mir, ich könnte die Zeit hier zurückdrehen. Ich hätte so viel anders gemacht.

»Fertig«, sagte Cade hinter mir.

Ich drehte mich um und mir stockte der Atem.

Eine farbige Decke lag auf der Ladefläche. Cade hatte einen von Hand gebundenen Strauß mit Wildblumen darauf ausgebreitet, ähnlich wie die Blumen, die er mir an dem Tag meines Brunchs überreicht hatte. An einer Ecke der Decke stand die Kühlbox, auf der anderen eine kleine Stereoanlage.

Er drückte dic Play-Taste. Sanfte Musik drang aus dem Lautsprecher. Lächelnd streckte er seine Hand nach mir aus.

»Lass uns futtern.«

Ich lachte, zog meine Schuhe aus, nahm seine Hand und stieg auf die Ladefläche. Hier hatten wir einen privaten Picknickplatz nur für uns.

»Ich habe ein sehr nahrhaftes Essen, einen wahren kulinarischen Hochgenuss zusammengestellt.« Cade öffnete die Kühlbox.

Ich sah hinein und konnte mich nicht mehr halten vor Lachen. »Wirklich verdammt nahrhaft.«

»Erdnussflips«, er zog eine riesige Tüte aus der Box. »Windbeutel«, er warf etwas in meine Richtung. »Limo, Honignüsse, Chips, Kekse.« Er zog eine unglaubliche Menge Junkfood aus der Box und stapelte es auf einen riesigen Haufen.

Vor uns erstreckte sich der Ozean bis ins Unendliche. Reggae-Musik lag in der Luft. In unseren feuchten Klamotten und mit nassen Haaren aßen wir Junkfood und redeten.

Als wir satt waren, gingen wir am Strand spazieren. Wir hoben Muscheln auf, lachten und hatten Spaß. Viel zu schnell sank die Sonne ins Meer und wir liefen zum Transporter zurück. Wir lagen Seite an Seite ausgestreckt auf der Decke. Als die Sonne vollkommen untergegangen war, ließen wir uns vom Mond bescheinen.

Auf der Küstenstraße hinter uns hörten wir einige Autos vorbeifahren. Cade und ich schwiegen und betrachteten den mondbeschienenen Ozean.

Eine kalte Brise kam vom Meer und Cade rückte näher und hielt mich warm. Wir kuschelten, ohne etwas zu sagen, und genossen schweigend den Moment.

Ich weiß nicht, was mich dazu bewegte – sein Geruch, seine Wärme, der Tag –, aber ich lehnte mich vor und küsste ihn genauso leidenschaftlich, wie er mich zuvor in der Höhle geküsst hatte.

Kapitel neunzehn

Am nächsten Morgen beim Frühstück war ich vollkommen abwesend. Ich konnte mich auf nichts konzentrieren. Meine Gedanken waren bei meinem Date mit Cade.

Ich wollte unbedingt Gwenny davon erzählen. Als die Küche endlich aufgeräumt war, rannte ich in mein Zimmer, schloss die Tür und setzte mich mit meinem Handy aufs Bett. Genau in diesem Moment schrieb mir Gwenny eine SMS. Es war, als ob sie meine Gedanken gelesen hätte.

Wie war das Date?

Ja

Seufz. Habt ihr euch geküsst?

Ja.

Und?

Ich lächelte. *Eine Lady schweigt und genießt.*

Sag schon!!!!!!!

Ich musste lachen. Meine Großmutter rief an. Ausgerechnet!

LOL. *Großmutter ruft an. Ich simse dir später.*

Ich nahm ab. »Guten Morgen, Großmutter.«

»Elizabeth Margaret, wie geht es dir?«

Bei ihrer förmlichen Begrüßung musste ich unwillkürlich die Augen verdrehen. Ihre Worte kamen mir jetzt so fehl am Platz vor. »Es geht mir gut. Danke, dass du fragst.«

Großmutter begann eine einseitige Konversation, sprach über meine Rückkehr und darüber, dass Mum mir ein paar neue Kleider für mein Praktikum gekauft hatte. Ich versuchte mich auf ihre Worte zu konzentrieren, aber meine Gedanken schweiften zu Cade und unserem unglaublich tollen Tag.

»Hörst du mir eigentlich zu?«, fragte Großmutter.

»Entschuldige, ich bin ein bisschen abgelenkt«, antwortete ich ehrlich.

»Ich rufe nicht oft an, und wenn ich anrufe, dann kann ich bitte schön ein wenig Aufmerksamkeit von dir erwarten.«

Wieder verdrehte ich die Augen. »Ja.«

Sie fuhr fort, und ich hörte ihr ein paar Sekunden lang zu, bevor meine Gedanken wieder abdrifteten.

»Elizabeth Margaret, ich bin vollkommen schockiert von deinem Mangel an Aufmerksamkeit«, unterbrach meine Großmutter meinen Tagtraum. »Was kann bitte so wichtig sein, dass du mir nicht ein paar Minuten zuhören kannst?«

Sie hatte recht. Ich *war* unhöflich. »Entschuldige …«

»Weißt du, an wen du mich gerade erinnerst?«, blaffte mich Großmutter an. »Matilda. Sie hört mir auch nie zu.«

»Vielleicht muss sie über wichtigere Dinge nachdenken.«

Stille.

Ich konnte kaum fassen, dass ich meinen Gedanken gerade laut ausgesprochen hatte. Es fühlte sich befreiend an.

»Elizabeth Margaret, du warst noch nie so unhöflich. Drei Wochen bei deiner Tante Matilda haben dich in eine sehr respektlose Person verwandelt.«

Drei Wochen mit Tante Tilly hatten mir die Augen dafür geöffnet, wer ich wirklich bin, wollte ich sagen, aber ich traute mich nicht.

»Matilda hat es dir erzählt, oder?«, wollte Großmutter wissen.
Mein Herz schlug schneller. »Was soll sie mir erzählt haben?«

Stille.

»Mir was erzählt?«, fragte ich wieder, diesmal mit mehr Nachdruck.

»Ach nichts«, sagte Großmutter endlich. »Elizabeth Margaret, ich muss noch ein paar Dinge erledigen. Auf Wiedersehen.«

Sie legte auf und ich stand an meinem Schlafzimmerfenster und betrachtete durch das Glas verwirrt die wunderschönen roten Blumen.

»Hey, meine Schöne.« Cade steckte seinen Kopf durch meine offene Tür.

Ich drehte mich um. »Was weißt du über meine Tante Tilly und meine Familie in Neuengland?«

Langsam erstarb das Lächeln auf seinem Gesicht. »Ich … ich weiß gar nichts, Em. Ich weiß, dass Tilly nicht gut mit ihrer Mum klarkam und schon früh von zu Hause ausgezogen ist. Irgendwie ist sie hier gestrandet und hat als Dienstmädchen angefangen.« Cade zuckte mit den Achseln. »Das ist alles.«

Ich seufzte und drehte mich wieder zum Fenster.

»Warum fragst du nicht Tilly?«

»Das habe ich schon. Sie will mir nichts sagen.«

Cade durchquerte das Zimmer und kam zu mir. Er legte seinen Arm um mich und zog mich zu sich. »Es geht hier nicht nur um dich, weißt du. Es geht auch um die anderen. Sie dürfen ihre Geheimnisse haben.«

So hatte ich noch nie darüber nachgedacht. Cade hatte recht. Es ging mich wirklich nichts an. Aber irgendwie war ich doch in das Ganze verwickelt.

»Hey, ihr«, sagte Frederick und kam in mein Zimmer.

Cade und ich drehten uns beide um.

»Oh.« Frederick starrte uns an. »Ihr umarmt euch ja«, kommentierte er die ziemlich eindeutige Situation. »Seid ihr beiden jetzt zusammen?«

Cade sah mich an. »Könnte man so sagen.« Er gab mir einen

Kuss und ging durch das Zimmer zur Tür. Im Hinausgehen drehte er sich noch einmal um. »Hey, komm doch später zu mir. Ich will dir noch was zeigen.«

Ich lächelte. »Okay.«

Cade ging, und ich fing an, mein Bett zu machen. Nach ein paar Sekunden bemerkte ich, dass Frederick immer noch dastand. Ich sah über meine Schulter. Sein Blick war starr auf mich gerichtet.

Ich hob die Augenbrauen. »Was ist?«

Er seufzte. »Du gehst bald nach Hause zurück.«

Ich musste auch seufzen. »Ich weiß. Ein verdammter Mist ist das.«

Frederick nickte. »Wirklich, ein Mist. Schade, dass du nicht bleiben kannst.«

Meine Schultern hingen herab. »Ich weiß.« Es wäre fantastisch, wenn ich noch länger hierbleiben könnte. Obwohl ich erst so kurz da war, fühlte ich mich schon wie zu Hause. Die Vorstellung, in mein altes Leben zurückzukehren, fühlte sich sehr fremd an. »Es ist okay.« Ich ging auf ihn zu und legte die Arme um ihn. »Wir werden auf jeden Fall in Kontakt bleiben.«

Er drückte mich fest.

Tante Tilly kam ins Zimmer. »Geht's hier um Familienangelegenheiten?« Sie betrachtete uns und ein Lächeln umspielte ihre Lippen. »Störe ich euch?«

Wir ließen uns los. »Wir lernen uns nur ein bisschen besser kennen«, sagte ich und schlang meinen Arm um Fredericks Hüfte.

Tante Tilly sah uns an. »Ihr beide seid echt was Besonderes.«

Frederick und ich sahen uns an.

Tilly setzte einen Korb mit Wäsche auf meinem Bett ab. »Ich habe wirklich gehofft, dass ihr zwei euch gut versteht, aber das hier ist besser, als ich erwartet habe. Ihr habt keine Ahnung, wie glücklich mich das macht.«

Frederick und ich sahen uns wieder an. Unglaublich, dass ich bis vor meiner Ankunft im Pepper House noch nicht einmal von der Existenz meines Cousins gewusst hatte. Jetzt konnte ich mir ein Leben ohne ihn gar nicht mehr vorstellen.

»Wie auch immer …« Tante Tilly wechselte das Thema. »Harry hat gesagt, dass die Waffeln heute Morgen großartig waren.«

»Harry …? Oh.« Ich erinnerte mich plötzlich. »Harold, der Mann von der Jacht. Wer ist er? Sein Name kommt mir bekannt vor.«

Tante Tilly zuckte mit den Achseln. »Keine Ahnung.« Sie drehte sich zu Frederick. »Könntest du ein paar Besorgungen für mich machen?«

»Sicher.«

Die beiden gingen und ich suchte nach Cade.

Ich fand ihn vor dem Pepper House unter der Motorhaube des Transporters. »So, hmmm«, ich räusperte mich. »Frederick wird mich vermissen, wenn ich weg bin.«

Cade blieb unter der Motorhaube liegen. »So, hmmm«, machte er mich nach. »Das werde ich auch.«

Ich lächelte. »Wie sehr?«

Cade lugte unter der Motorhaube hervor. »Willst du dein Selbstbewusstsein aufbessern?«

Ich lachte.

Er kam unter der Motorhaube hervor. »Sei besser vorsichtig. Sonst beschmiere ich dich mit Motorfett.« Er streckte seine dreckigen Finger nach mir aus und wedelte mit ihnen vor mir herum.

Ich kicherte und das Geräusch brachte mich noch mehr zum Lachen. Ich konnte mich nicht erinnern, je zuvor *gekichert* zu haben. Nur hirnlose Mädchen *kicherten*. Dieser Gedanke von mir hörte sich verdammt nach meiner Mum an.

Grinsend presste mich Cade gegen den Transporter. »Sie an. Du kicherst.«

Ich schlug nach seinem Arm. »Ich *kichere* nicht.« Und dann musste ich noch mehr kichern.

Cade lehnte sich zu mir und schnüffelte an meinem Nacken. »Doch, du kicherst. Und«, er küsste meine Haut, »du riechst unglaublich gut.«

Lachend drückte ich ihn weg. »Du machst mich dreckig.«

»Dreckig? Das kann ich ganz schnell wieder in Ordnung bringen«, sagte er und streckte den Arm nach mir aus. »Komm her.«

Ich schlug seine Hand weg. »Stopp!« Ich musste noch mehr lachen.

Mit einem übertrieben konzentrierten Blick auf dem Gesicht nahm er mein Kinn in die Hand. Er tat so, als würde er seinen Daumen ablecken, und schrubbte den Dreck von meiner Wange. »Ekelhaft!« Ich drückte ihn weg.

Lachend wischte er seine dreckigen Hände an einem Lappen ab und nahm meine Hand. »Komm her. Ich will dir was zeigen.«

Er führte mich ins Haus. »Ich hole meine Box aus deinem Zimmer«, sagte er zu meiner Tante, als wir durch die Lobby gingen.

Sie lächelte wissend. »Okay.«

»Box?«, fragte ich. »Was für eine Box?«

Er drückte meine Hand. »Du wirst schon sehen.«

Ich folgte Cade durch die Küche die Hintertreppe hoch.

Ich ging mit ihm in Tante Tillys Zimmer und zu ihrem Schrank. Ich sah ihm dabei zu, wie er ihre Klamotten und ein paar Schuhe beiseiteschob und einen mittelgroßen Karton herausholte.

Er setzte sich auf den Boden und zog die Box zu sich. Als er den Deckel hochhob, kniete ich mich ihm gegenüber hin.

Vorsichtig fasste Cade hinein und holte ein kleines, in Papier gewickeltes Objekt heraus. Er nahm es in die Hand und packte es behutsam aus.

Eine winzige pink-weiße Glasfee kam zum Vorschein. Auf ihrem Gesicht spielte ein schelmisches Lächeln. Blassrosa Schwingen wuchsen aus ihrem Rücken und dunkelrosa Haar floss an ihrem Körper herab.

Ich sah Cade an. »Sie ist wunderschön.«

»Meine Mum hat sie gemacht.«

Meine Augen weiteten sich vor Staunen, als ich die Fee betrachtete. »Sie ist so zart … und so winzig.«

Sie war sicher nicht mehr als fünf Zentimeter groß.

Er gab sie mir und ich balancierte sie sehr, sehr vorsichtig auf meiner Handfläche. »Ich kann kaum glauben, dass deine Mum das gemacht hat.« Die schmale Fee war so fragil, dass die kleinste Bewegung meiner Finger sie wahrscheinlich in zwei Hälften zerbrochen hätte. Es machte mich nervös, sie zu halten.

Cade fasste erneut in die Box und zog noch ein Päckchen heraus. Dieses hier war größer. Genauso liebevoll wie beim ersten Mal entfernte er die Verpackung und brachte einen blauen Glasdrachen zum Vorschein. Er war ungefähr doppelt so groß wie die Fee, aber genauso filigran.

Sein Körper und sein Schwanz schimmerten in verschiedenen Blauschattierungen und aus seinem Mund kam Feuer.

Er stellte den Drachen ab und holte ein weiteres Päckchen heraus und noch eins und noch eins. Eines nach dem anderen wickelte er unglaublich behutsam aus. Die handgefertigten Glasfiguren variierten von fünfundzwanzig bis zu fünf Zentimetern. Die kleinste war die Fee. Cades Mutter hatte jede nur erdenkliche Farbe verwendet.

Ein Zauberer, eine Hexe, ein Drache, eine Fee, ein Prinz, eine Prinzessin …

»Es scheint, als ob deine Mum Märchen wirklich gerne gemocht hat«, bemerkte ich.

Cade lächelte. »Sie hat sie geliebt.«

Als er die allerletzte Figur – ein Einhorn – aus seiner Verpackung geholt und neben den anderen abgesetzt hatte, sah ich zu ihm hinüber. Lächelnd berührte er jede einzelne Figur und ließ seine Finger über das Glas gleiten. Die Liebe, die sich auf seinem Gesicht widerspiegelte, berührte mich zutiefst.

Ich war mir ganz sicher, dass er jetzt in Gedanken voll und ganz bei seiner Mutter war. Ich hätte ihn am liebsten gefragt, woran er gerade dachte. Stattdessen gab ich ihm die Fee zurück.

»Danke, dass du mir das gezeigt hast.«

Cade sah zu mir und lächelte. »Gerne.«

Und dann lehnte er sich vor und gab mir einen sanften Kuss.

Er setzte sich wieder zurück. »Willst du Bilder von ihr sehen?«

Ich nickte. »Klar.«

Er zeigte auf den Schrank. »Sie sind in der blau-weißen Box.« Eine nach der anderen packte er die Glasfiguren wieder ein. »Kannst du sie bitte holen?«

»Sicher.« Ich ging zum Schrank meiner Tante, teilte die Reihe ihrer langen Kleider und sah über ihre Schuhe hinweg in den hinteren Teil des Schranks.

Dort war nur eine blau-weiße Box, und deshalb nahm ich an, dass sie das sein musste. Ich schaute mich in dem Schrank nach dem Album mit Familienbildern um, das ich an meinem ersten Morgen im Pepper House gesehen hatte, aber ich konnte es nirgends entdecken. Dann nahm ich die Box aus dem Schrank und ging wieder zu Cade.

Ich half ihm dabei, die letzten Figuren wieder einzupacken, und wir verstauten sie alle wieder in der Box. Ich fragte mich, was ich von den Sachen meiner Mutter behalten und wertschätzen würde, wenn sie starb. Ihr modernes Mobiliar? Ihren teuren Schmuck? Ihre Designerklamotten? Ich konnte mir nicht vorstellen, dass mir irgendetwas so viel bedeuten würde wie Cade die Glaskunst seiner Mutter. Der Gedanke machte mich traurig.

Aber ich konnte mir eine Handvoll von Tante Tillys Sachen vorstellen, die ich definitiv sehr schätzen würde. Der federgeschmückte Stift, den sie immer in ihrem Büro benutzte, die dünnen Armbänder, die sie trug, den Elfenbeinkamm, der auf ihrer Kommode lag … und noch so einiges andere. Komisch, dabei kannte ich sie noch nicht einmal einen Monat. Es war seltsam, dass ich mich ihr so viel verbundener fühlte als meiner eigenen Mutter.

Cade nahm die blau-weiße Box und hob den Deckel ab. In der Box waren Fotos. Einige in Schwarz-Weiß, andere in Farbe. Kleine und große. Die meisten hatten geknickte Ecken.

Er fasste hinein und holte eine Handvoll davon heraus. Er zeigte mir das Bild einer blonden Frau, die einen kleinen Jungen umarmte. Mit identischem Lächeln grinsten die beiden in die Kamera. »Ich und meine Mum«, sagte Cade und gab mir das Bild.

Ich betrachtete das Foto der jungen Frau mit den vom Wind zerzausten Haaren und einem sehr süßen kleinen Cade. Im Hintergrund erkannte ich die Vorderseite des Pepper House. »Sie ist sehr hübsch.«

Er lächelte. »Danke.« Er gab mir noch ein Bild. »Das sind wir drei.«

Das Bild zeigte Sid, Cade und seine Mutter zusammengekuschelt auf Sids Segelboot. Sie sahen wie eine glückliche Familie aus. Cade konnte auf dem Bild nicht älter als zwei Jahre alt sein. Und Sid sah so … anders aus. Jünger, gesünder und glücklicher.

»Das war kurz bevor Sid mal wieder abgetaucht ist«, sagte Cade. »Er nahm sein Boot und kam für einen Monat nicht zurück.«

»Das tut mir leid, Cade.« Ich wusste nicht, was ich sonst sagen sollte.

Er zuckte mit den Achseln und gab mir noch ein anderes Bild. Offensichtlich wollte er nicht weiter darüber reden.

Er reichte mir mehr und mehr Bilder, die meisten von ihm und seiner Mum. Es waren Schnappschüsse, die an unterschiedlichen

Orten auf der Insel gemacht worden waren. Auf ein paar Bildern war auch Tante Tilly mit einem dunkelhaarigen Mann an ihrer Seite. Das musste wohl Roger Pepper sein. Einige der Bilder zeigten Sid, aber nur sehr wenige. Es machte mich traurig, dass Cade in seiner Kindheit nie einen echten Vater gehabt hatte.

Er gab mir ein letztes Bild und stand auf. »Ich bin gleich zurück.«

Ich nickte und sah ihm dabei zu, wie er aus Tante Tillys Zimmer ging. Ein paar Sekunden später hörte ich seine Schritte auf der Treppe. Ich sah das Bild in meiner Hand kurz an. Es zeigte einen grinsenden Cade, der eine Muschel hochhielt. Da war er wahrscheinlich fünf oder sechs.

Sein süßes, unschuldiges Gesicht brachte mich zum Lächeln. Ich begann die Bilder zu sortieren und sie in Stapeln aufeinanderzulegen.

Ich sah noch einmal dort nach, wo ich das Familienalbum gefunden hatte, und erinnerte mich an die Bilder, die ich gesehen hatte. Wie abweisend meine Tante plötzlich gewesen war. Frederick hatte noch andere Alben erwähnt …

Kniend begann ich in dem Schrank herumzuwühlen. Ich stöberte in fremdem Eigentum. Das wusste ich. Aber ich konnte einfach nicht anders.

Unter einer Decke lagen einige abgegriffene Alben. Ich zog sie heraus. Schnell blätterte ich eines mit Bildern von Frederick durch. Dann noch eines: bunte Bilder von Reisen. Ich schlug das letzte Album auf und sah Schwarz-Weiß-Fotos von der jungen Tilly mit meiner Mum. Mein Herz schlug schneller, als ich umblätterte und sehr alte Bilder von meiner Großmutter und meinem Großvater sah.

Ich blätterte weiter und entdeckte das Bild einer jungen Tilly im Krankenhaus mit einem winzigen Baby. Vielleicht Frederick? Sie versuchte, für die Kamera zu lächeln – aber ihr Gesicht war tränenüberströmt. Man sah deutlich, dass es keine Freudentränen waren. War die Geburt von Frederick so schwer gewesen?

Ich sah auf den Datumsstempel und rechnete nach – das war siebzehn, fast achtzehn Jahre her. Das konnte auf keinen Fall der fünfzehnjährige Frederick sein. Ich sah mir den Stempel genauer an. Das war mein Geburtstag!

»Em?«

Ich blickte über meine Schulter und sah Tante Tilly im Türrahmen stehen. »Cade hat mir erzählt, dass du dir seine Familienfotos ansiehst?«

Ich hielt das Album hoch. »Bist du das?« Ich sah das Bild noch einmal an. Vielleicht war die junge Frau doch meine Mum und ich hatte sie nur für Tante Tilly gehalten. Sie sahen sich unglaublich ähnlich.

Sie antwortete zuerst nicht, sondern stand nur wie angewurzelt da und starrte mich an.

»Tante Tilly?«

Sie schluckte. »Ja. Ja, das bin ich.«

»Na dann …« Ich betrachtete vollkommen verwirrt das Foto. »Wer ist das Baby?«

Tante Tilly holte tief Luft und atmete langsam wieder aus.

»Tilly?«

»Das ist … das bist du«, sagte sie sanft.

Ich sah mir das Bild noch einmal an und betrachtete das Baby ganz genau.

»Aber … warum hast du ein Krankenhaushemd an?«

Ihre Augen füllten sich mit Tränen. »Weil … Em«, sie räusperte sich, »weil das der Tag war, an dem ich dich zur Welt gebracht habe.«

Ich starrte sie an, sprachlos. Ich versuchte zu verarbeiten, was sie gesagt hatte, aber begreifen konnte ich es nicht.

Der Tag, an dem sie mich zur Welt gebracht hatte?

Ich sah auf das Bild. Mein Körper war taub, wie als würde ich schweben. In meinen Ohren erklang ein Klingeln, der Raum verschwamm vor meinen Augen und ich kniff meine Augen zusammen.

Der Tag, an dem sie mich geboren hatte?

Ich konzentrierte mich auf meinen Herzschlag. Er klopfte hart in meiner Brust. Mit wurde bewusst, dass ich nicht atmete. Ich versuchte mich zu sammeln, atmete ein, atmete aus und riss meine Augen auf.

Cade betrat hinter Tante Tilly das Schlafzimmer. »Hast du mich vermiss…« Als er mich sah, verstummte er. Er sah von mir zu Tante Tilly und wieder zu mir. »Was ist hier los?«

»Der Tag …« Ich hielt inne. »An dem du mich …« Ich schluckte. »Mich?«

Auch Tante Tilly schluckte. »Ja.«

Ich sah zu Cade und hielt das Album hoch. »Hast du davon gewusst?« Irgendwie war mir klar, dass das jetzt absolut keine Rolle spielte, aber mir fiel einfach nichts anderes ein.

Cade ließ seinen Blick zwischen Tilly und mir hin- und herwandern. »Was?«

Über die Schulter hinweg blickte Tante Tilly zu ihm hinüber. »Kannst du uns ein bisschen Zeit geben?«

Cade starrte mich an und schloss mit einem kurzen Nicken lautlos die Tür.

Tante Tilly drehte sich zu mir. »Ich war sechzehn, als ich schwanger geworden bin, siebzehn, als ich dich bekam. Ich hatte Angst. Es war ein Unfall. Ich hatte mir selbst eingeredet, dass der Junge, der mich geschwängert hatte, mich liebte. Ich dachte, wir würden heiraten oder zusammenleben oder so etwas. Ich dachte, wir würden dich zusammen aufziehen. Aber deine Großmutter war so wütend und hat sich so sehr geschämt, dass sie mich rausgeworfen hat. Ich wusste nicht, wo ich hinsollte. Ich lebte eine Weile mit dem Jungen zusammen, aber eine Woche vor der Geburt hat er mich verlassen und ich habe seitdem nie mehr von ihm gehört.«

Ich versuchte, ihr zuzuhören, aber ich konnte mich nicht konzentrieren. Alles, woran ich mich emotional und physisch festhalten konnte, war das Fotoalbum.

Tante Tillys Gesicht war schmerzverzerrt, und es kam mir so vor, als ob sie alles so schnell wie möglich loswerden wollte. Sie versuchte sich das Ganze von der Seele zu reden. »Ich bin zu Großmutter zurückgegangen und habe sie angebettelt, mich bis zu deiner Geburt aufzunehmen. Danach würde ich sofort gehen.« Sie hielt inne und atmete ein. »Meine ältere Schwester, deine Mum, hatte alles. Den Mann, das Haus, die Stabilität – das perfekte Leben. Sie wollte Kinder, aber sie hatten Probleme, welche zu bekommen. Später ist dann Gwyneth, deine Schwester, unerwartet gekommen.«

Deine Mum, ich hielt mich an diesen Worten fest. Meine Mum war nicht wirklich meine Mum. Diese Frau vor mir, Tante Tilly, war wirklich *meine Mum.*

»Ich wusste nicht, wie ich mich um dich kümmern sollte. Wo ich leben sollte. Deine Großmutter hat gesagt, der Staat würde dich mir sowieso wegnehmen. Ich war jung und ahnungslos. Aber sie hatte wahrscheinlich recht. Ich wäre keine gute Mutter für dich gewesen.«

Tante Tilly streckte den Arm nach mir aus. »Denk bitte nichts Schlechtes über deine Großmutter. Sie hat das nur aus Liebe getan.«

Ich kannte meine Großmutter. Sie tat fast nie etwas aus Liebe. Besonders nicht, wenn es möglicherweise ihrem Image schaden konnte.

»Sie hat mir gesagt«, fuhr Tante Tilly rasch fort, »dass Katherine, deine Mum, dich großziehen würde, als wärst du ihr eigenes Kind. Niemand würde je davon erfahren. Du würdest nur das Beste bekommen – mehr, als ich dir je hätte geben können.« Tante Tilly atmete tief ein. »Ich war rebellisch. Ich dachte, ich könnte es schon schaffen. Aber an dem Tag, an dem du geboren wurdest und ich dich in meinen Armen hielt … wusste ich: Es musste sein. Ich wollte nicht, dass dir etwas passiert. Und so schwer es auch war, ich wusste, dass es das Beste für dich war.«

Wie durch einen Schleier bemerkte ich, dass das Fiepen in meinen Ohren verklang, mein Körper nicht mehr taub war, mein Herz nicht mehr raste und ich mich voll und ganz auf jedes einzelne ihrer Worte konzentrierte.

»Deine Großmutter hat ihre Anwälte damit beauftragt, den Papierkram zu erledigen. Die Vereinbarung war: Ich überschreibe das Sorgerecht an Katherine, sie kümmert sich um dich und ich lasse mich nie wieder blicken. Deine Großmutter versprach mir ein One-Way-Ticket an einen Ort meiner Wahl. Ich habe mich für die Outer Banks entschieden, weil sie an dem Tag in den Nachrichten erwähnt wurden. Kurz darauf hat Katherine einen Job im Krankenhaus bekommen und dein Dad wurde befördert. Du, deine Eltern und deine Großmutter haben einfach so weitergemacht und keiner hat je davon erfahren.«

Tante Tilly hörte auf zu reden, und das Erste, was mir einfiel, war: »Wolltest du mir davon erzählen?«

»Ich weiß nicht, Em. Ich wollte schon. Aber … ich wusste nicht, wie. Ich wusste nicht, was für ein Mensch du bist und wie du damit umgehen würdest. Ob wir uns gut verstehen würden.« Sie schüttelte den Kopf. »Das Ganze ist so wichtig und so viele Dinge spielen mit rein. Und ich habe deiner Großmutter und Mutter versprochen, dass ich nichts sage. Sonst hätten sie deinen Besuch nicht erlaubt.«

Eine Million Fragen schwirrten in meinem Kopf herum, aber ich konnte mich für keine entscheiden.

Tilly atmete tief ein. »Em …«

Ich sah sie an, und bevor ich meine Gefühle begreifen oder eine einzige Frage stellen konnte, begann sie hemmungslos zu weinen und stürmte aus dem Zimmer.

Kapitel zwanzig

Ich weiß nicht, wie lange ich auf Tante Tillys Schlafzimmerboden saß. Ich kann mich nicht daran erinnern, wie ich aufgestanden und nach unten gegangen bin oder wie ich das Pepper House verlassen habe. Ich war schon am Strandhaus, als ich überhaupt bemerkte, wo ich war. Die Sonne ging gerade unter und ich spazierte die Küste entlang.

Die Stunden vergingen. Ich war wie benebelt und dachte immer wieder an mein Gespräch mit meiner Tante. Und an all die kryptischen Bemerkungen und die Fragen, die sie, meine Mutter und meine Großmutter mir gestellt hatten.

Hat … Matilda dir etwas über die Familie erzählt?, hatte Mum wissen wollen.

Als ich sechzehn war, bin ich in Schwierigkeiten geraten, hatte Tante Tilly zugegeben.

Matilda hat es dir erzählt, oder?, hatte meine Großmutter gefragt.

Und ich war der Überzeugung gewesen, dass ihr Streit nichts mit mir zu tun hatte. Dabei ging es *einzig und allein* um mich. Ich war der Grund für ihren Kleinkrieg.

Mit einem Seufzer sah ich auf und erkannte, dass ich an dem Strand war, an dem Cade und ich surfen gewesen waren. Ich setzte mich neben eine Düne und rupfte Seegras aus dem sandigen Boden. Ich versuchte, mich in Tante Tilly hineinzuversetzen – jung, schwanger, die Drohungen meiner Großmutter und dann hatte sich auch noch der Vater des Kindes aus dem Staub gemacht. Ich konnte mir das nicht annähernd vorstellen. Und dann gingen mir Tante Tillys Worte durch den Kopf …

Ich habe nie gerne im Haus deiner Großmutter gelebt. Zu viele Regeln. Alles war zu korrekt. Es gab zu viel von allem. Ich war schon immer rebellisch. Ich habe mich heimlich davongeschlichen und absichtlich Dinge getan, die sie wütend machten. Wenn ich heute daran denke, bin ich nicht sehr stolz auf mein Verhalten.

Sie hatte absichtlich Dinge gemacht, um meine Großmutter wütend zu machen? War Tante Tilly absichtlich schwanger geworden? Das konnte ich mir nicht vorstellen, aber was wusste ich schon. Ich kannte Tante Tilly schließlich kaum.

Als ich sechzehn war, bin ich in Schwierigkeiten geraten. War ich für sie nicht mehr als ein Problem? Ich hatte immer gedacht, dass eine Schwangerschaft ein Segen war.

Ein Segen? Bitte! Wenn ich jetzt schwanger wäre, würde ich es sicher nicht als einen Segen empfinden. Ich würde wahrscheinlich ausflippen. Ein Segen war es nur für ältere Paare, verheiratet, vielleicht hatten sie es schon seit einer Weile versucht, und dann, voilà, schwanger.

Meine Schwester war ein Segen für meine Eltern gewesen. Und ich? Etwas, um das sie sich kümmern *mussten*, weil meine Großmutter es verlangt hatte. Sie dachten, dass sie keine Kinder bekommen konnten. Mich großzuziehen war ihre einzige Chance.

Zu ihrem Glück kam meine Schwester dann doch noch, schließlich war ich sicherlich nicht die perfekte Tochter für sie gewesen.

Ich schloss die Augen. Meine eigenen Gedanken irritierten mich. Das Letzte, was ich jetzt brauchte, war, mich selber noch weiter zu verunsichern. In Wirklichkeit war ich nämlich eine verdammt gute Tochter. Und ich hatte die Nase voll von meinen Zweifeln daran und von dem ständigen Gefühl, es allen beweisen zu müssen.

Ich öffnete die Augen und atmete tief ein. Jetzt musste ich nur noch herausfinden, wie ich mit diesem Wissen umgehen sollte.

»Em?«

Ich sah auf. Cade stand ein Stück entfernt, er schien sich nicht sicher zu sein, ob er näher kommen sollte. Ich lächelte schwach und er nahm das als Zeichen und kam herüber. Er setzte sich hinter mich und zog mich in seine Arme.

Ich wusste nicht, was es war … sein Geruch, seine Wärme, mein müdes Hirn, meine Gedanken, die sich im Kreis drehten und sich gerade wieder langsam beruhigten, die Stunden auf einer emotionalen Achterbahn. Ich wusste nicht, was es war … aber Tränen stiegen in meine Augen und liefen an meinen Wangen herab. Ich hielt sie nicht auf. Ich weinte um mein Leben, um Tante Tilly, um meine Familie in Neuengland, aus Hilflosigkeit, weil ich nicht wusste, was ich tun und was ich *nicht* tun sollte … ich weinte Tränen, die ich schon lange zurückgehalten hatte und denen ich jetzt freien Lauf ließ.

Cade sagte nichts, er hielt mich einfach nur fest in seinen Armen.

Schließlich schniefte ich und wischte mir die Augen mit meinem T-Shirt ab. Cade wühlte ein paar Taschentücher aus seiner Tasche hervor und gab sie mir.

Es war mir vollkommen egal, wie ich aussah – rote Augen, verrotzte Nase und all das. Ich drehte mich herum und kuschelte mich an Cades Brust. Er hielt mich und streichelte mir über mein Haar.

Ich schloss die Augen und konzentrierte mich auf seine gleichmäßigen Atemzüge. Sobald ich mich ruhig genug fühlte, machte ich den Mund auf, holte tief Luft und erzählte ihm alles. Er hörte mir still zu. Ich glaube, er wusste, dass ich jetzt genau das brauchte. Ich wollte keine Ratschläge, nur jemanden mit einem offenen Ohr.

Wir verharrten reglos in derselben Position und er hielt mich fest. Irgendwann hörte ich auf zu reden. Vielleicht bin ich eingeschlafen. Ich weiß nicht, wie viel Zeit verging, bis Cade mich auf die Füße zog. Meine Hand in seiner, führte er mich vom Strand auf die Straße zu seinem Moped. Wir fuhren zurück in die Stadt zu Cades Wohnung.

Kapitel einundzwanzig

Am nächsten Morgen wachte ich in eine Decke eingekuschelt auf Cades Futon auf. Ich öffnete ein Auge. Cade wedelte mit einem zuckrigen Donut vor meinem Gesicht herum – genau genommen ein Donut mit Zitronenglasur. Mit einer Hand griff ich blitzschnell danach, riss ihn ihm weg und biss kräftig ab … und noch mal und noch mal. Ich glaube, in meinem ganzen Leben hatte mir noch nie ein Donut so gut geschmeckt.

Als Nächstes reichte er mir einen Kaffee.

Ich setzte mich auf und nahm ihn. »Es ist wirklich praktisch, dich dazuhaben.« Ich trank einen süßen Schluck von dem Mocca mit weißem Schokoladensirup.

Er lächelte sein sexy Lächeln, lehnte sich vor und gab mir einen Kuss. »Bist du okay? Ich muss zur Arbeit gehen.« Er stand auf. »Seh ich dich dort?«

Ich nahm noch einen Schluck und dachte über seine Frage nach. Mit Arbeit meinte er das Pepper House. »Hmm …« Ich war noch nicht bereit, Tilly wiederzusehen. Und meinen … *Bruder*. Das stimmte. Frederick war mein Bruder, nicht mein Cousin.

»Wenn ich so darüber nachdenke, warum bleibst du nicht einfach hier«, schlug Cade vor und nahm es mir ab, eine Entscheidung zu treffen. »Ich sage allen Bescheid, wo du bist.«

Ich lächelte durch ein Seufzen hindurch. »Danke. Das klingt gut.«

Cade warf mir einen Kuss zu und war weg.

Ich blieb für ein paar Minuten liegen, lauschte der Stille und trank meinen Kaffee.

Langsam erinnerte ich mich wieder an alles – was Tilly mir am Abend zuvor gesagt hatte und daran, dass sich alles geändert hatte. Dann wurde es mir bewusst – ich hatte meinen Vater nie kennengelernt. Gwenny war nicht meine Schwester; sie war meine Cousine. Alles, was ich je geglaubt hatte, war falsch. Es fühlte sich unwirklich an. Wie sollte ich meine Tante jetzt begrüßen? *Hallo Mum?*

Nein, das klang nicht richtig.

Was sollte ich jetzt machen?

Wie sollte es weitergehen? Sollte ich sie ab jetzt *Mum* nennen? Sollte ich meiner Mum zu Hause sagen, dass ich ihr Familiengeheimnis kannte? Sollte ich meiner Schwester die Wahrheit sagen? Sollte ich mit *Frederick* darüber reden?

Ich seufzte. Viel zu viele Fragen schwirrten mir im Kopf herum. Ich dachte immer und immer wieder darüber nach, bis ich nicht mehr konnte.

Ich warf die Decke zur Seite und schlurfte in Richtung Badezimmer. Ich seifte mich mit Cades Männerduschgel ein und wusch mir die Haare. Als ich fertig war, roch ich wie ein echter Kerl aus der Wildnis.

Ich durchwühlte Cades Schrank und fand ein T-Shirt und Surfer-Shorts, die mir fast passten.

Ich durchwühlte seine Küche und war froh, dass sie nicht ganz so spartanisch eingerichtet war, wie ich es mir vorgestellt hatte. Ich machte mir ein Rührei und kochte noch mehr Kaffee. Dann zog ich das Bett ab und verwandelte den Futon in ein Sofa, schrubbte den Holzboden, wischte Staub und polierte die Küchenzeile. Schließlich warf ich einen Blick in sein Badezimmer und sah mir sein Wohnzimmer eingehend an. Ein Blumenstrauß hier, da eine Lampe und den Tisch dorthin …

Mit einem Seufzer blickte ich auf den Wischmopp in meiner Hand. Ich vergeudete Zeit und lief vor der Realität weg. Es war Unsinn, mich hier zu verstecken. Ich musste Tante Tilly sehen. Aber noch wichtiger war es, dass ich mit meiner Mutter und Großmutter redete, damit ich das alles besser verstehen konnte.

Ich machte mich fertig, als die Tür aufging und Cade hereinkam.

Ich sah hoch, den Wischmopp immer noch in der Hand. »Hi.«

Cade schloss seine Tür und sah sich in seiner Wohnung um.

»Du hast sauber gemacht.«

Ich nickte.

Er schnüffelte. »Und du hast gekocht.«

»Eier. Kaffee.«

»Ist noch was übrig?«

Ich schüttelte den Kopf. »Ich wusste nicht, dass du schon so bald zurückkommst.«

Er sah mich prüfend an. »Du siehst süß aus in meinen Klamotten.«

Ich sah an mir herunter. »Danke. Macht es dir was aus …?«

Er schüttelte den Kopf.

»War alles okay im Pepper House?«

Cade nickte. »Tilly hat gesagt, dass du dir so viel Zeit nehmen sollst, wie du willst. Sie war froh, dass es dir gut geht.«

Ich lächelte. Tante Tilly wusste, dass ich Zeit brauchte. Tilly wusste, dass ich bei Cade in Sicherheit war. Meine echte Mum *kannte* mich. Meine Mutter hätte schon längst einen Suchtrupp nach mir ausgesandt. Aber ich wusste, dass auch sie das nur aus Liebe tun würde … sie zeigte es nur anders.

Cade kam auf mich zu. »Ich bin zurückgekommen, weil ich mir Sorgen um dich gemacht habe.«

»Cade …«

»Und«, sagte er und räusperte sich, »ich muss dir etwas sagen.«

Es klopfte an der Tür und Cade seufzte.

»Können wir nachher reden?«, fragte ich.

Er nickte und ging zur Tür. Davor stand Frederick, er sah direkt in meine Richtung.

»Hey«, begrüßte er mich ruhig.

Cade winkte Frederick herein. »Ich lasse euch beide mal alleine«, sagte er und schloss die Tür hinter sich.

Frederick blieb mit nach unten hängenden Schultern stehen und starrte auf den Boden. Ich stand auf der anderen Seite des Apartments und sah ihn an.

Keiner von uns sagte etwas.

Ich unterbrach das Schweigen. »Weißt du Bescheid?«

Er nickte und blickte langsam auf, bis sich unsere Blicke trafen. »Mum hat es mir gestern Nacht erzählt.«

»Also … was denkst du über das Ganze?«

»Es hat mich ziemlich aufgeregt.«

Mein Herz wurde schwer. »Oh.«

»Ich meine, wenn man darüber nachdenkt, was das alles bedeutet. Du bist echt meine Schwester. Ich …« Er zuckte mit den Achseln. »Ich weiß nicht. Es ist einfach ziemlich … verwirrend.«

Ich wollte nicht, dass Frederick wütend auf mich oder Tante Tilly war. Das alles berührte ihn auf eine ganz andere Art als mich, und auch er brauchte Zeit, das Ganze zu verarbeiten.

»Versteh mich nicht falsch«, sagte er, »ich finde es cool, dass wir Bruder und Schwester sind.«

Ich lächelte. »Ich finde es auch cool.« Ziemlich *sehr* cool sogar. Frederick war der beste Bruder, den man sich nur vorstellen konnte.

»Mum und ich haben immer offen über alles gesprochen. Ich kann nicht fassen, dass sie mir das verheimlicht hat.«

Ich rückte ein bisschen näher an meinen Bruder heran und konnte seine Verwirrung spüren. »Das erklärt wahrscheinlich all die Geheimnistuerei in unserer Familie.«

Er lachte trocken. »Das ist wahr.«

»Gib Tilly keine Schuld daran. Sie war so jung. Noch jünger als ich«, bemerkte ich. »Und sie hatte Angst.«

Frederick nickte. »Ich weiß. Ich glaube … ich glaube, ich wollte nur mir dir reden.«

»Ich wollte auch mit dir reden.«

Er seufzte. »Und hier sind wir.«

»Ja.« Ich ging ganz nah an ihn heran und umarmte ihn. »Ich kann mir keinen besseren Bruder vorstellen.«

Er drückte mich ganz fest. »Mir geht es genauso.«

Wir kicherten.

Ich trat einen Schritt zurück »Bist du mit dem Moped da?«

Er nickte.

»Nimmst du mich auf dem Rücksitz mit? Es ist Zeit, mit Tilly zu reden.«

Cade kam in das Apartment zurück, als ich gerade dabei war, ihm einen Zettel zu schreiben. »Schön, dass du noch da bist. Ich muss dir was sagen.«

Wir drehten uns zur Tür um, überrascht, ihn schon zu sehen.

Er atmete aus und blickte zwischen uns hin und her.

»Cade?«, sagte ich fragend.

»Ich werde es jetzt einfach sagen. Also …«

»Was sagen?«, unterbrach ich ihn.

»Ich wusste es«, sagte er schnell. »Ich wusste schon seit Jahren Bescheid.«

Frederick und ich sahen ihn verwirrt an. Langsam begriffen wir, was er da gerade gesagt hatte.

»Was?«, flüsterte Frederick.

»Ich wusste es«, wiederholte Cade. Er schüttelte den Kopf und schluckte. »Es tut mir leid. Ich habe es durch Zufall erfahren. Eines Nachts habe ich Tilly und Domino reden gehört und …«

Ich stand wie angewurzelt da und starrte ihn an. Ich konnte es einfach nicht glauben. *Cade hatte Bescheid gewusst?*

Mit einem Kopfschütteln ging Frederick an ihm vorbei. »Das ist mir gerade alles zu viel«, fuhr er Cade an. Beim Hinausgehen blickte er über die Schulter zu mir. »Kommst du?«

Ich sah irritiert zu Cade, bemerkte seinen schuldigen Gesichtsausdruck und fühlte mich betrogen. »Du hättest was sagen sollen.« Mit diesen Worten folgte ich Frederick.

Kapitel zweiundzwanzig

Als Frederick und ich zum Pepper House zurückfuhren, versuchte ich, nicht an Cade zu denken. Ehrlich gesagt wusste ich nicht, was ich von ihm halten sollte.

Ich verbannte ihn aus meinen Gedanken. Jetzt musste ich mich auf mein Gespräch mit Tilly konzentrieren. Ich würde hineingehen, sie sehen und alles andere würde sich schon ergeben.

Wir bogen in die Einfahrt ein und Frederick stellte den Motor ab. »Bist du nervös?«

Ich atmete tief aus. »Ich versuche es, nicht zu sein.«

»Soll ich mitkommen?«

»Nein, schon okay.« Ich stieg vom Moped ab.

»Ich fahre ein bisschen rum«, sagte er, »und denke nach.«

Ich nickte. »Willst du über Cade reden?«

Frederick schüttelte den Kopf. »Ich weiß nicht, was ich zu all dem sagen soll. Ich bin gerade so aufgewühlt. Ich brauch ein bisschen Zeit.«

Ich nickte und sah hinter ihm her, als er wegtuckerte. Auch ich hatte keine Ahnung, was ich sagen sollte. Es schien, als ob jeder hier mir Dinge verschwiegen hatte. Jeder – außer Frederick.

Ich … ich weiß gar nichts, Em. Ich weiß, dass Tilly nicht gut mit ihrer Mum klarkam und schon früh von zu Hause ausgezogen ist. Irgendwie ist sie hier gestrandet und hat als Dienstmädchen angefangen.

Mit einem Seufzen schüttelte ich Cades Lügen von mir ab und

ging zum Pepper House. »Konzentrier dich – alles zu seiner Zeit«, murmelte ich zu mir selbst.

Ein paar Sekunden verstrichen. Als ich zur Vordertür ging, dachte ich an alles, was in der kurzen Zeit hier passiert war. Tilly hatte mich belogen. Cade hatte mich betrogen. Ich hatte mich Jeremy gegenüber furchtbar verhalten und Domino bei meinem ersten Brunch-Versuch nicht begeistern können – und trotzdem war ich immer noch davon überzeugt, dass ich gegen den Willen meiner Eltern Köchin werden sollte.

Ich schüttelte den Kopf. Nichts von all dem klang nach mir. Vielleicht war es doch keine so gute Idee gewesen, in die Outer Banks zu kommen.

Aber als ich auf die Vordertür starrte, schwirrte mir ein Wort im Kopf herum: *Heimat.*

Mit einem tiefen Seufzen trat ich in das Pepper House.

Heimat. Es traf mich wieder und ich betrachtete den Hartholzboden, die Möbel aus Treibholz, die tropischen Pflanzen und das warme Licht der Stehlampe.

Ein paar ältere Frauen saßen einander gegenüber und spielten Schach. Ich musste sofort an Frederick und unsere unzähligen Schachpartien denken. *Heimat.*

Ich ging durch den großen Raum ins Esszimmer. Der Geruch von Hähnchen mit Knoblauch hing in der Luft.

Durch das Fenster sah ich zwei Leute an der Bucht sitzen. Am langen blonden Haar erkannte ich, dass eine der Personen Tilly war.

Ich atmete tief aus und ging zur Hintertür. Die warme Inselluft umhüllte meinen Körper, als ich langsam auf sie zuging. Als ich näher herangekommen war, sah ich, dass die andere Gestalt Harold Lemley war, der Mann von der Jacht.

Einen Arm auf den Rand der Hängematte gelegt, saß er dicht bei meiner Tante. Gemeinsam betrachteten sie schweigend die Bucht.

Sie sahen zufrieden und entspannt aus, und es machte mich glücklich, die zwei so vertraut zu sehen.

»Hi«, grüßte ich sie.

Sie drehten sich beide um.

»Em.« Tilly klang, als ob sie mich erwartet hatte.

Ich ging einen Schritt auf sie zu. »Können wir reden?«

Harold stand auf. »Ich lasse euch beide mal alleine.«

Er ging durch den Hof und bog in den Weg zu einer der Hütten ab. Ich setzte mich neben meine Tante auf die Hängematte. »Als ich hierher zurückgekommen bin, stand ich eine Weile vor der Tür. Ich habe über all die Lügen nachgedacht und darüber, wie ich in diesem Monat immer wieder versagt habe. Das alles habe ich nicht erwartet, als ich hierhergekommen bin.«

»Em …«

»Ich dachte, dass ich hier zu mir selbst kommen würde. Und ich habe mich wirklich selbst gefunden – und sogar noch viel mehr als das.«

»Em …«

»Ich kann das Wort *Heimat* nicht mehr aus meinem Kopf bekommen. Das alles hier fühlt sich wirklich wie ein echtes Zuhause an, Tilly.« Ich seufzte. »Und ich weiß nicht, was ich mit all diesen Gefühlen anstellen soll.«

Sie streckte den Arm aus und nahm meine Hand.

Ich schloss erleichtert die Augen. Ich wusste nicht, was ich erwartet hatte. Kälte? Distanz? Wie lächerlich. Sie war noch nie kalt gewesen. Warum sollte sie jetzt damit anfangen?

Ich rückte näher an sie heran. Im gleichen Moment lehnte sie sich zu mir und wir fielen einander in die Arme. Sie umarmte mich und drückte mich so fest an sich, als ob sie mich seit Jahren nicht mehr gehalten hätte. Ich erwiderte ihre Umarmung und bemerkte, wie unglaublich gut es sich anfühlte, so innig umarmt zu werden.

»Ich liebe dich«, flüsterte sie.

Bei diesen Worten schossen mir Tränen in die Augen. »Ich liebe dich auch.«

»Oh Em.« Ihr Atem verriet, dass sie weinte. Sie verstärkte ihre Umarmung.

Wir saßen für eine halbe Ewigkeit so da, hielten uns und weinten.

»Ich bin dir nicht böse«, sagte ich ihr, während ich mich aus ihren Armen löste. »Ich hätte genauso viel Angst gehabt und hätte mich hoffnungslos und verloren gefühlt, wenn der Vater meines Kindes mich verlassen hätte. Was für eine Vorstellung: Großmutter redet auf einen ein und man will das Beste für sein Baby ...« Ich seufzte. »Ich mache dir keine Vorwürfe.«

»Du bist so lieb.« Sie legte ihre Hand an meine Wange und sah mich mit ihren nassen Augen an. »Ich weiß, das alles ist verdammt viel auf einmal.«

Ich nickte. »Das stimmt.«

Ihre Lippen zitterten. »Wie fühlst du dich? Bist du wütend?«

»Nein«, und das meinte ich wirklich so. »Am Anfang schon, aber da hatte ich noch nicht wirklich darüber nachgedacht.«

Sie strich mir über das Haar.

»Frederick und ich haben uns unterhalten«, sagte ich ihr.

Sie nickte. »Er war wirklich außer sich letzte Nacht. Heute hat er kein Wort mit mir geredet.« Sie sah auf die Bucht hinaus. »Hoffentlich kommt er bald zurück.«

»Das macht er bestimmt«, versicherte ich ihr.

Wir saßen beide für eine Weile schweigend nebeneinander.

»Ich habe wirklich ein Chaos angerichtet«, murmelte sie.

»Oh Tilly.« Ich drehte mich zu ihr. »Das ist doch nicht wahr.«

»Vielleicht hätte ich alles anders machen sollen ... vielleicht hätte ich dich behalten sollen. Oder Frederick alles schon viel früher erzählen sollen. Oder vielleicht hätte ich versuchen müssen, dich zurückzubekommen?« Sie zuckte mit den Achseln. »Ich habe mich total verrückt gemacht in all den Jahren, in denen ich darüber nachgedacht habe.«

»Du hast getan, was du für richtig gehalten hast«, verteidigte ich sie.

Sie sah mich mit Tränen in den Augen an.

»Hast du Cade gesagt, er soll nichts erzählen, als er es herausgefunden hat?«

Tilly schniefte. »Cade?«

Ich wartete darauf, dass sie weiterredete, aber sie schien verwirrt zu sein. »Er hat gesagt, dass er dich und Domino reden gehört hat …«

»Oh«, sagte sie und rang nach Luft. »Ich wusste das nicht. Er hat mir das nie erzählt. Wie lange ist das her?«

»Er meinte, ein paar Jahre.«

»Jahre?«

Ich nickte.

»Armer Cade.« Sie seufzte so herzerweichend, dass mein Herz fast brach. »Ich habe wirklich alles durcheinandergebracht.«

Ich umarmte sie und legte den Kopf auf ihre Schulter. »Alles wird gut. Wir werden uns alle wieder vertragen.«

Aber als ich mir das Ganze noch einmal durch den Kopf gehen ließ und über mein Leben zu Hause nachdachte, sagte mir eine innere Stimme: Vielleicht stimmt das nicht.

Kapitel dreiundzwanzig

Ich überlegte den Rest des Nachmittags, was ich Mum sagen sollte, Großmutter und – am allerwichtigsten – meiner Schwester. Am Abend war ich vom vielen Nachdenken vollkommen erschöpft und dankbar, dass ich Domino in der Küche helfen konnte.

Als ich hereinkam, nickte er nur beiläufig. Ich lächelte ihn an. Wir sprachen kein Wort und fielen in unseren gewohnten Vorbereitungs- und Kochmodus.

Nach dem Essen ging ich in mein Zimmer und rief Gwenny an.

»Hey!«, antwortete sie.

Ich lächelte. »Hey. Hast du Zeit zum Reden?«

»Ooh. Das kling aber verdammt ernst.«

»Bist du alleine? Kann uns keiner hören?«

Sie antwortete nicht sofort. »Jaaa …«, sagte sie dann zögernd. »Em, was ist los? Bist du okay?«

Ich holte tief Luft und erzählte ihr alles. Angefangen von dem Bild, das ich von Tilly mit mir als Baby im Arm gefunden hatte, bis zu meinem Gespräch mit Tilly und mit Frederick und meiner Nacht mit Cade. Ich erzählte ihr von meinen ganzen verrückten Gefühlen, und ich erzählte ihr, dass Cade von all dem gewusst hatte. Als ich fertig war, fragte ich: »Und?«

Sie sagte nichts.

»Gwenny?«

»Em …« Ich hörte an ihrer Stimme, dass sie weinte.

»Es ist okay, Gwenny. Ich weiß, das ist ganz schön viel.«

Sie schluchzte. »Was … was wirst du tun? Was werden wir tun?«

Ich liebte es, wie sie *wir* sagte, aber ich hasste die Frage, die sie gestellt hatte. »Ich bleibe hier«, sagte ich ihr und war mir meiner Entscheidung absolut sicher. Doch gleichzeitig fühlte ich mich furchtbar. »Ich habe Tilly noch nicht gefragt, aber sie hat gesagt, dass hier auch mein Zuhause ist. Ich weiß, dass du das schrecklich findest, und es tut mir furchtbar leid. Aber ich bin mir sicher, Gwenny. Ich bin mir sicher, dass ich das will.«

Sie antwortete nicht.

»Sag was«, forderte ich sie auf.

»Du kommst nicht zurück?«, schniefte sie. »Hast du das schon Mum und Großmutter erzählt?«

»Noch nicht.«

»Sie werden wütend sein, Em. Warte mal kurz.« Ich hörte, wie sie das Telefon zur Seite legte und sich die Nase putzte. Dann nahm sie den Hörer erneut. »Hier bin ich wieder.«

»Oh, Gwenny. Ich weiß, es ist schwer für dich. Es bricht mir das Herz, dass du so aufgewühlt bist.«

»Schon okay«, murmelte sie. »Ich werde klarkommen.«

Ein paar Sekunden vergingen.

»Ich werde nicht nach Harvard gehen«, fuhr ich fort und war mir auch dieser Entscheidung ganz sicher.

Gwenny gluckste mit tränenerstickter Stimme. »Oh Mann, Em. Was kommt als Nächstes?«

»Ich werde mir eine Auszeit nehmen und mich bei Kochschulen bewerben.« Ich wusste nicht, woher das alles kam. Ich hatte noch nicht darüber nachgedacht, aber es fühlte sich richtig an.

»Oh Em.« Gwenny fing wieder an zu weinen. »Das ist genau das Richtige für dich.«

Für ein paar Sekunden sprach keine von uns.

»Was ist mit Mum? Und Großmutter?«, fragte Gwenny.

Ich setzte mich auf mein Bett und bemerkte erst jetzt, dass ich nervös hin und her gelaufen war. »Ich habe schon daran gedacht, nach Hause zu kommen und mit ihnen persönlich zu reden. Vielleicht sollte ich aber auch einen Brief schreiben. Was meinst du?«

Gwenny seufzte. »Ich würde dich wahnsinnig gerne sehen. Es wäre so schön, wenn du nach Hause kommen würdest. Aber ich glaube, ein Brief ist das Beste. Mum und Großmutter können einen ziemlich einschüchtern. Sie könnten nichts mehr mit dir zu tun haben wollen, so wie mit Tante Tilly. Willst du dir das wirklich antun?«

Ich hatte darüber noch nicht nachgedacht, aber Gwenny hatte recht. Ich konnte mir tatsächlich vorstellen, dass sie mich nie wieder sehen wollten. Besonders jetzt, wo ich wusste, wie es Tilly ergangen war. »*Nicht nachtragend* ist wirklich keine Beschreibung, die auf sie passt.«

Wir schwiegen wieder.

»Warum schreibst du nicht den Brief und sagst Bescheid, wenn du ihn losschickst? Sobald sie das alles verkraftet haben, kümmere ich mich um sie. Vielleicht hilft es, wenn wir beide sie bearbeiten.«

Ich lächelte. Ich liebte meine Schwester. »Ich will, dass du eines weißt: Zwischen uns ändert sich nichts«, sagte ich ihr. »Wir sind immer noch Schwestern und werden es auch immer bleiben.«

»Em«, sagte Gwenny mit einem Knoten im Hals. »Ich habe gerade erst meine Tränen getrocknet.«

Wir lachten.

»Ich liebe dich, Gwenny. Lass uns nachher noch mal reden.«

Wir legten auf, und ich hatte das schreckliche Gefühl, dass sie an all dem ganz schön zu kauen hatte.

Ich nahm ein paar Bögen Papier und ging in die Küche. Ich wollte anfangen zu schreiben, solange ich noch all meine Gedanken frisch im Kopf hatte. Domino war gerade mit der Arbeit fertig geworden.

»Hey«, sagte er und sah mich an. Dieses Mal gab es kein Essen vorzubereiten. Ich wusste, dass ich etwas sagen musste.

»Du weißt über alles Bescheid?«

Er nickte. »Ja, ich habe es schon immer gewusst.«

Ich setzte mich auf einen der Stühle. »Und?«

»Und ich bin froh, dass du endlich da bist. Tilly hat dich solange ich sie kenne vermisst. Sie musste eine Menge schwierige Entscheidungen treffen, und sie hat getan, was sie für richtig hielt. Wirklich.«

Ich nickte. »Ich weiß.«

Er öffnete den Kühlschrank. »Als du gestern gegangen bist und die ganze Nacht weg warst, war sie krank vor Sorge. Sie ist bis zum Morgen aufgeblieben und hat auf dich gewartet. Und dann war Frederick auch noch so wütend.« Domino schüttelte den Kopf. »Es war keine gute Nacht für Tilly.«

Mein Herz sank. »Ich ... ich wusste das nicht. Ich brauchte Zeit zum Nachdenken. Es ... es tut mir leid.«

Domino seufzte. »Ich weiß. Ich mache dir auch keine Vorwürfe. Ich liebe Tilly wie eine Schwester, und es tut mir weh, wenn sie verletzt ist. Sie ist eine tolle Frau. Das ist alles.«

»Das ist sie wirklich«, stimmte ich ihm zu.

Er lehnte sich gegen die Spüle und verschränkte seine Arme. »Also? Was geht in deinem kleinen hübschen Köpfchen vor?«

Ich erzählte ihm alles, was ich auch schon Gwenny gesagt hatte. Dass ich bleiben wollte und nicht nach Harvard gehen würde und dass ich mich bei Kochschulen bewerben würde. Ich erzählte ihm auch von dem Brief, den ich schreiben wollte. »Was meinst du dazu?«

Er lächelte. »Ich bin froh, dass du dich entschieden hast zu bleiben. Und ich bin nicht überrascht, dass du auf eine Kochschule gehen willst. Schon an dem Abend, an dem du den Fisch probiert hast, war klar, dass du das Zeug dazu hast.«

Bei der Erinnerung daran musste ich lächeln.

»Und was den Brief nach Hause betrifft: Ich finde es besser, direkt mit anderen zu sprechen – Auge in Auge. Aber nach allem, was ich über deine Familie auf dem Festland gehört habe, ist ein Brief wahrscheinlich die bessere Idee.«

Ich klopfte auf meinen Block. »Ich wollte den Brief in der Küche schreiben. Hier fühle ich mich ruhig und kann mich am besten konzentrieren.«

Domino verdrehte die Augen. »Du bist mir so ähnlich, das ist fast schon unheimlich. Ich kann auch in der Küche am besten nachdenken.« Er stieß sich vom Waschbecken ab. »Okay. Ich lass dich jetzt damit alleine.«

Ich nahm meinen Stift und begann zu schreiben.

Meine liebe Familie,

ich hatte einen wunderschönen Sommer mit Tilly. Ich habe sehr viel über mich herausgefunden und bin jetzt eine andere Person als noch vor ein paar Wochen. Mittlerweile fühle ich mich wohl in meiner Haut, und das ist ein wunderschönes Gefühl.

Schon seit Langem hatte ich ein Geheimnis vor euch. Seit ich ein kleines Mädchen bin, habe ich mich unglaublich fürs Kochen interessiert. So sehr, dass ich mir zahlreiche Bücher darüber gekauft habe und mich nachts oft in die Küche geschlichen und Rezepte ausprobiert habe. Es macht mich einfach glücklich zu kochen …

Ich schrieb ihnen, wie ich die Wahrheit über Tilly herausgefunden hatte und was ich darüber dachte und was ich für sie empfand. Ich schrieb über meine Mutter und Großmutter und über den Plan, den sie für mich gemacht hatten, und über meinen eigenen Traum von einem Leben als Köchin. Es kam mir vor, als würde ich stundenlang schreiben. Am Ende legte ich den Stift hin und las die Zeilen noch einmal durch. Ich hatte versucht, neutral zu sein und niemandem die Schuld zu geben. Es sah so aus, als wäre mein Versuch erfolgreich gewesen.

»Em?«

Ich sah auf und bemerkte Frederick im Türrahmen. Er zeigte auf den Brief. »Was ist los?«

»Ich schreibe meiner Familie.«

»Oh?« Er kam zögerlich herein.

Ich schob den Block in seine Richtung. »Kannst du mal drüberschauen? Ich könnte eine zweite Meinung wirklich gut brauchen.«

»Sicher.« Er nahm den Block und las den Brief ruhig durch.

Als er fertig war, legte er den Block wieder hin und umarmte mich. »Ich bin froh, dass du bleibst.«

Ich legte meine Arme um ihn, lächelte und genoss das Gefühl der Wärme und Zärtlichkeit. »Ich auch.«

Frederick setzte sich neben mich. »Em«, sagte er. »Cade ist weg.«

»Was soll das heißen, Cade ist weg?«

»Ich bin zu seiner Wohnung gegangen und wollte mit ihm reden. Seine Nachbarin meinte, dass er weggefahren ist.«

Ich fühlte Panik in mir aufsteigen. »Hat sie dir gesagt, wo er hin ist?«

Er schüttelte den Kopf.

Ich seufzte und fühlte einen Stein in der Brust. Ich war wütend auf Cade gewesen, aber ich hatte nicht gewollt, dass er ging.

Frederick ließ den Kopf hängen. »Meinst du, wir waren zu hart zu ihm?«

Bevor ich antworten konnte, kam Beth durch die Küchentür herein. »Könnt ihr mir bitte mal sagen, was hier los ist?«

Frederick und ich sahen uns an.

»Cade ist verschwunden. Du und Tilly zofft euch«, sagte sie und zeigte auf Frederick. »Und du«, sagte sie und wedelte mit dem Finger in meine Richtung, »hast letzte Nacht nicht hier übernachtet. Oh, und Domino will mir auch nichts erzählen.« Sie warf ihre Arme in die Luft. »Kann mir bitte endlich jemand sagen, was hier vor sich geht?«

Frederick und ich tauschten einen Blick aus und redeten dann beide gleichzeitig los. Wir erzählten ihr alles.

Als wir fertig waren, starrte Beth uns an. Dann sank sie langsam auf den Stuhl neben mir. »Wow.«

Mehr schien sie nicht herauszubringen. Ich kannte das Gefühl.

Sie atmete tief aus. »Das ist ganz schön viel auf einmal.«

Ich sah Frederick an. »Da hast du verdammt recht.«

Ein paar Sekunden vergingen, während Beth sich alles durch den Kopf gehen ließ. »Ich wurde adoptiert«, erklärte sie völlig unerwartet.

Ich blinzelte. »Echt?«

Sie nickte. »So bin ich auch hierhergekommen. Meine Eltern haben es mir an meinem achtzehnten Geburtstag erzählt, und ich war so aufgebracht darüber, dass ich weggerannt bin.« Beth kicherte. »Ich habe das noch nie jemandem erzählt. Alle denken, dass ich wegen einem Typen hergekommen bin.«

Frederick und ich blickten uns überrascht an.

Mit einem Seufzen sah mich Beth an. »Am meisten bereue ich, dass ich für ein ganzes Jahr nicht mit meinen Eltern gesprochen habe. Ich habe sie total abgeblockt. Ich bin echt nicht stolz darauf. Sie sind tolle Menschen, und ich habe mich furchtbar verhalten, und das, obwohl sie mich adoptiert und großgezogen haben.«

»Hast du deine echten Eltern gefunden?«, fragte Frederick.

Beth zuckte mit den Achseln. »Ich habe für ein paar Jahre nach meiner leiblichen Mutter gesucht, aber am Ende habe ich es aufgegeben. Ich habe nach einer Weile verstanden, dass es keine Rolle spielt. Es würde nichts an meinem Leben ändern und auch nichts daran, wer ich bin.«

Beth und ich hatten mehr gemeinsam, als ich gedacht hatte.

»Seid nicht wütend. In diesem Haus gibt es zu viel Liebe, um wütend zu sein.«

Frederick und ich lächelten. Beth hatte recht. Und wir mussten Cade finden und sichergehen, dass er das auch begriff.

Kapitel vierundzwanzig

Ich ging zu Cades Wohnung zurück und unterhielt mich mit seiner Nachbarin. Er hatte mir eine kurze Mitteilung hinterlassen, auf der stand, dass er für eine Weile wegmusste. Ich hatte keine Ahnung, wie ich ihn finden sollte, also ging ich zum Pepper House zurück.

Domino und ich verbrachten die nächsten Tage damit, uns über Kochschulen zu informieren. Ich schrieb eine Bewerbung an meine fünf Favoriten: eine in Italien, eine in Frankreich, eine in Südafrika, eine vierte in New York und eine andere in Kanada. Domino verfasste ein Empfehlungsschreiben für jede Schule.

Als Nächstes informierte ich mich über Möglichkeiten der Finanzierung – Beihilfen und Stipendien –, und ich realisierte, dass es definitiv möglich war, das Studium alleine zu finanzieren. Cade hatte recht. Ich brauchte das Geld meiner Eltern nicht. Ich konnte und würde das alleine durchziehen. Dieser Gedanke machte mich stolz.

»Hey Schwesterchen, über was grinst du?«, fragte Frederick und kam ins Zimmer.

Schwesterchen. Wie schön, wenn Frederick das sagte.

»Ich denke nur über meine Zukunft nach.«

Fredericks Blick wanderte ans andere Ende des Wohnzimmers zum Schachbrett. »Lust auf ein Spiel?«

»Sicher.« Ich legte meine Unterlagen weg und ging hinüber.

»Hast du schon eine Reaktion auf deinen Brief bekommen?«, fragte Frederick, während wir das Brett hinstellten.

»Nein.« Das nahm mich mehr mit, als ich zugeben wollte. Ich hatte nicht sofort einen Anruf erwartet, aber es machte mich nervös, gar nichts von zu Hause zu hören.

»Hat sich Gwenny auch nicht gemeldet?«

Ich schüttelte den Kopf und machte mir Gedanken über meine Schwester. Ich hatte ihr ein paar SMS geschrieben, aber keine Antwort bekommen. Ich hatte überhaupt keine Ahnung, was zu Hause los war.

Frederick fragte weiter. »Und Cade?«

Ich seufzte. »Von ihm habe ich auch nichts gehört.«

»Bist du immer noch wütend auf ihn?«

Ich setzte den Springer. »Nein. Und ich glaube, ich war es auch nie wirklich. Ich weiß jetzt, er wollte nur die Privatsphäre von allen respektieren. An seiner Stelle hätte ich mich furchtbar gefühlt – stell dir vor, du weißt über so etwas Wichtiges Bescheid.«

Frederick setzte seinen Läufer drei Felder diagonal. »Ich hoffe, er kommt bald zurück – wo auch immer er gerade ist.«

»Ja, ich vermisse ihn«, gab ich zu.

»Ich auch.«

Ich setzte den Bauern und schlug seinen Läufer.

Frederick sah erstaunt auf das Brett. Offensichtlich konnte er kaum fassen, dass ich gerade eine seiner Figuren geschlagen hatte.

Während er über seinen nächsten Zug nachdachte, kam Tilly herein. »Frederick, gehst du bitte und hilfst Beth? Sie macht gerade Hütte eins für ein paar Gäste fertig, die sich kurzfristig angemeldet haben.«

Frederick stand vom Schachtisch auf. »Klar.«

»Soll ich auch mithelfen?«, fragte ich.

Tilly scheuchte Frederick mit einer Handbewegung weg. »Nein.«

Ich sah meinem Bruder hinterher, bevor ich mich wieder Tilly zuwandte. »Ich freue mich, dass ihr euch wieder versteht.«

Sie lächelte. »Ich mich auch«, sagte sie und setzte sich auf Fredericks Stuhl. »Wir sind morgen zu einer Ausstellungseröffnung in der Kunstgalerie eingeladen. Willst du mitkommen?«

Meine Stimmung verbesserte sich schlagartig. »Definitiv!«

»Sehr gut. Dann sage ich der Einladung zu.« Tilly stand auf. Sie verharrte für eine Weile auf der Stelle, und ich hatte den Eindruck, dass sie mir etwas sagen wollte, aber nicht wusste, wie. »Em … mach nicht den gleichen Fehler wie ich. Kehr dich nicht von ihnen ab. Schreib ihnen, ruf sie an, zeig ihnen, was sie dir bedeuten. Vielleicht antworten sie nicht, aber davon solltest du dich nicht verunsichern lassen. Du bist der bessere Mensch, wenn du die Initiative ergreifst. Verstehst du, was ich sage?«

Ich nickte. »Ja. Ich werde auf jeden Fall weiter versuchen, Kontakt zu halten, selbst wenn sie nichts mehr mit mir zu tun haben wollen.«

Tilly zwinkerte mir zu. »Gut.«

Ich seufzte. »Am meisten Sorgen mache ich mir wegen Gwenny.«

»Es wird schon in Ordnung sein. Ihr werdet immer Schwestern sein. Nichts kann sich zwischen euch stellen.«

Tilly hatte recht. Nichts konnte sich jemals zwischen Gwenny und mich stellen, und auch das hier würde uns nichts anhaben können.

»Ich bin froh, dass du da bist, Em. Ich bin froh, dass du hierbleibst.«

Ich musste lachen. »Ich habe dich nicht einmal gefragt, ob ich bleiben darf. Ich habe einfach angenommen, dass es okay ist.«

Tilly machte eine abwehrende Bewegung. »Das hast du richtig angenommen. Ich kann mir nichts Besseres vorstellen.«

Und mir ging es genauso.

In dieser Nacht schrieb ich noch einen Brief. Ich versprach mir selbst, dass ich einmal die Woche nach Hause schreiben würde und außerdem anrufen würde. Wahrscheinlich würden sie nicht antworten, aber ich wusste, es war das Richtige. Ich wollte nicht den Kontakt zu den Menschen verlieren, die für siebzehn Jahre meine einzige Familie gewesen waren. Irgendwann würde ich sie vielleicht doch erweichen können. Vielleicht.

Am nächsten Morgen rief Gwenny an.

»Gwenny! Wo warst du? Ich bin fast verrückt geworden hier. Hast du meine Nachrichten nicht bekommen?«

Meine Schwester seufzte. »Sie haben mir mein Handy abgenommen. Sie wollten nicht, dass ich dich anrufe. Sie wollen nicht, dass wir miteinander reden.«

»Oh Gwenny.« Ich wollte auf keinen Fall, dass sie das für mich ausbaden musste.

»Ich weiß. Es ist scheiße. Aber stell dir vor, was passiert ist: Dad hat sich für uns eingesetzt.«

»Echt? Das glaub ich nicht.« Dad stellte sich *niemals* gegen Mum und Großmutter.

»Er fand es grausam, uns nicht miteinander reden zu lassen.«

»Er hat wirklich *grausam* gesagt?« Das konnte ich mir beim besten Willen nicht vorstellen.

»Das hat er gesagt.«

»Wow. Und wie nehmen sie das Ganze auf?«

»In den ersten Tagen war es echt schlimm. Großmutter und Mutter wollten zu dir fliegen und dich zur Rede stellen.«

Ich schluckte. »Aber das machen sie jetzt nicht?«

»Nein. Und sie haben mich über dich ausgequetscht.«

»Es tut mir leid, Gwenny. Ich wollte nicht, dass du darunter leiden musst.«

»Was soll's. Jetzt sind sie sehr schweigsam. Großmutter erzählt allen, dass du dir ein Jahr eine Auszeit nimmst und unterprivilegierten Waisen hilfst.«

»Das überrascht mich nicht. Bei ihr geht es doch immer nur ums Image – wie lächerlich. Muss sie sich wirklich dafür schämen, dass ich auf eine Kochschule gehen will?«

»Ach, du weiß doch, wie sie ist. Ich glaube, sie brauchen einfach nur ein bisschen Zeit. Schreib noch einen Brief. Und ich werde versuchen, sie umzustimmen. Jetzt wo Dad auch auf deiner Seite ist, kann er sie auch bearbeiten.«

Ich war mir sicher, dass Gwenny erfolgreich sein würde. Meine Schwester konnte sehr überzeugend sein, wenn sie wollte. Sie war diejenige, die Anwältin werden sollte.

Wir verabschiedeten uns, und ich ging nach unten, wo ich Domino bei den Frühstücksvorbereitungen assistieren wollte. Aber er kam gut alleine zurecht, also half ich Tilly mit den Gästen.

Harry, der Typ von der Jacht, grüßte mich, als ich mit dem ersten Tablett mit Essen herauskam. »Guten Morgen.«

Ich lächelte und stellte das Tablett vor ihm ab. »Sie sind noch da? Wird Ihr Boot noch repariert?«

»Oh, mittlerweile lebe ich wieder auf dem Boot. Aber deine Tante erlaubt mir, wann immer ich will herzukommen und hier zu essen. Ich bin ein echter Fan eurer Küche.«

Ich schenkte ihm Kaffee nach und hielt dann inne. »Mr. Lemley, kann ich Sie etwas fragen? Kenne ich Sie irgendwoher? Ihr Name kommt mir so bekannt vor.«

Er lächelte geheimnisvoll. »Nein. Ich glaube nicht, dass wir uns kennen.«

»Hm.« Ich betrachtete ihn. »Genießen Sie Ihr Frühstück.«

Am Abend machten wir uns auf den Weg zur Eröffnung der Kunstausstellung.

Wir spazierten die Pflastersteinstraße entlang, vorbei an all den kleinen, ungewöhnlichen Läden. Einige waren offen, andere hatten schon geschlossen. Wir gingen an der Glasbläserei vorbei, und ich sah die Gasse hinunter, in der Cades Wohnung war, und wünschte mir, er wäre hier.

Als wir in die Nähe der Galerie kamen, hörte ich leise Gitarrenmusik, sanft und verträumt. Leute kamen aus der Galerie und sammelten sich auf dem steinernen Zugangsweg.

Beth stand in der Menge und ich bemerkte auch Jeremy. Er winkte mir freundlich zu und lächelte und ich winkte zurück. Wir hatten nicht mehr miteinander gesprochen seit dem Telefonat, bei dem er mir gesagt hatte, dass wir Freunde sein sollten. Ich dachte, unser Zusammentreffen würde unangenehm werden, aber das war es nicht im Geringsten.

Jeremy war wirklich ein netter Kerl, nur eben nicht der Richtige für mich.

Ich folgte Tilly und Frederick durch den gewölbten Eingang in die Galerie. Ich erkannte viele der Gesichter um mich herum und sie erkannten mich auch und begrüßten mich mit freundlichen Hallos und Winken.

Ich fühlte mich wie zu Hause – wie eine Einheimische.

Als ich mich durch die Galerie schlängelte, fiel mein Blick auf die Bilder. Eines zeigte den Friedhof, auf dem Cades Mum begraben war. Ein anderes zeigte die Höhle, zu der Cade mich an unserem ersten Date gebracht hatte. Auf wieder einem anderen sah man ein kleines Flugzeug über den Ozean fliegen, und ein weiteres zeigte eine Figur, die wie Domino aussah, in einer Hängematte liegend.

Ich erkannte die Arbeiten – sie waren von dem gleichen Künstler, der all die anderen Bilder gemalt hatte, die mir auf der Insel und im Pepper House aufgefallen waren.

Ich erinnerte mich an den Moment, als ich die Bilder das erste Mal gesehen hatte. Damals wäre ich am liebsten in jedes einzelne hineingeklettert und in diesen wunderbaren Wirbel aus leuchtenden Farben eingetaucht.

Ich kam zu dem letzten, einem Bild von einer schönen dunkelhaarigen Frau, die sich in einem schwarz-goldenen Bikini am Strand sonnte. Ihre Augen waren geschlossen und die Sonne schien auf ihre goldbraune Haut. Ihr langes gewelltes Haar war ausgebreitet und hinterließ Spuren im Sand.

Sie war wunderschön.

Ich lehnte mich vor und betrachtete sie näher. Da stockte mir der Atem. Ich erkannte die Figur auf dem Gemälde.

Die Frau war *ich*!

»Was denkst du?«

Ich fuhr herum. »Cade? Wo warst du?«

Er antwortete nicht und schüttelte nur den Kopf. »Em, es tut mir leid.«

»Was ...«

Er sah auf den Boden. »Ich habe über alles nachgedacht und erkannt, dass ich einen Fehler gemacht habe. Ich hätte etwas sagen müssen. So ein großes Geheimnis hätte ich nicht für mich behalten dürfen.«

Ich nahm seine Hand und fühlte wieder einmal die Verbindung zwischen uns. »Nein«, sagte ich ihm. »Absolut nicht. Es war nicht deine Aufgabe, dieses Geheimnis zu lüften.«

Cade sah mich an. »Bist du nicht wütend auf mich?«

Mein Herz füllte sich mit Zärtlichkeit. »Das war ich, aber jetzt nicht mehr.«

»Danke.«

Wir standen für ein paar Sekunden da, hielten uns an den Händen. Endlich zeigte sich auf seinem Gesicht sein schiefes sexy Lächeln. Dann zog er mich an sich, umarmte mich und hielt mich fest.

Ich drückte ihn. »Ich habe dich vermisst. Wo warst du?«

Er küsste mich sanft auf die Wange. »Auf dem Festland.«

»Auf dem Festland? Was hast du dort gemacht?«

Cade zuckte mit den Achseln. »Dies und das.«

»Das klingt ja ziemlich geheimnisvoll.«

Er lachte kurz auf. »Ich habe dich auch vermisst. Dass du noch hier bist, heißt das, du bleibst?«

»Zumindest für eine Weile. Ich bewerbe mich gerade bei verschiedenen Kochschulen.«

»Em.« Cade zog mich wieder an sich. »Das ist ja fantastisch.«

Wir standen da, lächelten und sahen uns an. Ich verlor mich in seinen sanften blauen Augen, bis eine Stimme ertönte. »Meine Damen und Herren, ich bitte um Ihre Aufmerksamkeit.«

Alle wurden still. Alle Blicke waren auf die Galeristin gerichtet.

Sie deutete auf die Anwesenden. »Ich möchte allen für ihr Kommen danken. Heute ist ein besonderer Anlass für uns. Seit Jahren habt ihr alle diese Bilder an verschiedenen Orten auf der Insel bestaunen können. Viele haben mich gefragt, wer der Maler ist, und leider durfte ich darüber keine Auskunft geben. Der Künstler ist ein Einheimischer«, fuhr sie fort. »Er hat vor fünf Jahren angefangen zu malen. Damals war er noch ein Junge. Ich habe sein Talent schon früh erkannt. Doch keiner von uns hat geahnt, wie erfolgreich seine Bilder sein würden. Vor drei Jahren hat er sein erstes Bild verkauft. Und dann noch eines und noch eines. Ich bin glücklich, Ihnen mitteilen zu können, dass er mittlerweile den internationalen Durchbruch geschafft hat. Wir haben eines seiner Bilder nach England, ein anderes nach Japan und zwei weitere nach Australien verkauft. Der Künstler hält zwar ungern Ansprachen, aber wir wollen ihn wenigstens würdigen. Also«, die Galeristin hob ihr Champagnerglas, »lasst uns alle auf Cade Farrell anstoßen.«

Im Raum herrschte Totenstille.

Ich ließ ihre letzten Worte auf mich wirken. *Cade?*

Eine Person begann zu klatschen, dann noch eine und noch eine.

Schon bald war der ganze Raum mit Bravorufen und Applaus gefüllt.

Ich hörte das alles kaum. Vollkommen geschockt stand ich neben Cade.

Nach und nach kamen immer mehr Menschen zu Cade, um ihm zu gratulieren. Die Menschentraube um ihn wurde immer größer und ich wurde immer weiter weg gedrängt. Also ging ich in dem Raum herum und betrachtete all die Bilder. Einige zeigten Szenen aus seinem Leben. Warum hatte ich von so etwas Wichtigem keine Ahnung gehabt? Wie hatte ich das nicht bemerken können?

Mein Blick blieb auf dem Bild der sonnenbadenden Frau hängen.

»Das ist meiner Vorstellung entsprungen«, sagte Cade hinter mir. »Beth hat mir erzählt, dass du einen heißen schwarz-goldenen Bikini hast.«

Ich wurde rot. »Ich sehe darin aber nicht so gut aus.«

»Du musst ihn mir mal vorführen, dann kann ich das selber entscheiden.«

Ich wurde noch röter. »Ich kann nicht fassen, dass *du* der Künstler bist.«

Cade lächelte.

Ich ließ meinen Blick wieder durch den Raum streifen, über all die Bilder. Die herumstehenden Menschen nahm ich kaum wahr. »Weißt du, wie viele davon ich in diesem Sommer gesehen habe? Ich war vollkommen fasziniert von diesen Bildern, und *du* bist der Maler. Das ist unglaublich.« Ich sah ihn an. »Du bist *unglaublich*«, fügte ich sanft hinzu.

Cade schien das peinlich zu sein. »Danke.«

»Wer wusste darüber Bescheid?«

Er zuckte schuldig mit den Achseln. »Nur Tilly und Carol, die Besitzerin der Galerie. Tilly hat mich hierher gebracht, nachdem sie mich einmal beim Zeichnen beobachtet hat.«

Ich starrte Cade an und versuchte das alles zu verstehen. Und ich hatte ihn bei unserem ersten Treffen für einen Loser gehalten – wie falsch ich doch gelegen hatte.

Cade hob seine Brauen. »Willst du was sagen?«

»Ich … ich bin so stolz auf dich.« Ich rückte näher an ihn heran und nahm ihn in den Arm.

Er umarmte mich. »Danke.«

»Cade«, unterbrach die Galeristin uns. »Da sind ein paar Leute, die du kennenlernen solltest.«

Cade küsste mich auf die Wange. »Sehen wir uns später?«

»Definitiv.«

Nach der Party schlenderten Cade und ich durch die Key Street.

Ich drückte seine Hand. »Frederick hat die ganze Nacht nur von dir gesprochen. Er hat so getan, als hätte er schon immer Bescheid gewusst.«

Cade lachte. »Ich hoffe, er ist nicht zu entrüstet darüber, dass ich ihn nicht in mein Geheimnis eingeweiht habe.«

»Nein, das ist für ihn okay. Und habt ihr beide auch über das andere große Geheimnis gesprochen?«

Cade nickte.

Wir gingen weiter, Hand in Hand genossen wir die Stille der Nacht.

Im Schatten eines riesigen Baums zog Cade mich zur Seite und gab mir einen unglaublich sanften, liebevollen Kuss. Wir hatten uns schon vorher geküsst, aber dieser Kuss war etwas Besonderes, etwas daran ging tiefer. Als ob unsere Beziehung ein anderes Level erreicht hatte. Nach allem, was ich nun über Cade und mich wusste, fühlte sich das wunderbar an.

Nach einem Moment wich Cade ein bisschen zurück und sah mir in die Augen. »Ich bin wirklich froh, dass du hier bist und hierbleibst.«

»Ich auch.«

Er sah auf unsere verschränkten Hände. »Ich habe in der vergangenen Woche jede einzelne Sekunde an dich gedacht. Ich habe dich so vermisst.«

Mein Herz quoll über vor lauter Gefühlen. Wir hoben unsere Hände und ich küsste seine Finger. »Ich habe dich auch vermisst.«

Er sah mir tief in die Augen und sagte mit zitternder Stimme. »Ich habe … ich habe noch nie so etwas für jemanden empfunden.«

Über sein schönes Geständnis musste ich lächeln. Während ich in seine wunderschönen Augen blickte, begann mein Herz schneller zu schlagen. »Cade …«

Er ging einen Schritt zurück und betrachtete mein Gesicht. »Was ist los?«

Ich seufzte. »Es … es ist nur … jetzt bin ich noch hier, aber bald muss ich weg. Ich hoffe, dass ich im Januar auf eine Kochschule gehen kann.«

Cade nahm meine Hand. »Em. Hier gibt es keine Kochschule und du kannst dich nicht nur von Domino unterrichten lassen. Ich weiß das. Wir finden eine Lösung. Ich laufe nicht weg.«

Ich ließ mich in seine Arme fallen und wir hielten uns eine lange Zeit. »Sagst du mir jetzt, warum du mich vermisst hast?«, zog ich ihn auf.

»Warum müssen Mädchen nur immer alles ganz genau wissen?«, witzelte er und ich lachte. »Also zuallererst habe ich natürlich dein Essen vermisst.«

»Cade!«

Er kicherte und nahm meine Hand, dann führte er mich aus dem Schatten zurück in die Key Street. »Dann ist da deine Abenteuerlust, die du so gut versteckst. Und deine offensichtliche Schönheit«, sagte er und ich wurde rot. »Die Liebe für deine Familie. Aber vor allem dein Mut.«

»Mut?«

»Em, du hast in diesem Sommer ziemlich viele unerwartete Neuigkeiten erfahren. Nicht viele Menschen hätten das so leicht weggesteckt wie du.«

Ich dachte für ein paar Sekunden darüber nach und erkannte, dass es ziemlich mutig und tapfer gewesen war, mich meinem Familiengeheimnis zu stellen und die Gelegenheit zu ergreifen, die Person zu sein, die ich sein wollte. Das Cade sagen zu hören, fühlte sich wirklich gut an. Alles machte jetzt so viel mehr Sinn. Die Enge, in der ich aufgewachsen war. Herzukommen und mich sofort wohlzufühlen. Hier war mein wirkliches Zuhause. Das war der Ort, den ich mein ganzes Leben lang vermisst hatte, ohne es überhaupt zu wissen.

Cade drückte meine Hand und unterbrach meine Gedanken. »Sagst du mir jetzt, warum du mich vermisst hast?«

»Warum müssen Jungs nur immer alles ganz genau wissen?«, witzelte ich, und er lachte darüber, dass ich ihn nachäffte.

Ich lächelte. »Wegen deines Sinns für Humor, zum Beispiel. Wie tiefsinnig du bist, auch wenn du das nicht vielen Menschen zeigst. Deine Liebe zu dieser Insel und den Menschen hier. Dein Engagement für das Pepper House. Die Art, wie du mich herausforderst, über den Tellerrand zu schauen und meinen eigenen Weg zu gehen. Deine Liebe zur Freiheit und Unabhängigkeit.« Ich berührte den Ring, den er immer um seinen Hals trug. »Und dass du den hier immer trägst.«

Er lächelte mich mit seinem sexy Grinsen an. »Das ist eine ganze Menge. Deine Aufzählung war definitiv eindrucksvoller als meine.«

»Schon okay«, neckte ich ihn. »Du kannst deine Liste jederzeit fortsetzen.«

Jemanden so sehr lieben, dass man sich in ihm verliert. Über diese Worte hatte ich in letzter Zeit häufig nachgedacht. Am Beginn des Sommers hatte ich mir das nicht vorstellen können. Jetzt konnte ich es …

Epilog

Mehr als ein Monat war vergangen seit der Nacht der Kunstausstellung. Es war September. Jede Woche schrieb ich meiner Familie auf dem Festland und hinterließ ihnen eine Nachricht auf dem Anrufbeantworter, und immer war es das Gleiche: Ich bekam keine Antwort. Gwenny und ich unterhielten uns zum Glück alle paar Tage, aber von meinen Eltern war ich wirklich enttäuscht.

Auch auf Nachricht von den Kochschulen wartete ich noch.

Mit Cade und mir lief es fantastisch. Unglaublich gut. Wir hatten so viel Verständnis und Respekt füreinander; es war, als ob wir uns Jahre und nicht nur Monate kannten.

Im Pepper House war alles beim Alten. Ich stand früh auf, half Domino beim Kochen und assistierte Beth, denn Frederick musste wieder zur Schule gehen.

Cade kam und ging und erledigte seine Aufgaben im Pepper House. Bei Nacht trafen wir uns bei ihm oder irgendwo auf der Insel. Mein Leben war so vollkommen anders als zuvor, anders, als ich mir es je vorgestellt hatte. Aber es war wunderbar. Endlich konnte ich durchatmen und ich selbst sein.

Eines Tages stand ich mit Domino in der Küche und knetete Teig für eine leckere Papayatorte. Wie gesagt, Desserts waren nicht meine Stärke.

»Em?«

Ich sah zu Domino hinüber. »Ja?«

»Wir«, er machte eine Bewegung in Richtung Tilly, die am anderen Ende der Küche stand und einen Papayasaft trank, »wir haben dir etwas verheimlicht.«

Ich sah die beiden an. »Ja?« Mein Magen zog sich zusammen – nicht noch ein Geheimnis.

»Kennst du Harry?«, fragte Tilly.

»Der Typ von der Jacht?«, entgegnete ich langsam. »Ja, genau. Wegen ihm habe ich mir den Kopf zerbrochen. Sein Name kam mir so bekannt vor.«

Domino nickte. »Harold Lemley. Denk mal kulinarisch, Em. *Der* Harold Lemley …«

Ich wälzte den Namen in meinem Kopf herum. »*Der* Harold Lemley?«, wiederholte ich, und plötzlich fiel mir ein, woher ich den Namen kannte. »Oh mein Gott.«

Domino lächelte.

»Wie lange wusstet ihr es schon?«

Domino zuckte zusammen. »Ungefähr seit der zweiten Woche, nachdem er angekommen ist.«

»Das glaube ich einfach nicht!« Ich hob den Teig, den ich gerade noch geknetet hatte, hoch und schleuderte ihn in die Schüssel zurück. »Ich habe für *den* Harold Lemley gekocht?« Sofort gingen mir all die Sachen im Kopf herum, die ich gemacht und die er gegessen hatte. Und all die Dinge, die ich hätte besser machen können.

Und all die Fehler, die ich gemacht hatte.

Ich ging ein paar Schritte von der Schüssel weg. »Ich habe gestern Fertig-Blätterteig verwendet. Ich hätte das niemals gemacht, wenn ich gewusst hätte, dass *Harold Lemley* hier isst!«

Tilly warf in einer dramatischen Geste die Hände in die Luft und lachte. »Beruhige dich. Da ist noch was.«

Ich drehte mich zu den beiden um. »Was denn noch?«

»Er will sich mit dir treffen«, sagte Domino.

»Was?!« Ich schaute ihn an und mein Herz begann zu rasen. »Warum?«

»Er war von Anfang an begeistert von deinem Essen«, erzählte mir Tilly. »Und als er davon erfahren hat, dass du Köchin werden willst und dich bei Kochschulen bewirbst, hat er angeboten, dir eine persönliche Empfehlung zu schreiben.«

Ich starrte Tilly mit offenem Mund an. »Das hat er nicht.«

Domino lächelte. »Doch, das hat er. Und da ist noch etwas.«

»Ich weiß nicht, ob ich noch mehr ertragen kann.«

Tilly grinste. »Er vergibt ein Stipendium, und er will, dass du dich dafür bewirbst. Es beinhaltet die Ausbildung, das Zimmer und die Verpflegung an einer Schule deiner Wahl.«

Ich schrie auf und warf mich in Tillys Arme. »HAROLD LEMLEY!«

Sie lachte. »Wir haben für heute Nachmittag ein Treffen mit ihm vereinbart. Da könnt ihr über alles reden.«

»Ooh.« Ich tanzte in der Küche herum. »Ich muss eine Liste machen. Ich muss alles Mögliche recherchieren. Was soll ich ihm sagen? Was soll ich anziehen?«

Beide lachten über mich.

»Na los!« Mit diesen Worten scheuchten sie mich weg.

An diesem Nachmittag fuhr ich mit dem Transporter zum Hafen, wo Harold Lemleys Jacht lag. Bekleidet mit einem einfachen korallenfarbenen Rock und einer weißen Bluse, ging ich den Kai bis zum Ende entlang. Als ich an Sids Anlegestelle vorbeikam, sah ich zu dem Boot hinüber. Er saß unter dem Vordach, neben ihm Cade.

Ich winkte ihnen zu und versuchte, meine Überraschung über Cades Anwesenheit zu verbergen.

Cade sprang vom Boot und kam zu mir herüber. »Du siehst hübsch aus.«

Ich drehte mich, sodass Sid mich nicht sehen konnte. »Was machst du hier? Ist alles okay?«

Cade lächelte. »Ja, langsam schon.«

»Wie lange redest du schon wieder mit Sid?«

»Seit ein paar Tagen.« Cade zuckte mit den Achseln. »Du hast mich dazu inspiriert, Em. So wie du mit deiner Familie umgehst und es immer und immer wieder versuchst, obwohl sie dir nur die kalte Schulter zeigen.« Er nahm meine Hand. »Ich habe die Initiative ergriffen und mich mit Sid unterhalten. Es ist nicht perfekt, aber ein Anfang.«

Ich lächelte. »Das freut mich.«

Wir standen da, hielten uns an der Hand und sahen uns an. In diesem Moment war ich unglaublich stolz auf Cade.

Er musterte mich von oben bis unten. »Warum hast du dich so schick gemacht?«

Ich erzählte ihm alles über mein bevorstehendes Treffen mit Harold Lemley.

»Em!« Cade packte mich und drehte mich im Kreis herum. »Das ist fantastisch!«

»Ich weiß.« Ich glättete mein Outfit und gab ihm einen flüchtigen Kuss. »Ich muss zu meinem Meeting.«

»Na los!«, sagte er und scheuchte mich mit einer Handbewegung weg, so wie zuvor Tilly und Domino.

Ich lief zu der Jacht hinüber und ging an Bord.

»Em«, grüßte mich Mr. Lemley. »Schön, dich zu sehen. Setz dich.«

Wir setzten uns auf das Deck der Jacht. Ich war nicht halb so nervös, wie ich gedacht hatte. Wir redeten übers Kochen – natürlich –, und er erzählte mir, wie es auf der Kochschule zuging, was ich zu erwarten hatte und wie hart ich würde arbeiten müssen.

Er gab mir den Ratschlag, so viel wie möglich auszuprobieren. Wir sprachen über verschiedene Techniken der Essenszubereitung, Theorien und die Kochkunst an sich. Er sagte mir, dass ich so viel herumexperimentieren sollte, wie Domino es irgendwie zuließ.

Wir sprachen auch über die Möglichkeiten, die ich nach meinem Abschluss haben würde, aber ich sagte ihm, was ich auch in allen meine Bewerbungen geschrieben hatte – ich konnte mir nichts Besseres vorstellen, als hierzubleiben und mein eigenes Restaurant zu eröffnen.

Am Ende unserer einstündigen Konversation versicherte mir Harold Lemley, dass er für jede der fünf Schulen, für die ich mich beworben hatte, eine Empfehlung schreiben würde. Und er bot mir offiziell das Stipendium an, das er sponserte. Natürlich nahm ich überglücklich an.

Jetzt musste ich nur noch auf Antwort von den Kochschulen warten.

☼

»Rate mal, was passiert ist?!«, sagte ich Gwenny zwei Wochen später am Telefon.

»Was?«

»Ich wurde von allen fünf Schulen angenommen!«

Sie schrie auf. »Oh, Em, ich bin so stolz auf dich!«

»Danke!«

»Für welche entscheidest du dich?«

»Italien.«

Gwenny seufzte. »Das klingt so romantisch. Kann ich dich besuchen kommen und dabei vielleicht einen heißen Italiener kennenlernen?«

Ich lachte. »Definitiv.«

»Was ist mit Cade?«

»Der Gedanke, ihn zu verlassen, bringt mich fast um. Aber er hat einfach fantastisch reagiert. Ich werde in meinen Ferien auf die Insel zurückkommen. Und er hat ein paar Ausstellungen in Italien, er ist in der Zeit ganz sicher zweimal dort. Ich kann es kaum erwarten, in Italien mit ihm zusammen zu sein!«

»Dein Leben möchte ich haben.«

Ich lächelte. *Mein Leben.* Es fühlte sich an, als hätte es endlich begonnen.

»Gestern hat Mum mich gefragt, ob dein Brief schon angekommen ist«, fuhr Gwenny fort.

Mein Herz setzte vor lauter Aufregung einen Schlag aus. »Echt?«

»Ich denke, das ist ein Fortschritt. Bisher hat sie immer so getan, als ob es ihr egal wäre. Ich glaube, sie ist langsam besser auf dich zu sprechen.«

Ich seufzte.

»Hör zu. Ich muss los. Grüß alle von mir.«

»Das mach ich.« Ich legte auf und holte Papier und Stift. Ich konnte es kaum erwarten, nach Hause zu schreiben. Ich hatte so viel zu erzählen – und jetzt wusste ich auch, dass meine Mum meinen Brief erwartete.

Es wurde Herbst. Ich hatte regelmäßig nach Hause geschrieben und immer wieder angerufen. In der letzten Novemberwoche erhielt ich endlich eine Antwort. Es war nur eine kurze Mitteilung meiner Mum:

Elizabeth Margaret, wir würden Deine Einladung gerne annehmen und Weihnachten mit Dir in den Outer Banks verbringen.

Vielen Dank. Du kannst mit Gwyneth, Deinem Vater und Deiner Großmutter rechnen.

Wir sehen Dich am 23. Dezember.

In Liebe Mum

Ich hielt die Nachricht in der Hand, als ich vor dem Flughafen stand und darauf wartete, dass sie aus der Gepäckannahmestelle herauskamen. Frederick war bei mir und Tilly und natürlich Cade. In meinem Kopf hatte ich diese Szene immer und immer wieder durchgespielt und auf das Allerbeste gehofft.

»Das ist alles nur wegen dir«, flüsterte Tilly.

Bei dem Gedanken musste ich lächeln und sah zu Cade hinüber. Ich hatte ein flaues Gefühl in der Magengegend. Er zwinkerte mir zu, und das beruhigte mich.

Gwenny kam als Erste. Sobald sie mich entdeckt hatte, ließ sie ihren Koffer fallen und stürmte auf mich zu. Wir umarmten uns, lachten und fingen an zu weinen.

Meine Mutter, mein Vater und meine Großmutter folgten. Sie standen alle in einer Reihe und starrten uns an und wir starrten zurück. Es war, als existiere eine unsichtbare Grenze, die keiner von uns überschreiten wollte.

Ich machte den ersten Schritt.

Ich ging zu meiner Mum und versuchte nicht einmal, die Tränen zurückzuhalten. Weinend umarmte ich sie. »Ich habe dich vermisst, Mum.«

Sie schniefte. »Ich habe dich auch vermisst.«

Dad trat vor und umarmte mich als Nächster. »Du siehst toll aus, Süße.«

Ich küsste ihn auf die Wange. »Danke, Dad.«

Ein wenig hinter ihnen stand Großmutter und sah zu Tilly hinüber.

Alle beobachteten gebannt, wie Tilly auf sie zuging und kurz vor ihr stehen blieb. »Mutter«, sagte sie einfach.

Großmutters Unterlippe zitterte und Tränen schossen aus ihren Augen. Ich hatte an meiner Großmutter noch nie eine andere Emotion als Arroganz gesehen.

Tilly umarmte Großmutter zuerst zögerlich, aber nach und nach wurde ihre Umarmung immer inniger.

Ich stellte Frederick meiner Familie aus Neuengland vor und Gwenny meiner Inselfamilie.

Tilly nahm die Hand meiner Mutter. »Danke, Kat, dass du eine so fantastische Tochter großgezogen hast.«

Meine Mum nickte und versuchte, ihre Emotionen zurückzuhalten, dann umarmte sie ihre jüngere Schwester.

Ich stand daneben und sah dabei zu, wie alle die ersten Schritte in Richtung Heilung machten und unsere Familie langsam Stück für Stück zusammenwuchs. Mir kam ein Gedanke: Das ist mein Werk. Meines. Ich habe all diese wunderbaren Menschen wieder zusammengebracht.

Cade kam zögerlich näher und ich stellte ihn vor.

Während meine Familie sich unterhielt, lehnte sich Cade zu mir und flüsterte mir ins Ohr. »Ich liebe dich, Elizabeth Margaret. Du bist toll.«

Seine Worte berührten mich zutiefst. Ich dachte an das Mädchen, das ich gewesen war, als ich angekommen war – ein bisschen verängstigt und sehr aufgeregt. Ich dachte an die Frau, die aus mir geworden war, frei und glücklich und im Reinen mit mir selbst. Ich dachte an meine Zukunft als Köchin und darüber, dass alle meine Träume in Erfüllung gegangen waren. Ich dachte an meine Familie und an Cade und an die Liebe.

Er hatte recht. Ich *war* großartig.

Rebecca Maizel

Ein Sommer voller Sterne

ca. 352 Seiten, ISBN 978-3-570-40304-4

Sarah ist 15 und ein Wissenschaftsfreak. Als sie kurz vor den Ferien von ihrem Freund für die Schul-Beauty verlassen wird, nimmt sie sich vor, mehr wie ihre Schwester Scarlett zu sein: schön, cool, gut gekleidet. Wenn die Jungs wirklich so leicht zu manipulieren sind ... Und tatsächlich – im Urlaub auf Cape Cod hat sie gleich Erfolg mit ihrem neuen Auftreten. Andrew ist schon fast 20 und nicht nur von Sarahs Aussehen fasziniert. Auch ihre Liebe zu den Planeten zieht ihn magisch an und die beiden verbringen romantische Abende unter dem Sternenhimmel. Allerdings hat Sarah noch ein wenig nachgeholfen und vorgegeben, schon 18 zu sein. Ob ihr diese Notlüge am Ende zum Verhängis wird?

40306

cbj

www.cbj-verlag.de